Zu diesem Buch

Olympia ohne olympisches Dorf? Hamburg will es wagen: Mit Sprachkurs, Eisdiele und Espresso bereitet sich das liebenswerte Dorf Ochsenwerder in den Marschlanden auf die italienische Rudernationalmannschaft vor. Trotz anfänglicher Bedenken der teils schrulligen Bewohner weht schon nach wenigen Tagen eine mediterrane Brise über den beschaulichen Deich. Zarte deutsch-italienische Bande werden geknüpft, Krisen miteinander gemeistert. Leider trifft das ambitionierte Projekt nicht überall auf Zustimmung. Politische Ränkespiele und persönliche Interessen sorgen für Gegenwind. Die Ochsenwerder Gastgeber müssen mehrfach ihr Improvisationstalent unter Beweis stellen. Der Curslacker Hotelier Karl Kolberg wird erneut zum Ermittler wider Willen und begibt sich auf die Suche nach zwei vermissten polnischen Landarbeitern. Auch Kommissar Dirk Spannich muss sich mit ungeahnten Fragen auseinandersetzen: Was hat ein lange verschollenes Flugzeugwrack mit der Sache zu tun? Warum wurde die Explosion nie angezeigt, von der alle im Dorf sprechen? Wie geraten chinesische Schriftzeichen auf einen norddeutschen Acker? Wer hat ein Interesse daran, zwei italienische Ruderinnen zu entführen?

Die größte Frage aber lautet am Ende: Wird Hamburg die Herausforderung meistern, oder endet das Projekt „Dorf Olympia“ in einem Fiasko?

Deich Secret

Silke Schopmeyer
Roman

Zur Autorin

Nach mehreren Stippvisiten im europäischen Ausland ist Silke Schopmeyer im Hamburger Südosten zu Hause. Mit ihrem Erstlingswerk *Deich Mortale* ist ihr ein Überraschungserfolg gelungen, der nach weiteren Geschichten aus den Vier- und Marschlanden verlangte. Nach der Wiederbelebung einer langjährigen Idee durfte die Autorin verwundert feststellen, dass die Realität sie einholte und Hamburg sich einst für die Austragung der Olympischen Spiele bewerben wollte.
Kinners, du ahnst es nich ...

2. überarbeitete Auflage: September 2020

Lektorat: Anja Schäfer
Cover: mirafactory / Miriam Beyer
Coverfoto: Volker Hochmuth
Porträt: Stefanie Baars
Druck: Booksfactory

ISBN 978-3-00-049472-7

www.silkeschopmeyer.de

„Die Menschen in aller Welt aufzufordern,
einander zu lieben, ist kindisch.
Sie aufzufordern, einander zu respektieren,
ist hingegen überhaupt nicht utopisch –
aber um sich respektieren zu können,
ist es erst einmal notwendig,
dass sie sich kennen lernen."

Pierre de Frédy, Baron de Coubertin

„In diesem Land geht alles zu Ende. Geht dorthin, wo ihr neu anfangen könnt."

Während sie bei Kerzenlicht miteinander sprachen, waren die Bomben zu hören. Mehrere Explosionen folgten kurz aufeinander. Unmengen an Staub wirbelten durch die vibrierende Luft und bedeckten den Asphalt ihrer einst so ruhigen Straße.

Vor wenigen Tagen hatte Khaled sein Studium beendet. Unter schwierigen Bedingungen und mit exzellenten Noten. Er wollte endlich als Ingenieur arbeiten. In einer großen internationalen Firma. Sein Englisch war gut. Fast sehr gut. Abwechselnd starrte er von den besorgten Eltern zu seinem fünf Jahre jüngeren Bruder Ferhad, der ihn unsicher ansah. Auf dem Tisch im Wohnzimmer ihres bescheidenen Hauses lag der Brief. Die Einberufung zum Militär.

„Und was ist mit euch?", fragte er seinen Vater.

„Wir gehen zu Onkel Ahmad in den Libanon."

„Dann kommen wir mit!"

„Nein, das geht nicht! Ihr müsst nach Europa! Dort liegt eure Zukunft! Später könnt ihr uns besuchen." Mit diesen Worten war die Unterhaltung für das Familienoberhaupt beendet.

Er wollte nicht weg. Nicht weg von seinen Eltern, seinen Freunden, seiner Heimat. Irgendwann musste dieser Krieg doch einmal vorbei sein. Irgendwann musste sich die Welt gegen die Kriegstreiber stellen und den Menschen helfen. Warum fand gerade in seinem Land ein sinnloser Krieg statt? Wieso waren so viele seiner Landsleute auf der Flucht? Wo blieb die Gerechtigkeit? Sie wollten doch alle nur ein normales Leben führen. Freunde treffen. Im Café sitzen. Miteinander lachen. Arbeiten. Eine Familie gründen. Bei der Familie bleiben.

1

Freitagabend

Der Wolkenhimmel in den Marschlanden trug den sanft salzigen Atem des Meeres noch in sich. Zum Glück hatte der häufige Regen in den letzten Aprilwochen den schweren Kleiboden aufgeweicht und den Arbeitern fiel das Graben leichter. Jahrelang war der Trecker um die Stange herumgefahren, doch nun sollte sie endlich weg.

„Nu man los Männer. Rabotti! Rabotti! Wir ham keine Zeit! Heut Nacht muss dat Stück hier fertich werden!"

Peter Trumm war kein Mann großer Worte. Genauso regungslos wie der Vorarbeiter Anweisungen vom Chef entgegennahm, gab er sie nach unten weiter. Dabei verliehen ihm sein bulliger Körper mit den großflächig tätowierten Armen und der kahl rasierte Kopf gegenüber den überwiegend polnischen Arbeitern auf dem Hof eine gewisse Autorität. Vor seiner Zeit auf dem platten Land war er lange zur See gefahren und hatte sich danach mit verschiedenen Jobs auf Hamburgs sündiger Meile in St. Pauli über Wasser gehalten. Ein paar Meinungsverschiedenheiten hatten ihn vor gut fünf Jahren zu einer räumlichen Veränderung gezwungen.

Die drei Arbeiter standen allein auf dem dunklen Feld. Das nächste Haus befand sich mehrere hundert Meter entfernt. Von Zeit zu Zeit fuhren Autos über die am Ende des Ackers gelegene Straße, meist schneller als die vorgeschriebenen fünfzig Stundenkilometer. Für Ende April war es noch recht kühl und der Wind hatte gegen Abend ein wenig aufgefrischt. Dichte Wolken verdeckten die Sichel des Mondes. Peter schien darüber nicht unglücklich, denn unter diesen Witterungsbedingungen würden keine Radfahrer oder

Abendspaziergänger auf dem nahegelegenen Marschbahndamm unterwegs sein.

„Um dat Ding rum graben. Bis man's rausziehen kann!“, befahl er in einem Tonfall, der keinen Widerspruch duldete. Vom hochgelegenen Kotflügel seines wuchtigen Treckers deutete er auf das flach bewachsene Feld, aus dem eine ungefähr ein Meter zwanzig lange rostige Metallstange schräg hervorragte. Sie war mit ebenso rostigen Nieten besetzt.

In der heraufziehenden Dämmerung nickte der zweiundzwanzigjährige Pawel ihm noch einmal kurz zu und fing an, seinen Spaten in die Erde zu stechen. Mit dem rechten Fuß rammte er die Schaufel jedes Mal ein Stück tiefer hinein. Sein siebzehn Jahre älterer Kollege Irek tat es ihm gleich. Die beiden Polen waren harte Arbeit gewohnt. Nach der langen Zeit in Deutschland erinnerte Ireks krummer Körper schon fast an einen muskelbepackten Bogen. Sein markantes Gesicht war durch die regelmäßige Arbeit im Freien wettergegerbt. Pawel lebte noch nicht einmal ein Jahr hier, hatte aber bereits beachtlich an Muskelmasse zugelegt. Mit der Zeit waren auch die letzten kindlichen Züge aus seinem Gesicht verschwunden. Nur die tiefgründigen blauen Augen waren dieselben geblieben. Vielleicht sahen sie ein wenig müder aus als sonst.

Am heutigen Morgen hatten sie im Gewächshaus der Gärtnerei Ruppke, auf deren Grundstück sie auch wohnten, schon ab sechs Uhr den Boden für die Tomatenpflanzen vorbereitet. Als sie endlich am späten Nachmittag ihren Wohncontainer ansteuerten, hatte Irek ihn gefragt, ob er mit ihm zusammen mal wieder ein bisschen extra verdienen wollte. Irek brauchte immer Geld für seine Familie in Polen. Seine fünfzehnjährige Tochter lernte für die Aufnahme am staatlichen Konservatorium in Danzig. So ein Internat kostete viel Geld. Nur zu Weihnachten, Ostern und drei Wochen im

Sommer konnte er seine Familie besuchen. Pawel selbst sparte jeden Euro für eine gemeinsame Zukunft mit seiner Verlobten Ella, die in Polen auf ihn wartete. Er hatte sich zwei Semester des Lehrerstudiums extra frei genommen und arbeitete jeden Tag, ohne sich zu beklagen. Er war froh, Geld verdienen zu können.

Nachdem sie über eine Stunde mühevoll gegraben hatten, stellten die Männer fest, dass der schräg stehende Metallstab unter der Erde in ein breiter werdendes Blechgehäuse überging. In der Dunkelheit konnten sie stark verrostetes Metall erkennen, das wie eine überdimensionierte Zigarre geformt war. Pawel sah seinen Kollegen irritiert an. Was war das? Aufgeregt stachen sie ihre Spaten in den Boden, um den mysteriösen Gegenstand weiter freizuräumen. Peter Trumm schien genauso neugierig und unterstützte die Arbeiten vorsichtig mit seiner Baggerschaufel. Nach ungefähr einer Stunde legten die Männer ihre Spaten zur Seite und starrten ungläubig auf ihr Fundstück. Peter sprang von seinem Trecker herunter.

„Samolot!“, rief Irek in die Dunkelheit.

„Wat sachst du?“, fragte Peter ungeduldig.

„Flugzeug! Das ist alte Flugzeug!“, übersetzte Pawel.

„Du ahnst es nich!“

Drei Augenpaare richteten sich auf die Umrisse eines sehr alten und sehr kaputten Flugzeugs. Die abgebrochenen Tragflächen lagen unmittelbar neben dem Rumpf.

„Das ist bestimmt noch aus dem Krieg!“, raunte der angehende Geschichtslehrer Pawel seinem Kollegen Irek zu.

„Welcher Krieg?“, fragte der Ältere.

„Na, der Letzte. Der von Hitler gegen die Welt.“

„Ach so.“

Trotz der kühlen Luft lief ihnen der Schweiß den schmerzenden Rücken hinunter. Stumm betrachteten sie den Blechhaufen auf dem Acker.

Peter sprach als erster wieder: „Die großen Teile vom Fluchzeuch lad ich später auf'n Hänger. Buddelt ma'n büschen weider hint'n." Der Vorarbeiter wies auf eine Stelle, die er bereits mit der Baggerschaufel seines Treckers ausgehoben hatte. Die Männer trafen mit ihren Schaufeln wiederholt auf Metall und fanden mehrere rostige Benzinkanister.

„Alles auf'n Hänger!"

Wenige Meter von den Kanistern entfernt stach Pawel ein weiteres Mal mit seinem Spaten in den Boden: wieder etwas Hartes. Aber er traf auf kein Metall oder Steine. Das hier sah aus wie: Knochen. Das mussten menschliche Knochen sein! Daneben Uniformreste und Stofffetzen. Wahrscheinlich von einem Fallschirm! Für einen Moment unterbrach der gläubige Katholik seine Arbeit und bekreuzigte sich.

„Wat'n los? Wir ham nich de ganze Nacht Tiet!", rief der Vorarbeiter ungeduldig herüber.

Pawel räusperte sich und antwortete mit leiser Stimme: „Toter Mann."

„Wat?"

„Knochen von toter Mann."

„Oha." Peter Trumm stieg behäbig von seinem Fahrzeug und stampfte mit schnellen Schritten zu dem Polen, der jetzt reglos da stand. Zusammen blickten sie schweigend auf die Überreste des vermutlich vor vielen Jahren verunglückten Piloten. Der Glatzkopf schluckte kurz und befahl etwas leiser: „Auch auf'n Hänger."

Pawel nickte und tat wie ihm befohlen. Während Irek die rostigen Kanister zusammen mit den herumliegenden Wrackteilen auf den Wagen lud, griff der Jüngere kurz darauf wieder zu seinem Spaten. Ganz in der Nähe der Knochenfundstelle entdeckte er eine stark zerfledderte Brieftasche. Von den anderen unbemerkt wanderte sie in seiner ausgebeulten Hosentasche.

„So, Männer.“ Peter zeigte auf die Wrackteile vor ihnen. „Nu den Flieger.“

Pawel sah ihn irritiert an. Der Vorarbeiter kniff missbilligend die Augen zusammen. „Hast’n Problem, oder wie?“

„Muss nich Museum sagen?“

„Wat denn für’n Museum?“

„Wegen die Kriegsflugzeug.“

Der andere dachte einen Moment nach und schüttelte dann entschieden den Kopf.

„Nix Museum! Der Chef will, dat dat Feld an diese Stelle schier is. Hier kommt allens wech!“ Er hielt kurz inne und fuhr sich mit der einen Hand über den kahlen Schädel. „Kriegsfluchzeuch sachst du? Warte mal ... ich kiek mir dat Teil nochmal eben an.“

Peter Trumm knipste die Lampe seines Handys an und richtete sie auf die Maschine. Mit angestrengter Miene inspizierte er den rostigen Flugkörper der Länge nach. Von der gläsernen Kabine war nicht mehr viel übrig geblieben. Sein Lichtstrahl glitt nach unten zum zerfetzten Rumpf, aus dem ein ungefähr ein Meter langer zylindrischer Gegenstand ragte. Die auf Weisung des Chefs widerwillig abgeleisteten Jahre bei der Freiwilligen Feuerwehr zahlten sich nun aus. „Achtung Männer! Schnell wech hier! Da is ‘ne Bombe an Bord!“

Hektisch ließ Pawel seinen Spaten fallen und zerrte den verständnislosen Irek mit sich. Gemeinsam stürzten die drei Arbeiter zum Trecker mit dem Hänger. Die Polen setzten sich jeder auf einen der Kotflügel über den Reifen. Peter hastete in das gläserne Führerhaus und startete hektisch den Motor. Ohne sich noch einmal umzublicken, fuhr er mit voller Treckergeschwindigkeit über den Acker auf die Straße zu. Als sie sich ungefähr dreihundert Meter entfernt hatten, war ein ohrenbetäubender Knall zu hören. Dann bebte der Boden unter ihnen. Ein Zischen und Surren glitt durch die Luft. In der Ferne ertönte das laute Klirren mehrerer zerspringender Fensterscheiben. Die beiden Arbeiter schrien vor Schreck, als sie von der Druckwelle erfasst wurden. Stöhnend fielen sie vom fahrenden Trecker auf den harten Boden.

2

Am selben Abend

Gedämpftes Licht fiel durch die bleiverglasten Erkerfenster des Bürgermeisteramtszimmers. Thorsten Schmidt stand auf dem dichten Teppich und las auf über einem Dutzend Bronzetafeln die Namen aller Bürgermeister seit 1264. Auf dem Stehpult links neben dem Türrahmen war unter Glas das Goldene Buch der Freien und Hansestadt Hamburg zu sehen. Nach wie vor beeindruckt von den imposanten Räumen des Hamburger Rathauses sah er sich um und ließ die halbhoch mit Mahagoni verkleideten Wände und die ebenso gestaltete Decke auf sich wirken. Zwei ehemalige Inhaber des höchsten Amtes der Stadt starrten gerahmt von den zur Hälfte mit Samt bespannten Wänden zu ihm herunter. Angespannt fuhr er sich durch das lichter werdende hellblonde Haar. Erst seit vier Monaten gehörte er dieser Regierungskoalition an. Vor dem überraschenden Einzug seiner Partei *'Hamburg-Jetzt!'* in die Hamburgische Bürgerschaft hatte er als selbständiger Finanzberater gearbeitet. Seine nüchternen Büroräume befanden sich damals noch in Hamburg-Jenfeld. Seit der feierlichen Unterzeichnung des Koalitionsvertrags war Thorsten Schmidt Zweiter Bürgermeister und als Senator zuständig für die Stadtentwicklung. Während er noch auf die Ankunft der weiteren Gäste dieses kurzfristig angesetzten Termins wartete, schweifte sein Blick durch die breiten Balkontüren auf die Alsterarkaden und den Rathausmarkt in der Dämmerung. Wiederholt rückte er seine türkis-lila gemusterte Krawatte über dem grauen Hemd zurecht.

Der Erste Bürgermeister betrat sein Amtszimmer durch

die Tür neben dem imposanten Kamin aus hellem Marmor. Mit den leicht graumelierten Schläfen im vollen dunklen Haar wirkte der hoch gewachsene Veit Relin insbesondere auf seine weibliche Wählerschaft wie eine Mischung aus George Clooney und Sky Dumont. Direkt hinter ihm erschien eine äußerst attraktive Frau – zwanzig Jahre jünger als der Mittfünfziger und für Thorsten Schmidt keine Unbekannte: Nina van Haff – Olympiasiegerin im Weitsprung. Sie trug ihr blondes Haar zu einem Pferdeschwanz, dessen Spitze ihr eng anliegendes schwarzes Etuikleid berührte. Das Kleid betonte ihre üppige Oberweite, die dank einer vor Kurzem erst veröffentlichten Fotostrecke in einem Herrenmagazin einem Großteil der medial interessierten Bevölkerung bekannt war. Die opulent gestalteten Räume des Hamburger Rathauses schienen Frau van Haff nicht sonderlich zu beeindrucken. Mit einem offenen Lächeln reichte sie dem Zweiten Bürgermeister die Hand. Kurz nach ihr erschienen drei Männer und eine weitere Frau. Die beiden Herren im Rentenalter trugen hanseatisch dunkelblaue Anzüge mit goldenen Knöpfen, blau-weiß gestreifte Hemden und dazu passende dunkelblaue Krawatten mit ebenfalls golden schimmernden Krawattennadeln. Der dritte im Bunde konnte noch keine dreißig Jahre alt sein. Sein schlanker Körper steckte in einer schlichten Hose und einem blau-weiß karierten Hemd. Auch wenn sein Gesicht weiche Züge aufwies, fielen Thorsten Schmidt bei der Begrüßung dessen große raue Hände auf. Dieser Mann musste körperliche Arbeit gewohnt sein. Als Letztes reichte ihm der zweite weibliche Gast ihre sehnige Hand. Sie trug einen praktischen Kurzhaarschnitt und ein beige-farbenes Kostüm. Er schätzte sie wie den Bürgermeister auf Mitte fünfzig.

„Ach, Herr Kollege! Sie sind schon da?“, begrüßte Veit Relin seinen Stellvertreter. „Machen Sie sich doch Licht!“

Mit einem kurzen Nicken gab er einem der mit ihm eingetretenen Ratsdiener ein unmissverständliches Zeichen. Umgehend schaltete der dunkelblau Uniformierte den imposanten Kronleuchter ein. Sofort legte sich ein heller Schimmer über den rechteckigen Holztisch und die zehn gepolsterten Stühle. Der Erste Bürgermeister schritt zum Platz an der Stirnseite des Tisches und nickte seinen Gäste auffordernd zu. Thorsten Schmidt zögerte einen Moment zu lange, woraufhin ihn sein Vorgesetzter mit gönnerhaftem Ton einlud: „Werter Kollege, als Zweiter Bürgermeister dürfen Sie gerne an meine Seite. An die rechte natürlich!"

„Gut." Der Vorsitzende der neuen Law & Order-Partei ließ sich umgehend auf dem ihm zugewiesenen Stuhl nieder.

„Meine Damen, meine Herren, ich freue mich außerordentlich, dass Sie es so kurzfristig einrichten konnten!" Der Bürgermeister machte eine kurze Pause, um sofort mit freudig-erregter Stimme weiterzusprechen: „Wir stehen vor einer wahrlich denkwürdigen Aufgabe! Unser schönes Hamburg will sich für die nächsten Olympischen Sommerspiele bewerben!" Ein wissendes Raunen wanderte durch den Raum. „Wir alle können uns ausmalen, was ein Zuschlag für diese Stadt bedeuten würde! Die Infrastruktur käme voran. Der Sprung über die Elbe. Die finale Gestaltung der Hafencity. Mit Olympia kann die Welt den Weg durchs Tor zur Welt beschreiten!"

Einer der Älteren meldete sich zu Wort: „Ich verstehe und teile Ihre Begeisterung, Herr Bürgermeister, aber glauben Sie, dass nach den Erfahrungen mit der ein wenig überdimensionierten Skihalle in Harburg und dem Fiasko mit der Waterworld in Wilhelmsburg die Bevölkerung von einer Herkulesaufgabe wie Olympia zu überzeugen ist?"

„Aber ja doch!" Gerade weil er nur ungern an die beiden für den Steuerzahler höchst kostenintensiven Projekte zurückdachte, reckte Veit Relin beide Arme beschwörend in die Luft. „Erinnern wir uns alle noch einmal an den grandiosen Empfang der deutschen Olympiamannschaft bei ihrer Rückkehr aus London. An einem ganz normalen Arbeitstag wurde das Schiff gefühlt von der Hälfte aller Hamburger begeistert umjubelt. Das hat nicht nur die Sportler tief beeindruckt." Er machte eine Pause, in der er innerlich auf diesen denkwürdigen Tag zurückblickte. „Liebe Mitstreiter! Eine erneute Olympiabewerbung muss in der Bevölkerung die Skepsis gegenüber Großprojekten aufweichen. Der neue schwedische IOC-Chef Erik Gustafsson betont seit seinem Amtsantritt stets den Aspekt der Nachhaltigkeit, die Idee der olympischen Familie und vor allem der Völkerverständigung. Ich darf ihn unter Berufung auf Pierre de Coubertin zitieren, 'Solange die Jugend dieser Welt alle vier Jahre zusammenkommt, um sich im sportlichen Wettkampf nach vorgegebenen Regeln zu messen, kann sie sich nicht andernorts die Köpfe einschlagen'." Beschwörend glitt sein Blick von einem Teilnehmer der Zusammenkunft zum anderen. „Olympia wäre die Riesenchance für unsere Stadt! Wurde nicht in der letzten Urbanitätsstudie deutlich auf unsere Defizite hingewiesen? Die Welt liege inzwischen woanders! Der Stadt fehle die Vision. Sie sei mit sich selbst zufrieden und verliere die globalen Koordinaten aus den Augen. Das will ich nicht über mein Hamburg hören!" Er schüttelte entschieden den Kopf und schwenkte den rechten Zeigefinger. „Die Schlafende Schöne muss erwachen! Der Hafen ist das eine. Die Förderung des Wissenschaftsstandorts ist sicherlich ebenfalls von großer Bedeutung, aber ein sportliches Großereignis wie Olympia würde sehr viele stockende Infrastrukturprojekte entscheidend voranbringen!"

„Und was ist mit Berlin?", fragte der Zweite Bürgermeister die Runde. „Ist ja immerhin unsere Hauptstadt.“ Geringschätzend sah Veit Relin auf seinen Stellvertreter herab. Thorsten Schmidt fühlte sich wie ein minderwertiges Insekt.

Mit einer wegwerfenden Handbewegung wischte der Bürgermeister den Einwand vom filzgrünen Tisch. „Ach Berlin. Die Berliner sind wegen ihrer maroden Infrastruktur und ihrer ‚*arm - aber sexy*-Haltung‘ noch stärker strapaziert als wir mit unseren ein, zwei - zugegebenermaßen - schwierigen Projekten. *Peanuts!* Denken wir doch nur an München 1972 oder Barcelona 1992. Erst die Spiele haben diesen Nichthauptstädten zu dauerhaftem Ansehen, verlässlichem Wohlstand und kontinuierlichem Wachstum verholfen. Hamburg will und Hamburg kann Olympia!“

Währen die anderen zustimmend murmelten, starrte Thorsten Schmidt schweigend auf den Tisch.

„Da ich mich persönlich im Sport nicht so gut auskenne, haben wir uns in der Stadt nach Experten umgesehen und diese auch gefunden. Meine Damen und Herren, darf ich Ihnen meine Mitstreiter in Sachen ‚*Hamburg goes to Olympia*‘ präsentieren?“ Er deutete auf den älteren Herrn neben dem Zweiten Bürgermeister: „Herr Johannes Cornelsen, unser Sportamtsleiter.“

„Guten Abend“, nickte der Angesprochene einmal kurz in die Runde.

„Zu meiner Linken: Nina van Haff, Olympiasiegerin und Weltmeisterin im Weitsprung!“

„Hallo zusammen und tausend Dank für die Einladung!“

„Neben Frau van Haff begrüße ich Herrn Roger Repenbrook, den Vorsitzenden des Hamburger Landesruderverbands.“

„Danke, Herr Bürgermeister“, entgegnete der ehemalige Erfolgsruderer mit hanseatischer Euphorie.

Dann wandte sich Veit Relin wieder der anderen Seite zu: „Außerdem möchte ich Frau Annegret Winkel, die Leiterin des Olympiastützpunktes, willkommen heißen."

„Ich freue mich, an so einem Ereignis mitwirken zu dürfen!" Feine Lachfältchen begleiteten ihr Strahlen.

„Schließlich wollen wir auch Herrn Magnus Grünfeld, erster Vorsitzender des Bürgervereins von ... ähm ..." Er sah kurz auf seine Unterlagen und fuhr fort: „... von Ochsenwerder, in unserer kleinen Runde begrüßen."

„Guten Abend allerseits." Auch wenn er innerlich eine gewisse Aufregung verspürte, antwortete Magnus Grünfeld mit fester Stimme. Die Anwesenden ließen sich ihre Irritation über den ungewöhnlichen Gast kaum anmerken und lächelten ihm freundlich zu.

„Als Letzten im Bunde möchte ich Ihnen noch unser Küken vorstellen, den Senator für Stadtentwicklung und Zweiten Bürgermeister, Herrn Thorsten Schmidt." Dieser hob einmal kurz die Hand und schürzte die Lippen.

„Da bei Olympia natürlich der Sport im Fokus steht, möchte zunächst unser Sportamtsleiter ein paar Worte an Sie richten."

Der ehemalige Segler Johannes Cornelsen begann, mit bedächtiger Stimme zu den Anwesenden zu sprechen. Langatmig bekundete er seinen Dank für die Gastfreundschaft des Ersten Bürgermeisters und erteilte schließlich der Vorsitzenden seiner Arbeitsgruppe, Frau Nina van Haff, das Wort.

„Ich freue mich total, hier heute dabei sein zu dürfen! Olympia in Hamburg - der Hammer! Davon kann man nur träumen! Als ich vor fünf Jahren zu Hamburgs Sportlerin des Jahres gewählt worden bin, war dieser Traum noch in weiter Ferne. Doch jetzt scheint er zum Greifen nah. Wenn wir alle zusammen richtig gute Arbeit machen!" Sie suchte den Augenkontakt zu ihrem Gegenüber und fragte ihn mit einem herausfordernden Lächeln: „Herr Schmidt, was können Sie als Senator für die Stadtentwicklung zu den städtebaulichen Auswirkungen und Möglichkeiten durch die Olympischen Spiele sagen?“

Warum fühlte er sich im Moment bloß wie beim Abfragen der Englischvokabeln vor der gesamten Klasse? Außerdem bekam der Jungpolitiker bei Ninas Anblick die eindeutigen Bilder dieses Herrenmagazins nicht mehr aus dem Kopf. Leicht errötet und stotternd begann Thorsten Schmidt mit seinen Ausführungen: „Wir … wir … haben das Glück, dass in der Hafencity und vor allem auf dem Grasbrook noch einige Flächenreserven für die Sportstätten und die Unterbringung vorhanden sind. Allein schon das olympische Dorf braucht eine enorme Fläche für die über zehntausend Athleten mit ihrem fast ebenso großen Betreuerstab.“

„Da muss ich leider kurz einhaken“, unterbrach ihn Nina van Haff.

Irritiert starrte der Senator sie an. „Ja, bitte?“

„Vor einigen Tagen hat es von Seiten des IOC eine neue Direktive bezüglich des olympischen Dorfs gegeben.“

„Als da wäre?“

„Es soll kein olympisches Dorf mehr geben.“

„Kein olympisches Dorf?“

„Exakt.“

„Und wo sollen dann die Sportler hin?“

Nina hielt kurz inne, bevor sie weitersprach. „Wie Herr Relin vorhin ganz treffend geschildert hat, soll das olympische Ideal der Völkerverbindung wieder stärker in den Vordergrund gerückt werden.“ Sie suchte in ihren Unterlagen und holte schließlich einen Zettel hervor. „Ich wurde gebeten, folgende Aussage des Erfinders der Olympischen Spiele der Neuzeit, Pierre de Coubertin, zu zitieren: ‚Die

Menschen in aller Welt aufzufordern, einander zu lieben, ist kindisch. Sie aufzufordern, einander zu respektieren, ist hingegen überhaupt nicht utopisch – aber um sich respektieren zu können, ist es erst einmal notwendig, dass sie sich kennen lernen'."

„Und wie soll das jetzt konkret funktionieren? Ohne olympisches Dorf?", fragte Thorsten Schmidt mit schneidender Stimme.

„Es ist ausdrücklich gewünscht, dass alle Sportler auf bereitwillige Haushalte in der Hamburger Bevölkerung aufgeteilt werden."

„So kirchentagsmäßig?", bemerkte ihr Gegenüber belustigt.

„Oder wie beim Turnertag?", fragte der Sportamtsleiter nach.

„Das kann man so sehen. Natürlich in einer ganz anderen Größenordnung und Qualität. Das erfordert eine Menge Organisation, Schulung der Gastgeber in Sitten und Gebräuchen, Bereitstellung der Infrastruktur und und und ..."

„Aus Sportlersicht kann ich diese Entscheidung nur bedauern. Das olympische Dorf gehört doch zu Olympia wie die Eier zu Ostern", gab Annegret Winkel vom Olympiastützpunkt zu bedenken.

„Es wird ja weiterhin Ostern geben, nur dass die Eier diesmal von vielen Osterhasen verteilt werden, mit denen die Sportler auch ins Gespräch kommen sollen und nicht von einem unsichtbaren Osterhasen, den keiner wahrnimmt", versuchte Nina den Einwand zu entkräften.

„Also, ich glaube, dass sich die olympische Bewegung mit dieser neuen Regelung ein neues, ja, ein menschlicheres Image geben wird. Alle sprechen nur noch von Doping und dem Kommerz. Wenn die Sportler bei den Gastgebern des Landes wohnen, rückt die Welt wieder enger zusammen."

Der Sportamtsleiter versuchte, der neuen Entwicklung etwas Positives abzugewinnen.

Die Leiterin des Olympiastützpunktes hielt dagegen: „Haben Sie denn dabei an die Sportler gedacht? Was diese neue Regelung für sie bedeutet? Über zehntausend junge Menschen wollen untergebracht werden! Das ist ’ne ganze Menge!“

„Auch wenn ich persönlich das Dorf immer super fand. Der ständige Trubel lenkt auch ganz schön ab. Manche Spitzensportler schlafen sogar bewusst außerhalb“, berichtete Nina van Haff.

Der Erste Bürgermeister räusperte sich kurz und meldete sich dann zu Wort: „Meine lieben Freunde! Ich finde diese Aufgabe ganz sympathisch. Wir müssen eben umdenken. Neue Wege gehen. Es ist doch so: Seit den verheerenden Ereignissen 1972 in München werden die Sportler während der Spiele von der Außenwelt abgeschottet. Bis auf die wenigen Kontakte mit den Volunteers nehmen sie von dem Gastgeberland nicht viel mit nach Hause. Mit diesem neuen Konzept ist Coubertins Idee der kulturellen Begegnung und der völkerverbindenden Freundschaft gewahrt. Er würde sich über die Idee freuen. Vor der sportlichen Höchstleistung steht immer noch die Freundschaft und der gegenseitige Respekt!“

„Aber wir haben bereits Vorgespräche geführt. Auch zum Bau des Dorfes“, gab sein Stellvertreter zu bedenken. Seine Hände begannen zu schwitzen.

„Dann wird es diesbezüglich auch bei Vorgesprächen bleiben!“, stellte Veit Relin unmissverständlich fest und fuhr fort: „Ich habe bereits dieses Bild vor Augen: Sportler mit Fahnen in den Händen, stolzgeschwellter Brust. Alle freuen sich auf gemeinsame Wettkämpfe in unserer schönen Stadt. Am Ende der Eröffnungsfeier fliegen weiße Tauben in den

Himmel ...“

„Entschuldigen Sie, Herr Bürgermeister, aber seit bei den Spielen in Seoul 1988 einige Vögel in der olympischen Flamme verbrannten, hat man von diesem optisch netten Brauch Abstand genommen“, unterbrach ihn Frau van Haff, um kurz darauf weiterzusprechen: „Im Sommer entscheidet der Olympische Sportbund OSB über die deutsche Bewerberstadt. Wir haben uns nicht zuletzt wegen dieser neuen Vorgabe ein sehr vielversprechendes Pilotprojekt überlegt, das ich Ihnen im Folgenden einmal vorstellen möchte."

Der Senator für Stadtentwicklung wirkte nun nicht mehr irritiert, sondern hochgradig verärgert. Warum wurden seine Einwände derartig übergangen? Immerhin stellte seine Partei den Koalitionspartner - und er diente hier garantiert nicht als Steigbügelhalter!

„Wir werden in den nächsten Wochen einen Testlauf fahren.“ Frau van Haff räusperte sich und versuchte, jeden mit ihrem Augenaufschlag zu erreichen. „Der Bezirk Bergedorf verfügt über optimale Wassersportbedingungen. Anfang Juni wird es dort einen Ruder-Weltcup mit rund fünfzig Nationen geben. Natürlich sind die Hotels bereits gebucht und alle Mannschaften untergebracht. Nur das italienische Team hat sich sehr lange damit Zeit gelassen. Nun wollen sie doch noch mit einer gut fünfzigköpfigen Delegation daran teilnehmen. Da in Italien ein rigoroser Sparkurs gefahren wird, haben wir der Mannschaftsleitung, mit dem Gedanken eines Testlaufs im Hinterkopf, gratis Kost und Logis bei bestens vorbereiteten Privatunterkünften angeboten - in unmittelbarer Nähe zur Regattastrecke. Deshalb möchte ich nun Herrn Grünfeld aus Ochsenwerder bitten, ein paar kurze Worte an uns zu richten.“

Magnus Grünfeld hatte bisher aufmerksam zugehört. Bei seinem ersten offiziellen Besuch im Hamburger Rathaus schien ihn die würdevolle Atmosphäre nicht sonderlich einzuschüchtern. Nach Ninas Aufforderung setzte er sich aufrecht hin, fuhr sich mit beiden Händen durchs Haar und sprach mit einem zurückhaltenden Lächeln in die Runde: „Danke, Frau van Haff. Also, ich muss schon sagen: Ich bin echt begeistert! Eigentlich habe ich die Olympischen Spiele der letzten Jahre immer mit einem besorgten Auge betrachtet, vor allem wegen der ungeklärten Umweltfragen. Sie müssen wissen, ich bin dabei, unseren Hof auf biologische Landwirtschaft umzurüsten." Er erntete anerkennendes Nicken. „Neben dem hier noch nicht thematisierten Anspruch der Nachhaltigkeit wirkt das ganze Konzept auf mich sehr persönlich und nah bei den Menschen. Aus dem Grund kann ich mir durchaus vorstellen, dass die Bewohner in Ochsenwerder die italienischen Ruderer sehr gerne bei sich aufnehmen würden!" Frau Winkel lächelte ihm wohlwollend zu. „Trotzdem ist sicherlich noch Überzeugungsarbeit zu leisten. Nächste Woche haben wir turnusgemäß eine Gemeindesitzung anberaumt. Dazu möchte ich Sie alle recht herzlich einladen!"

„Da muss ich kurz noch einmal dazwischengrätschen, Herr Grünfeld", schaltete sich Frau van Haff ein. „Zum jetzigen Zeitpunkt werden wir Ihren lieben Nachbarn von dem Olympiagedanken hinter diesem Pilotprojekt noch nichts sagen. Im Moment werden lediglich schöne Privatunterkünfte für Weltklasseruderer gesucht. Alles andere ist selbstverständlich *top secret*!"

Er hasste Schiffsreisen! Schon als kleiner Junge plagte ihn dabei immer die Übelkeit. Trotzdem musste er stark sein. Für seinen Bruder. Seit dem Abschied von den Eltern hatte er für ihn die Verantwortung übernommen. Vater hatte ihm zwei dicke Umschläge mit Geld in die Hand gedrückt. Nach dem Verkauf des Eisenwarenladens, der schon dem Großvater gehört hatte. Schon als kleines Kind faszinierten Khaled die vielen Schrauben und noch mehr die verschiedenen Werkzeuge. Oft hatte er aus Ausschussware kleine Kunstwerke gebaut. Aber auch nützliche Dinge wie ein Fahrrad für die Puppe seiner jüngeren Cousine. Am ersten Tag des Ingenieurstudiums wähnte er sich am Ziel seiner Wunschträume. Er wollte technische Meisterwerke konstruieren, die den Menschen großen Nutzen brachten.

Aber auf keinen Fall Schiffe! Die Überfahrt in die Türkei verlief auf ruhiger See und dauerte zum Glück nicht lang. Auch wenn im Nachbarland kein Krieg herrschte, konnten sie nicht bleiben. Er hatte so viele Pläne für sein Leben. Sie mussten unbedingt weiter nach Europa. Fünftausend Euro – fast die gesamten Ersparnisse des Vaters - hatten ihre beiden Plätze auf einer rostigen alten Fähre nach Italien gekostet. An Bord drängten sich viel zu viele Menschen. Schreiende Kinder, weinende Frauen, ernst blickende Männer. Am schlimmsten war jedoch der Seegang. Keiner mochte etwas essen oder trinken. Überall stank es. Es roch nach allem, was Menschen von sich geben konnten. Sogar nach Hoffnungslosigkeit und Angst. Die blieben. Auch wenn sich die Nächte langsam erwärmten, froren sie. Immer wieder spritzte kalte Gischt auf das Deck. Ihre Vorräte gingen bald zur Neige und sie mussten das Wasser auf dem Schiff trinken. Es schmeckte salzig und sandig. Die Schlepper verteilten altes Brot. Viele Passagiere schliefen im Sitzen und träumten von einer besseren Zukunft.

3

Sonntagnachmittag

„Karlo! *Amore*[1]!! Karlooo!!!“, rief Gianna Moretti aus dem ersten Stock des Vierländer Hofs. Die Inneneinrichtung des neuen Apartments stand kurz vor der Vollendung. Für die restlichen Arbeiten benötigte sie die Hilfe ihres Freundes. Die beiden hellen Räume am Ende des Flurs bildeten den Abschluss der vor über einem Jahr begonnenen Erweiterungsmaßnahme. Neben dem Apartment waren zehn neue Doppelzimmer zu den bestehenden zehn hinzugekommen.

Plötzlich spürte Gianna einen Luftzug. Mit leisen Schritten hatte sich Karlo an sie herangeschlichen. Er schob ihre dichten Locken beiseite und küsste sanft den Nacken seiner Freundin.

„Karlo! *Finalmente*!“ Freudestrahlend drehte sie sich zu ihm um. Sofort wollte er sie in seine Arme ziehen, was sie jedoch mit einer leichten Handbewegung abwehrte. „*Scusa, amore*. Aber, wir haben zu tun! Heute kommen doch die Gäste aus Holland und nichts ist fertig!“

„Das wird schon klappen, meine kleine Perfektionistin. Ist doch wunderschön hier!“ Anerkennend bewunderte er den altweiß gestrichenen Raum, die grün-weiß karierte Decke auf dem Couchtisch und die frischen weißen Freesien aus Hinrichs Gewächshaus, die Gianna in einer bauchigen Glasvase arrangiert hatte. „Du musst mir helfen, die Vorhänge anzubringen.“ Sie deutete auf die lindgrünen Stoffbahnen über dem Sofa, das mit dezenten Blümchen gemustert war. „Das ist mir zu hoch. Und die Bilder dort sollen über das

---

[1] Italienisch-Deutsch: siehe Anhang

Bett.“ Sie zeigte auf zwei Leinwände mit abstrakten Farbverläufen.

„Mach ich gleich. Aber zuerst kommst du mal zu mir.“

Mit sanftem Druck zog er sie an sich und suchte ihren Mund. Manchmal musste er sich kneifen, weil Gianna nun schon über zwei Jahre bei ihm wohnte und jede Nacht den Alkoven mit ihm teilte. Anfangs hatte allein ihr Anblick seinen Körper in einen unkontrollierbaren Unruheherd verwandelt. Jetzt stellte sich dieses Gefühl wohldosiert ein, wenn er sie nach kurzer Zeit der Trennung wieder in seine Arme schließen konnte. Ihre Küsse wurden leidenschaftlicher. Eng umschlungen standen sie vor dem frisch bezogenen weißen Metallbett. Als Karlo sie gerade in Richtung der weichen Matratze drücken wollte, klopfte es plötzlich an der Tür. Ohne eine Antwort abzuwarten, stürmte Hausdame Erne Wulffke herein. Wie zwei ertappte Teenager lösten sich Gianna und Karlo eilig voneinander.

Alle drei schienen peinlich berührt.

„Oh! Ich wusst ja nich … ähm …“ Verlegen strich Erne ihr apricotfarbenes Twinset zurecht. „Chef, da is Besuch für Sie.“

„Ja, Erne. Einen Moment. Bin gleich da.“

*

„Wadek!“ Sichtlich erfreut begrüßte Karlo den Mann in grauer Arbeitskleidung. „Das ist aber nett, wie geht’s?“ Hinter dem wettergegerbten Lächeln seines Gegenübers konnte er ernsthafte Sorgen erkennen.

„Ich brauche Hilfe.“

„Gerne. Was kann ich tun?“

„Meine kleine Nichte Elzbieta, alle sagen Ella, hat Freund, Pawel. Is nich lange in Deutschland für Arbeit. Jetzt is weg.“

„Wie weg? In Polen? Oder hier?“, fragte Karlo irritiert nach.

„Weiß nich. Is nich in Polen bei Ella.“

„Das heißt, er wohnt hier und ist plötzlich verschwunden?“

„Is guter Junge. Jeden Sonntag wir gehen nach polnische Kirche in St. Pauli. Aber heute er nich kommen.“

„Vielleicht wollte er nur mal länger schlafen. Oder er hatte keine Lust.“

„Er immer kommt!“, wies Wadek Karlos lapidaren Einwand entschieden zurück.

„Wann hast du ihn denn das letzte Mal getroffen?“

„Sonntag vor eine Woche. In Kirche. Aber heute Morgen nich. Ich war vorhin bei seine Wohnung. Da is auch nich!“

Karlo seufzte innerlich. Er wusste nicht, was er davon halten sollte. Seit Wadek ihn vor zwei Jahren aus dem Schuppen seines Dirigenten Manfred Eckers befreit hatte, fühlte er sich ihm verpflichtet.

„Und was soll ich jetzt tun?“

„Kannst du diese Kommissar fragen? Der auch war in Schuppen.“

„Spannich?“

„Weiß nich Namen.“ Kommissar Spannich! Insgeheim hatte Karlo gehofft, diesen Menschen mit dem akkurat gezogenen Seitenscheitel und der ständig rutschenden Nickelbrille nicht noch einmal wiederzusehen. Jedoch wirkte Wadek ziemlich verzweifelt. „Sie nächstes Jahr wollen heiraten. Pawel is Student. Sehr klug. Will Lehrer werden. Muss Geld verdienen für Haus in Polen.“

„Ich will mal sehen, was ich tun kann“, versprach Karlo.

*

Im Polizeikommissariat von Bergedorf saß Dirk Spannich an seinem Schreibtisch und brütete über dem verzwickten Fall einer Bande von Produktpiraten. Innerhalb kürzester Zeit hatten sie in seinem Bezirk drei Lager mit gefälschten Markenhandys entdeckt. Passend dazu hatte es in den letzten Tagen allein auf seiner Dienststelle drei Betrugsanzeigen wegen defekter Mobiltelefone gegeben. Alle Geräte waren von den Geprellten zu einem deutlich günstigeren als dem Listenpreis im Internet bestellt worden.

Nach einer Weile stellte der Kommissar seinen grünen Bleistift in einen silbernen Behälter, der mehrere gleichfarbige Stifte enthielt. Er schloss die grüne Mappe und legte sie auf andere ordentlich gestapelte grüne Aktenmappen, die in einem silbernen Ablagekorb auf weitere Bearbeitung warteten. Nach einem Blick auf die Uhrzeit im Computer bückte er sich nach unten, um pünktlich zur Mittagspause seine Brotdose aus dem Aktenkoffer hervorzuholen. Eine erste Prüfung ergab, dass seine Mutter heute sogar an ein Salatblatt zwischen Salami und Brot gedacht hatte. Ein paar Gurkenscheiben lagen daneben. Er wollte gerade abbeißen, als plötzlich das Telefon vor ihm klingelte. Mit einem Seufzer legte er das Brot zurück in die Dose, rückte seine Brille zurecht und nahm den Hörer ab. „Spannich?"

„Hallo, Herr Kommissar Spannich, Kolberg hier, Karl Kolberg, erinnern Sie sich?"

„Ach, der Herr Kolberg!" Auch wenn die Angelegenheit bereits zwei Jahre zurücklag, hatte er diesen gefährlich neugierigen Hotelier nicht vergessen. „Was haben Sie denn diesmal für uns? Wieder eine Frau um den Verstand gebracht? Oder versehentlich Pflanzenschutzmittel getrunken?"

Innerlich verdrehte Karlo die Augen. Musste der Kommissar ihn unbedingt wieder an diese Biggi erinnern, die damals aufgrund seiner Zurückweisung mehrere Sabotageakte auf ihn hatte verüben lassen? Er schluckte den Ärger herunter. „Ein Bekannter von mir bräuchte Ihre Hilfe. Er vermisst den Verlobten seiner Nichte."

„Kalte Füße gekriegt, was?"

„Wie bitte?"

„Entschuldigen Sie, seit wann wird dieser Verlobte denn vermisst?"

„Seit heute."

„Da kann ich leider nicht viel machen. In Deutschland muss man schon ein paar Stunden länger abhanden gekommen sein, um polizeilich gesucht zu werden."

„Wadek hat sein Verschwinden heute erst bemerkt. Der Mann könnte also auch schon länger weg sein. Er klang wirklich verzweifelt."

„Dann erzählen Sie mal kurz und knapp." Spannich zückte sein schwarzes Buch und machte sich Notizen. „Gut. Wenn ich noch Fragen habe, sind Sie unter derselben Nummer wie damals zu erreichen?"

„Ja ... und was sage ich jetzt meinem Bekannten?"

„Dass sich die Polizei Hamburg um die Suche nach Herrn Pawel Olczyk kümmern wird." Der Kommissar räusperte sich kurz und fuhr in strengem Ton fort: „Und, Herr Kolberg, sollten Sie es wieder mal nicht lassen können, wäre ich Ihnen sehr verbunden, wenn Sie uns früher in Ihre eigenen Ermittlungen mit einbeziehen. An einem Ende wie beim letzten Mal haben weder Sie noch ich ein gesteigertes Interesse!"

4

Dienstagabend

Suppengrün. Ein penetranter Geruch nach welkendem Suppengrün begrüßte die Besucher des Alten Gasthofs von Ochsenwerder. Üppige Girlanden aus schlaffen Wurzeln, Sellerieknollen, schrumpeligen Pastinaken und Petersilie schlängelten sich um die Holzstreben der Balustrade auf der rechten Seite des Saals. An den hinteren vergilbten Wänden der Bühne hingen Großaufnahmen von jeweils einer Tomate, einer Gurke und einem Weißkohl. Geflochtene Ketten aus Radieschen und Schnittlauch zierten den verschlissenen Vorhang über der Bühne. Vor einer Woche hatte hier der alljährliche Gemüseball stattgefunden.

Der junge Pastor Benjamin Florin versuchte gerade, eine widerspenstige Leinwand vor einem Gurkenbild in der Mitte der Bühne aufzustellen. Eigentlich hätte die heutige Gemeindesitzung wie üblich im gegenüberliegenden Pastorat stattgefunden, aber wegen der ungewöhnlichen Dringlichkeit und der erwarteten hohen Anzahl an Gästen sollte der geräumige Saal im Alten Gasthof genutzt werden. In der vergangenen Woche war der neue Vorsitzende des Bürgervereins Magnus Grünfeld zumindest im Dorfkern von Haus zu Haus marschiert, um möglichst viele der knapp zweitausendfünfhundert Einwohner Ochsenwerders zur Sitzung einzuladen. Über das von Magnus noch unter Verschluss gehaltene Thema konnte auch der Pastor nur spekulieren. Irgendetwas hoch Politisches musste es sein. Von Müllverbrennungsanlage bis Windpark oder sogar der Erschließung großflächiger Neubaugebiete inklusive Spaßbad und geräumiger Kita schien alles möglich. Als langjähriger Single hätte Benjamin Florin für Letzteres wenig Verwendung. Hier auf dem Dorf war es nicht wirklich einfach, diesen Status zu ändern. Seit er vor über einem Jahr die Stelle in Ochsenwerder übernommen hatte, stand jeder seiner Schritte unter genauer Beobachtung. Außerdem verhielt sich der Pastor trotz seiner fast zwei Meter Körpergröße in Gegenwart von Frauen eher schüchtern. Eine Studienkollegin hatte ihn vor einigen Monaten dazu animieren wollen, wenigstens den dichten dunklen Bart abzunehmen. Doch als Gewohnheitstier hatte er sich bis heute nicht dazu durchringen können. Auch von seinen schwarzen Zimmermannshosen, die er in dreifacher Ausfertigung besaß, wollte er sich nicht trennen. Wenigstens waren seine langen Haare aus Studienzeiten seit Stellenantritt einem ordentlichen Kurzhaarschnitt gewichen.

Als die Leinwand endlich einrastete, vernahm er plötzlich eine weibliche Stimme hinter sich: „Hallo? Sind Sie der mir versprochene Techniker?“

Irritiert drehte er sich um und sah eine blonde Frau die drei Stufen zur Bühne hinaufsteigen.

„Van Haff. Nina van Haff!“

In Zeitlupe nahm er ihre ausgestreckte Hand entgegen. „Florin. Benjamin Florin.“

„Super, dass Sie uns helfen! Ich müsste meinen Beamer anschließen und bräuchte dafür einen kleinen Tisch. Strom wär da echt von Vorteil.“ Sie sah sich kurz um. „Haben Sie vielleicht auch ein Mikro für mich?“

*

Mit eleganten Schritten, als würde sie das Foyer eines exklusiven Grandhotels und nicht den heruntergekommenen Festsaal betreten, stolzierte die Apothekerin Hildegard von Ziesel herein. Seit über fünf Generationen befand sich ihre

Ochsenwerder Apotheke bereits in Familienbesitz, wie sie zu jeder sich bietenden Gelegenheit verlautbaren ließ. Zielstrebig steuerte sie die vordere Reihe an. Gefolgt von ihrer einzigen Tochter, Pia von Ziesel. Bevor die beiden Frauen in der Mitte der ersten Reihe Platz nahmen, entledigte sich Hildegard ihres Lodenmantels, strich die weiße Bluse über dem karierten Wollrock glatt und richtete verstohlen ihre Hochsteckfrisur. Eine Lesebrille hing an einer goldenen Kette um ihren Hals. Innerlich seufzend betrachtete sie die unscheinbare Aufmachung ihrer Tochter und deutete anschließend nach vorn. „Guck mal Pia, der Pastor ist auch schon da!“, stellte sie erfreut fest. Die junge Frau sah nur kurz von ihrem Buch hoch und las umgehend weiter. Ihre Mutter erhob sich von ihrem Platz und schritt freudestrahlend auf den jungen Mann zu, der vor der Bühne stand - über seinen verwaschenen Pullover und die ausgebeulte schwarze Cordhose sah sie großzügig hinweg. „Guten Abend, Herr Pastor!“ Beschwörend nickte sie in Pias Richtung, die entnervt ihr Buch beiseitelegte. Nina van Haff stand mit dem Rücken zu ihnen gewandt auf der Bühne und sprach lebhaft in ihr Handy.

Benjamin Florin schüttelte ergeben die Hand der ersten Vorsitzenden des Kirchenvorstands. „Frau von Ziesel! Schön, dass Sie da sind!“

„Sind Sie wieder so freundlich und kümmern sich um die Technik?“, erkundigte sie sich süß lächelnd, während Pia und der Pastor sich ebenfalls die Hand gaben.

„Ist schon alles fertig“, winkte Benjamin ab. „War kein großer Aufwand.“ Suchend blickte er einen Moment hinter sich.

„Wo Sie gerade hier sind, Herr Florin. Pia wollte Sie schon lange etwas fragen.“ Die Apothekerin stupste ihre desinteressiert zu Boden blickende Tochter an, die kurz darauf mit monotoner Stimme ihr Anliegen vortrug: „Ach ja … im Rahmen meines Studiums müsste ich einige Beobachtungen zur Interaktion von Kindern durchführen. Wäre es möglich, dass ich ein paar Wochen im Kindergarten hospitiere?“

Zum großen Bedauern ihrer Mutter hatte Pia das Pharmaziestudium nach einem Semester aufgegeben und studierte seit über zwei Jahren Biologie und Deutsch auf Lehramt.

Der Pastor dachte einen Moment nach. „Aber natürlich! Kein Problem. Reichen Sie mir nur kurz eine Notiz dazu rein, dann kläre ich das gern mit der Leitung ab.“

„Danke.“

Benjamin Florin nickte den Damen noch einmal freundlich zu und begab sich wieder in Richtung Bühne, wo Nina ihr Gespräch gerade beendet hatte.

Nachdem Hildegard und Pia von Ziesel zu ihrem Platz zurückgekehrt waren, setzte sich das Lehrerehepaar Michael und Elke Meyer-Oelke neben sie. Die Apothekerin begrüßte den drahtigen Sportlehrer der Zentralschule des Dorfs mit neutraler Miene. Seiner wie immer in schwarz gekleideten Frau nickte sie nur kurz zu. Seit Elke die hohen Buchsbäume in ihrem Vorgarten an der Geschäftsstraße Ochsenwerders zu Phallussymbolen geschnitten hatte, ignorierte Hildegard von Ziesel ihre pietätlose Nachbarin. Die schien das allerdings nicht besonders zu stören, da sie ohnehin nur mit wenigen Leuten das Gespräch suchte. Seit über zwanzig Jahren betrieb die Künstlerin eine beliebte Malschule für Kinder und Erwachsene. Auch Pia hatte viele Jahre zusammen mit Elkes und Michaels Tochter Charlotte an dem Malunterricht teilgenommen. Als die Kinder jedoch einmal den Auftrag bekamen, ihre Familie nackt zu malen, durfte Pia nicht mehr an den Stunden teilnehmen.

„N‘abend, Frau von Ziesel!“, grüßte Michael seine Nachbarin mit donnernder Stimme. Die von Ziesels zählten zu den einzigen im Dorf, mit denen sich keiner duzte. „Na, wat meinen Sie denn, warum man uns heute hier zusammengerufen hat?“

„Also, ich würde es durchaus begrüßen, wenn endlich über die Sanierung des Gemeindezentrums geredet würde! Die sanitären Anlagen ...“

„Die Kirche in allen Ehren, aber dafür geht der gute Magnus doch nich Klinken putzen!“ Der Lehrer machte eine wegwerfende Handbewegung. „Nee, dat muss ’n ganz großes Thema sein! Vielleicht ’ne neue Schule?“

„Das wär cool, Michael!“ Dörthe Schulze, eine der beiden Betreiberinnen des Bioladens „Die Emmatanten“ nahm gerade direkt hinter dem Lehrerehepaar Platz. Die verschiedenen Rottöne ihres selbstgenähten Kleids in Glockenform waren ein echter Farbtupfer im eher dunklen Saal. Auch sie hatte ihre vollen roten Haare zu einer Hochsteckfrisur aufgedreht. Im Gegensatz zur akkuraten Frisur der Apothekerin hatten sich jedoch einige Strähnen widerspenstig gelöst. „Ich glaub ja, dass es irgendwie um so ’ne Umweltsache geht. Die wollen hier bestimmt vom ganzen Dorf das Okay für ’ne Riesensauerei!“ Auch wenn Dörthes zierlicher Körperbau dies auf den ersten Blick nicht vermuten ließ, galt sie vor allem in Umweltfragen als äußerst streitlustige Person.

„Das weiß du doch noch gar nicht, Dörthe!“ Ihre Geschäftspartnerin Kathrin Sommer setzte sich neben sie und grüßte fröhlich lächelnd in die Runde. Dabei wippten ihre blonden dichten Locken. „Kann doch auch mal etwas Schönes sein! Vielleicht ein Schwimmbad. Oder eine größere Kita.“

„Da wär ich dafür! Kinder brauchen echt Platz, um sich voll entfalten zu können!“

„Oh, hallo Anevke!“, freute sich Dörthe über ihre

Stammkundin, die sich neben sie setzte. Aufmerksam besah sie sich die deutliche Wölbung über Anevkes Jeans. „Wie lange hast du noch?“

„Über zwei Monate!“, stöhnte die Angesprochene.

Milde lächelnd und mit Argusaugen über seine schwangere Frau wachend setzte sich der zukünftige Kindsvater Dr. Tobias Brömmer neben sie. Nach seiner erfolgreichen Promotion vor einem halben Jahr bekleidete er mittlerweile das Amt des stellvertretenden Leiters der Gedenkstätte von Neuengamme. „Guten Abend.“

„Ach nee, unser Bürgerkönig! Ja und? Wo is denn deine Kette?“, erkundigte sich Michael grinsend.

„Ach ja! Moment.“ Missbilligend sah Anevke dabei zu, wie ihr Mann eine breite Messingkette aus seiner tarnfarbenen Fahrradtasche zog. Auf dem großflächigen Anhänger war ein mit Blumenranken geschmücktes Gewehr abgebildet. Aus einer Laune heraus hatte Tobias zusammen mit seinem ehemaligen Schulfreund Karlo am letzten Schützenfest teilgenommen und durfte sich nun Bürgerschützenkönig nennen. Als ehemaliger Zivildienstleistender.

„Um den Hals hängen! Bei jedem öffentlichen Auftritt! Dat gehört dazu.“ Michael lachte. Auch er hatte sich nach seinem Umzug aus der Hamburger Innenstadt an die dörflichen Gepflogenheiten gewöhnen müssen.

Tobias tat wie ihm befohlen. Anevke schüttelte ihre asymmetrische Frisur und verdrehte die Augen in Richtung Ausgang. Dabei wurde sie Zeugin eines weiteren alten Brauchs in Teilen der Dorfgemeinschaft. Als eine Gruppe von ungefähr zehn Männern in der Nähe der Stuhlreihen aufeinandertraf, rief einer laut: „Hest em bi di?“

Fast alle fummelten in ihren Hosen, Jacken oder Hemdtaschen und reckten innerhalb von kürzester Zeit stolz einen halben Korken in die Luft. „Heb ick“, lautete die einhellige

Antwort. Nur der Jüngste von allen, Versicherungsmakler Sven Töner, konnte lediglich leere Hände vorweisen.

„Nächste Runde geiht auf dich, Sven!“, feixte der voluminöse Wirt Manfred Wolf, der in einem Hinterhof der Geschäftsstraße des Dorfs die Gaststätte *Zum Wolf* betrieb. „Ich mach schon mal ‘n Deckel klar!“

„Nützt ja nix!“, ergab sich Sven in sein Schicksal. „Tel Aviv, die Firma dankt!“, entgegnete der allseits bekannte Sprücheklopfer.

Inmitten des allgemeinen Trubels in den mittlerweile gut gefüllten Sitzreihen öffnete sich auf der Bühne eine Tür und eine Delegation von sieben stilvoll gekleideten Personen betrat das Podium. Mit bedächtigen Schritten begaben sich vier der Herren und eine Frau im dunkelblauen Kostüm zu den Plätzen, die ihnen von Nina van Haff zugewiesen wurden. Ein Mann im schwarzen Anzug machte einen gekonnten Satz und blieb unterhalb der Delegation stehen. Sein Kollege verharrte vor einem Fenster auf der rechten Seite der Bühne. Bei jedem von ihnen schlängelte sich aus dem Hemdkragen eine Kabelspirale zu einem Knopf im Ohr. Mit unbewegter Miene scannten sie jeden Millimeter des Saals. Dabei entging ihnen nicht, wie ein vollbärtiger Mann, eine Mischung aus Wildecker Herzbuben und Alm-Öhi, schnell hinein huschte und von seiner äußerst missbilligend blickenden Ehefrau nach vorne auf einen extra frei gehaltenen Platz neben der gemeinsamen Tochter gewunken wurde.

Nina van Haff ließ ihren Blick über dem Saal schweifen und setzte sich in die Mitte des Tisches. Sie sortierte ihre Papiere vor sich und atmete einmal tief durch. Bevor sie jedoch das Wort ergreifen konnte, ereignete sich noch ein kleiner Zwischenfall: Wie von Zauberhand löste sich eine der Radieschengirlanden aus dem Vorhang über ihnen und wand sich wie eine Hawaiikette um den Hals des Ersten

Bürgermeisters. Die Menge im Saal rief erschrocken und belustigt durcheinander. Schnell wie Raubkatzen stürzten sich die Leibwächter auf ihren überrascht blickenden Chef und entrissen ihm die Gemüsekette mit ruppigen Bewegungen. Von seinem Klappstuhl im hinteren Bereich der Bühne starrte Benjamin Florin besorgt nach oben. Als er erkannte, dass weiterhin mit herabfallendem Gemüse zu rechnen war, stürzte sich der junge Pastor mit seinem langen Körper auf Nina van Haff. Der letzte Rest Radieschen und Schnittlauch ergoss sich über seinen groben Wollpullover. Die beiden Bodyguards starrten den Eindringling feindselig an.

„D … d … danke“, stammelte Nina van Haff, als ihr Retter sich langsam von ihr löste.

Das Murmeln im Saal nahm zu. „Seit der Explosion letztens sitzt hier irgendwie alles locker!“, raunte Dörthe ihrer Geschäftspartnerin Kathrin zu. „Weißt du noch, wie heute unser Schild vorne runtergedonnert ist?

Die nickte kurz. „Jetzt wo du’s sagst. Meine drei hatten sich so erschrocken. Lotta ist an dem Abend sofort in mein Bett gekrochen!“

„Kjelli auch!“, erinnerte sich Dörthe.

„Was das wohl war?“, beteiligte sich nun auch Frau von Ziesel am Gespräch. „Man hat später nichts mehr von der Sache gehört.“

„So was kommt doch öfter vor. Vielleicht ham ein paar experimentierfreudige Jungs ihre alten Silvesterknaller zusammengeschmissen“, mutmaßte der Lehrer.

„Nein, da hat irgendein Bauer bestimmt mal wieder was verschwinden lassen wollen, ganz klar!“, schaltete sich Anevke Brömmer in die Spekulationen ein. Dabei strich sie sich sanft über den Bauch. „Ich kann nur hoffen, dass da keine Chemie im Spiel war! War echt heftig, unser hinterer Schuppen hat seitdem einen Riss in der Außenwand!“

„Bei unseren Nachbarn sind sogar die Scheiben ihrer Gewächshäuser zerbrochen“, berichtete Anevkes Mann Tobias, der beschützend den Arm um seine Frau gelegt hatte. „Nur merkwürdig, dass davon nichts in der Zeitung stand.“

Nachdem sie sich vom Schrecken der fliegenden Girlanden erholt und der Bürgermeister seine Contenance wiedergefunden hatte, begann Nina van Haff ins leicht pfeifende Mikrofon zu sprechen: „Meine Damen, meine Herren, ich freue mich sehr, dass heute so viele hierher gekommen sind! Vielen Dank an Herrn Grünfeld für die Gastfreundschaft in diesem ... ähm ... schönen Saal.“ Sie deutete auf den einzigen leeren Stuhl auf der Bühne. „Unser letzter Gast wird bestimmt bald hier sein.“ Ein erneutes Raunen erfasste die Menge. Unbeirrt fuhr Frau van Haff fort: „Zunächst darf ich die Runde hier oben einmal vorstellen: Sie kennen bestimmt alle Hamburgs Ersten Bürgermeister, Herrn Veit Relin.“

Auch wenn Relin der im Dorf weniger favorisierten Partei angehörte, klatschten die anwesenden Männer höflich. Der Großteil der Frauen applaudierte dem – laut einer bekannten Frauenzeitschrift – *‚sexiest Bürgermeister alive‘* wie verliebte Backfische. „Neben ihm begrüßen wir den Sportamtsleiter Johannes Cornelsen und den ersten Vorsitzenden des Hamburger Landesruderverbands, Herrn Roger Repenbrook.“ Die älteren Herren lächelten staatsmännisch. „Zur Rechten sehen Sie den Zweiten Bürgermeister und Senator für Stadtentwicklung, Herrn Thorsten Schmidt, sowie die Leiterin des Olympiastützpunktes, Frau Annegret Winkel.“ Während Frau Winkel freudig in die Menge strahlte, verzog ihr Sitznachbar keine Miene.

Nach der allgemeinen Vorstellung des Podiums eilten noch zwei späte Besucher in den Saal. Der Ältere der beiden setzte sich auf einen Platz in den hinteren Reihen. Magnus Grünfeld hingegen begab sich mit großen Schritten direkt nach vorn zur Bühne. Dabei steckte er sein kariertes Hemd in die Cordhose und fuhr sich hektisch durch das widerspenstige Haar.

„Oh, Herr Grünfeld! Dann können wir ja anfangen“, sprach Nina van Haff erleichtert in das Mikrofon. Im Gegensatz zu seinem Auftritt vor ein paar Tagen wirkte Magnus diesmal eher angespannt, stellte sie fest. Eine beginnende Sorgenfalte verlief über seiner Stirn.

In der ersten Reihe zischte Hildegard von Ziesel ihrem Mann verärgert zu: „Mal wieder zu spät. Familie Grünfeld braucht wie immer ihren Auftritt!“

Die in Ochsenwerder alteingesessenen Grünfelds bedeuteten für Hildegards Familie, die Kruthus, schon seit Generationen ein dauerhaftes Ärgernis. Weil Antonius Kruthus sich vor ungefähr zweihundert Jahren nicht um die Befestigung seines Deiches hatte kümmern wollen, war ihm vom damaligen Deichvogt ein Spaten in die Erde gerammt worden. „Wer nich will deichen, muss weichen“, lautete sein unabwendbares Urteil. Der benachbarte Hufner Hermann Grünfeld machte daraufhin vom sogenannten „Spatenrecht“ Gebrauch und zog den Spaten wieder heraus. Auf diese Weise konnte er sich das großzügige Grundstück der Kruthus aneignen. Fairerweise ließ Grünfeld der Familie noch das Haus und einen kleinen Küchengarten. So verlegten sich der Enteignete und seine Frau bald auf den Anbau von Heilkräutern und er erwarb sich binnen kürzester Zeit den Ruf eines Quacksalbers. Auch wenn sie kein schlechtes Auskommen hatten und niemand der Zeit des kraftraubenden Ackerbaus nachweinte, saß seitdem ein unverrückbarer Keil zwischen den beiden Familien. Vor allem den Kruthus respektive den von Ziesels würde es nie einfallen, Angehörige der Grünfelds zu privaten Feiern einzuladen.

„Zunächst möchte ich dem Ersten Bürgermeister das Wort erteilen.“ Nina van Haff setzte sich wieder und hielt verstohlen Ausschau nach diesem bärtigen Techniker von vorhin.

Veit Relin wusste um seine Wirkung auf die Zuhörer, vor allem auf die weiblichen. In der Regel lauschten sie seiner tiefen bedächtigen Stimme gern: „Meine lieben Einwohner von … Ochsenwerder. Ich freue mich außerordentlich, dass wir an diesem heutigen Abend endlich die Gelegenheit bekommen, diesen Teil von Hamburg zu besuchen. Bei der Vorbereitung auf diesen Abend musste ich mir erst wieder vergegenwärtigen, dass Ochsenwerder bereits seit dem Jahre 1395 zu unserer schönen Stadt gehört.“ Leises Gemurmel durchzog das Publikum. „Sie werden sich nun sicher fragen, weshalb wir in ihr malerisches Dorf gekommen sind. Nun, das will ich Ihnen gerne sagen: Hamburg hat vor, sich zukünftig im sportlichen Bereich stärker zu engagieren.“ Nach einer kleinen Pause und anwachsendem Getuschel fuhr er fort: „Und was haben Sie damit zu tun? Es verhält sich folgendermaßen: In den heutigen Krisenzeiten liegt den Vorsitzenden der internationalen Sportverbände der Aspekt der Völkerverständigung sehr am Herzen. Deshalb ist geplant, dass die Sportler in Zukunft bei ihren Wettkämpfen vorzugsweise nicht mehr anonym in Hotels untergebracht werden sollen, sondern, dass sie - wie Sie es vielleicht vom Kirchentag kennen – bei freundlichen Mitbürgern Privatunterkünfte bekommen.“

„Allens nach Ossenwarder?“, rief ein Besucher unter allgemeinem Gelächter. „Nu geiht dat aber los!“

„Natürlich nicht.“ Veit Relin lächelte charmant. „Aber wir haben ein Pilotprojekt ausgearbeitet, das Ihnen Frau van Haff nun einmal vorstellen möchte.“

Die Projektleiterin saß träumend an ihrem Platz und

spielte mit einem Radieschen. Sie reagierte erst, als der Erste Bürgermeister sie erneut direkt ansprach: „Frau van Haff?"

„Ja, entschuldigen Sie!" Sie sammelte sich kurz und wischte einige Haarsträhnen aus dem Gesicht. „Es ist so: Hier ganz in der Nähe befindet sich ja das Regattazentrum von Allermöhe. Im Juni wird dort ein Ruderweltcup veranstaltet. Alle teilnehmenden Mannschaften haben natürlich schon längst ihre Zimmer in den umliegenden Hotels gebucht. Daran wird auch nichts mehr geändert. Nur die Italiener waren sich sehr lange nicht einig. Nun wollen sie doch kommen und werden an unserem einmaligen Pilotprojekt teilnehmen." Lächelnd fuhr sie fort. „Das soll folgendermaßen aussehen: Wir brauchen Unterkünfte für ungefähr sechzig Personen. In erster Linie geht es da um die Sportler. Aber auch die Betreuer, Trainer und Physiotherapeuten müssen versorgt werden." Sie griff zu der kleinen Fernbedienung auf dem Tisch und drehte sich zur Leinwand um. „Ich habe hier eine Liste mit den entsprechenden Wünschen. Die unterschiedlichen Bootsklassen möchten möglichst zusammenbleiben. Wie Sie sehen, reicht das Spektrum vom Einer bis zum Ach ..."

Nina van Haff konnte ihren Satz nicht mehr zu Ende sprechen, weil aus den Zuschauerreihen wütende Stimmen ertönten:

„Wat soll dat denn?"

„Wat woll'n die denn hier?"

„Spaghettis? Zu uns?"

„Die klau'n doch wie die Raben! Vor zwanzig Jahren anne Adria, da ham die mein Auto ..."

„Warum immer nach uns hier? Die können doch auch mal nach Bergedorf!"

„Warum geh'n die nich in Zelte? Da gift dat ganz gediegene."

Alle riefen durcheinander. Die Mitglieder des Podiums tauschten ernste Blicke.

„Also, ich finde das ganz toll!“, flüsterte Kathrin ihrer Geschäftspartnerin Dörthe zu. „Wir könnten bestimmt vier Leute bei uns unterbringen! Die Kleinen rücken zusammen und Thorsten braucht sein Arbeitszimmer ja im Moment sowieso nicht.“ Kathrins Mann war als Taucher auf einer Bohrinsel noch mehrere Wochen unterwegs.

„Ruderweltcup ... voll die Kommerzkacke, ey!“ Missmutig verzog Dörthe ihre Lippen und verdrehte die grünen Augen. „Die machen sich die Taschen voll und wir dürfen arbeiten!“

„Aber du hättest doch auch Platz, Dörthe!“, gab Kathrin zu bedenken. „Die zwei Zimmer, die irgendwann mal unser Büro werden sollen, sind doch frei! Paar Möbel rein, fertig!“

„Ich denk mal drüber nach.“

Etwas weiter hinten unterhielten sich drei ältere Frauen.

„Mutt wie dann den ganzen Tach Spaghettis kochen?“

„Und Opern singen?“

„Den Itakern kannst nich trauen, Hertha. Dat sacht mein Ernst immer, wenn er Fußball kiekt.“

Plötzlich verschaffte sich der Lehrer Michael Meyer-Ölke mit sportplatzerprobter Stimme Gehör: „Wenn man den lateinischen Grundsatz *Citius, altius, fortius* - also ‚Schneller, höher, stärker’ in die Tat umsetzen will, dann brauchen die Sportler natürlich eine Topversorgung. Das muss allen hier klar sein. Unser Probiotisches Healthy Breakfast an der Schule wäre dafür sicherlich bestens geeignet ...“

Dankbar strahlte Nina van Haff ihn an. Endlich hatte sich der Saal ein wenig beruhigt. „Da sind Sie ja schon richtig weit, Herr ...?“

„Meyer-Oelke. Michael Meyer-Oelke. Oberstudienrat!“

„Herr Meyer-Ölke, wir haben hier einen Anforderungskatalog in Bezug auf die anzubietenden Mahlzeiten in den Quartieren."

Sie hantierte mit der Fernbedienung. Auf der Leinwand erschien eine bunte Pyramide mit verschiedenen Lebensmitteln. Als sie sich wieder zu den Zuschauern umdrehte, zeigten sich ihr nach wie vor ablehnende aber auch aufgeschlossene Gesichter. „Gibt es dazu noch Fragen oder Anmerkungen?"

Aus einer der hinteren Reihen meldete sich der zuletzt erschienene ältere Herr zu Wort: „Hebbt ihr mal an den Trubel dacht, der dann in Ochsenwerder herrscht? Sechzich Lüt – dat sin ganz schön veele! Denkt mal allein an dat Verkehrskuddelmuddel!"

„Endlich ist hier mal was los!", riefen Anevke und Dörthe.

„Dat mach ja wohl sein, aber wer weiß denn, wo dat noch hinführt. Wie damals mit der Güterumgehungsbahn, die ja Gott sei dank in letzter Minute nich gekommen is. Ich weiß nich, ob dat in Ochsenwerder so 'ne gute Idee ist. Plötzlich wird uns hintenrum noch wat unnergeschob'n und wir lütte Bürgers ham mal wedder nich ins Kleingedruckte gekiekt."

„Horst hat recht. Wir sollten da auf jeden Fall pingelich hinkieken!", unterstützte Wirt Manfred die Bedenken seines Vorredners. „Wer weiß, wat da noch allens kommt!"

Aufgrund des ausbleibenden Widerspruchs im Saal nahm vor allem der Zweite Bürgermeister aufmerksam zur Kenntnis, dass das Wort dieser beiden Männer hier Gewicht haben musste.

„Herr Bürgermeister", sagte Dörthe unvermittelt in die murmelnde Stille hinein. „Wo Sie schon mal da sind. Was ist denn nun mit dem Thema Fracking hier in der Gegend?"

Herr Relin bemühte sich, seine joviale Haltung zu

bewahren: „Meine lieben Einwohner von Ochsenwerder! Ich freue mich immer über vielseitig interessierte Bürger, aber heute wollen wir uns bitte hauptsächlich mit dem akuten Thema beschäftigen. Sie können mir aber gerne jederzeit eine Mail schreiben."

Dörthe ließ sich nicht einfach abspeisen: „Das werde ich bestimmt tun. Trotzdem finde ich, wenn wir hier für Ihre Imagekampagne herhalten sollen, dann können Sie uns hintenrum keine Chemie in den Boden jagen!"

„Genau!", pflichtete Anevke ihr lautstark bei.

Bis zu dem Zeitpunkt hatte Magnus Grünfeld von seinem Bühnenplatz aus genau zugehört. Er fuhr sich noch einmal mit beiden Händen durch's Haar und griff entschlossen zum Mikrofon. „Liebe Freunde und Freundinnen aus Ochsenwerder: Das eine hat doch mit dem anderen nichts zu tun! Ich würde mich sehr freuen, bei dieser neuen Form der Völkerverständigung über die Brücke des Sports zu gehen. Deshalb schlage ich vor: Lasst uns zunächst einmal über gute Gastfreundschaft unseren italienischen Freunden gegenüber nachdenken. Für alles andere wird es sicherlich eine sinnvolle Lösung geben! Da vertraue ich ganz unserem Bürgermeister!"

Dankbar lächelnd nahm Veit Relin Magnus das Mikrofon aus der Hand: „Ich bin davon überzeugt, dass sich die italienischen Ruderer hier in Ihrem schönen Ochsenwerder wohlfühlen werden!" Nun schien es Zeit für seinen letzten Trumpf. „Ihre Mühe soll ja nicht umsonst sein. Wie wir alle unschwer erkennen können, ist dieses schöne alte Gebäude im Herzen Ihres Dorfes ein wenig ... nun ja ... in die Jahre gekommen." Er betrachtete kurz die unübersehbaren Risse in den Wänden und an der Decke. „Da es mittlerweile der Stadt gehört, können wir entscheiden, was in Zukunft damit geschehen soll. Hamburg verfügt bereits über ein sehr schönes Gästehaus an der Alster. Zusätzlich wünschen wir uns in Zukunft eine Art Dependance auf dem Lande. Denn - auch das ist Hamburg!“ Er machte eine bedeutsame Pause und versuchte jeden der Anwesenden auf seinen nächsten Gedankengang mitzunehmen. „Die Lage hier an Ihrem schönen Dorfteich mit der Kirche im Hintergrund und diese malerische kleine Geschäftsstraße hat uns auf die Idee gebracht, aus diesem altehrwürdigen Gebäude einen kleinen Wellnesstempel zu machen. Mit gehobener Gastronomie, Whirlpool, Spa, Fitnessraum ...“

Im Saal regte sich Widerstand.

„Und wo soll dann der Paschenmarkt stattfinden?“

„Und der Adventsbasar?“

„Schützenfest?“

„Gemüseball?“

„Wat is denn mit Denkmalschutz?“, wandte der Dorfgastronom Manfred Wolf ein und verschränkte die Arme vor der breiten Brust.

„Meine lieben Gäste, für all diese Fragen wird es eine sachgerechte Lösung geben. Wir nehmen Sie bei der Planung natürlich en détail mit ins Boot.“

Erneut griff Magnus Grünfeld zum Mikrofon. Aufgrund der Wärmeentwicklung im Saal hatte er sich mittlerweile die Ärmel seines karierten Hemdes hochgekrempelt. Er sprach mit fester Stimme: „In einem ersten Gespräch hat mir der Erste Bürgermeister zugesichert, dass alle traditionellen Feste wie gehabt stattfinden können. Einen Saal wird es demnach weiterhin geben. Wir müssen begreifen, dass es sich hier um eine einmalige Chance handelt! Spätestens in zehn Jahren muss sonst alles um uns herum abgerissen werden. Dann freuen wir uns doch lieber auf eine Wellness-Oase mit aufpoliertem Saal!“

Kopfschüttelnd runzelte Manfred die Stirn.

„Nu ma Butter bei die Fische: Wenn ich nu so'n paar Italienerinnen bei mir unnerbring, kriech ich da auch wat für?“, fragte Sven Töner fröhlich grinsend.

„Danke, dass Sie das ansprechen“, sagte Nina van Haff mit einem erleichterten Lächeln auf den Lippen. „Jeder Haushalt, der für ungefähr zwei Wochen, also das Trainingslager und die eigentliche Regatta, ein Doppelzimmer mit Badnutzung zur Verfügung stellen kann, bekommt dafür von der Stadt pauschal fünfzig Euro Aufwandsentschädigung pro Nacht.“ Auf der Leinwand erschien die Zahl fünfzig. „Für sportlergerechtes Essen gibt es natürlich mehr. Die übrigen Anforderungen haben wir Ihnen hier kurz zusammengefasst.“ Sie deutete auf einen Zettelstapel auf dem Tisch. „Ganz wichtig für alle interessierten Gastgeber: Nächste Woche wird für jeden verpflichtend ein kostenloser Italienischkurs beginnen.“

5

Mittwochmorgen

Die Oberfläche des Hohendeicher Sees lag glatt da. Eine Entenfamilie spazierte am Ufer des breiten Sandstrands entlang. In wenigen Wochen würden hier wieder unzählige Handtücher ausgebreitet und die Grillsaison eröffnet werden. Leichter Frühnebel löste sich langsam auf und machte den ersten Sonnenstrahlen Platz. Mit seinem weißen Lieferwagen bog Karlo auf den holprigen Parkplatz gegenüber dem Strand ein. Das Display im Armaturenbrett zeigte die Uhrzeit: 7:35. Auf dem Beifahrersitz saß ein nervöser Wadek, der seinen Dienst auf dem Hof Eckers heute etwas später antreten würde. Die jungen Chefs schienen darüber anfangs nicht begeistert, zeigten aber sofort Verständnis, als Wadek von dem Verschwinden Pawels berichtet hatte. Nach wie vor überwog bei ihnen die Erleichterung, dass der fleißige Pole dem Hof die Treue hielt, nachdem ihre Väter wegen gemeinschaftlichen Mordes an dem Italiener Flavio Mantova verhaftet worden waren.

Wadek deutete auf eine Gruppe von Männern in bunten Trainings- und Arbeitsanzügen, die in der hintersten Parkbucht bei mehreren Autos mit osteuropäischen Kennzeichen standen. Karlo suchte sich einen Stellplatz in der Nähe und stieg zusammen mit seinem Beifahrer aus. Sie beobachteten, wie ein weiteres Auto auf den Parkplatz einbog. Wenige Augenblicke später parkte neben ihnen ein dunkelblauer Audi, aus dessen Innenraum sich zwei lange dünne Beine den Weg nach draußen suchten. Als Kommissar Spannich neben seinem Wagen stand, rückte er sich die Brille zurecht und blinzelte in die durchbrechende Frühlingssonne.

Nachdem Wadeks Familienangehöriger nun schon mehrere Tage als vermisst galt, hatte sich der Bergedorfer Kriminalbeamte des Falls angenommen und begab sich zusammen mit Karlo, der auf Wadeks Wunsch dabei sein sollte, auf Spurensuche.

„Morgen, Herr Kommissar."

„Guten Morgen, Herr Kolberg! Guten Morgen, Herr …?"

„Woletzki. Wadek Woletzki. Wir kennen uns aus die Schuppen."

„Schuppen?" Spannich kramte in seiner Erinnerung. „Ach ja, Kolbergs Retter!" Die Männer gaben sich die Hand. „Sie sollten ihn nicht aus den Augen lassen! Ein echter Gefahrensucher."

Wadek sah irritiert zu Karlo. Der verdrehte nur die Augen.

Spannich scannte die Umgebung mit einem wachsamen Rundumblick und nickte kurz zu der Gruppe hinüber. „Und Sie meinen, dass die Herrschaften dort uns bereitwillig Auskunft geben werden?"

„Warum nich? Sind nich illegal hier. Das is Europa!", antwortete Wadek nüchtern. Trotzdem wirkte er angespannt.

Spannich zog die Augenbrauen hoch. „Wie Sie meinen. Dann wollen wir mal."

Als sich die drei der Gruppe näherten, wurden sie argwöhnisch beobachtet. In seinem steifen Auftreten mit stets misstrauischem Gesichtsausdruck wirkte der Kommissar eher einschüchternd. Bildete Karlo sich das nur ein, oder guckten einige der neun jungen Männer trotz der Freizügigkeit des europäischen Arbeitsmarktes nervös?

„Sie übernehmen die Übersetzung", wies Spannich Wadek an.

„Für Polnisch ja. Rumänisch oder Bulgarisch nein."

Umgehend zog Wadek ein Foto aus seiner Brusttasche

und zeigte es der Runde. Auf Polnisch fragte er: „Kennt ihr Pawel? Pawel Olczyk?“

Nacheinander begutachteten sie die Aufnahme. Die meisten schüttelten den Kopf. Zwei Arbeiter mit kurz rasierten Haaren sahen erst das Bild und dann sich an. Dem Kleineren der beiden war sein Arbeitsanzug deutlich zu groß. Der andere trug einen lila-grünen Trainingsanzug. Unentschlossen drucksten sie herum.

„Kennt ihr ihn?“, fragte Wadek.

„Warum willst du das wissen?“

„Das ist der Verlobte meiner Nichte. Seit einer Woche ist er verschwunden.“

Der Mann im Trainingsanzug scharrte mit silbernen Turnschuhen im Sand. Verstohlen guckte er seinen Kollegen an. Der nickte ihm aufmunternd zu. „Okay. Vor einer Woche sind Pawel und Irek abends mit einem großen Trecker und Anhänger weggefahren.“

Nachdem Wadek übersetzt hatte, fragte Karlo interessiert nach: „Irek?“

„Kollege. Haben immer gearbeitet zusammen“, erklärte Wadek. „Guter Mann.“ Er wandte sich wieder an die beiden Polen. „Wisst ihr, wo sie dann hingefahren sind?“

Sie schüttelten mit dem Kopf.

„Haben Sie den Treckerfahrer vorher schon einmal hier gesehen?“, erkundigte sich Karlo.

Erneutes Kopfschütteln.

„Sie wissen schon, dass Sie der deutschen Polizei zur Hilfe verpflichtet sind?“, schaltete sich Spannich in das Gespräch ein. Nachdem Wadek übersetzt hatte, wirkten die beiden eingeschüchtert. „Haben Sie sich rein zufällig das amtliche Kfz-Kennzeichen gemerkt?“

Spannich erntete auf seine Frage nur Achselzucken und bohrte weiter nach. „Vielleicht die Marke des Treckers? Da gibt's doch nicht so viele, oder?" Als er nach wie vor in ahnungslose Gesichter blickte, griff der Kommissar in die Manteltasche seines Trenchcoats und zückte ein paar Visitenkarten. „Sollte Ihnen noch etwas einfallen, dann melden Sie sich bitte umgehend bei mir."

Zögernd nahmen die Herumstehenden jeweils eine Karte entgegen und hielten diese unschlüssig in den Händen.

„Vielen Dank für Ihre Hilfe!", bedankte sich Karlo freundlich. Wadek verabschiedete sich ebenfalls. Der Kommissar entfernte sich grußlos von der Gruppe.

Auf Höhe ihrer Autos fragte Spannich: „Hat Herr Olczyk eigentlich bei Ihnen gewohnt, Herr Woletzki?"

„Nein. Mit Irek in Container. Bei Ruppke."

„Und wo befindet sich dieser Container? Den sollten wir uns unbedingt mal ansehen."

*

Ein fauliger Müllgeruch lag in der sich langsam aufwärmenden Morgenluft. Hinter mehreren Abfalltonnen und einem riesigen Kompostberg standen nebeneinander fünf rostige Container, die jeweils zwei Fenster und eine Tür hatten. Jeder war vor langer Zeit in einer anderen Farbe gestrichen worden, die langsam abblätterte. Nachdem Karlo ihr gut zugeredet hatte, überließ ihnen Helga Ruppke, die skeptische Frau des Gärtners, ihren Zweitschlüssel. Eilig führte Wadek den Kommissar und Karlo zu dem grünen Behelfswohnraum.

Als sie die leicht verzogene Tür öffneten, schlug ihnen ein muffig-metallischer Geruch entgegen. Vorsichtig traten die drei Männer nacheinander ein. Rechts neben dem Eingang hing ein dreckiges Waschbecken, worin ein Topf und zwei Teller auf den Abwasch warteten. Auf der ehemals weißen Plastikablage lagen zwei ausgefranste Zahnbürsten und eine fast leere Tube Zahnpasta. Unmittelbar neben dem Waschbecken stand ein rostiger Campingkocher. Darunter befand sich der Kühlschrank. Von den zwei Etagenbetten an den hinteren Wänden schienen nur die unteren beiden belegt. Auf den Matratzen lagen jeweils eine bunt gemusterte Decke und ein Kopfkissen. Ordentlich gefaltet. Auf dem einen Kissen saß ein brauner Plüschteddy. Dreckige Arbeitsklamotten verteilten sich auf dem Boden. Karlo trat näher heran und besah sich diese genauer. Spannich tat es ihm gleich. Karlos Augen weiteten sich. Die Kleidung war blutverschmiert. Unverzüglich zog der Kommissar Gummihandschuhe aus dem Inneren seines Trenchcoats.

„Hier wird nichts angefasst! Darum muss sich die Spurensicherung kümmern."

Wadek schluckte schwer, bekreuzigte sich und schlich wieder nach draußen. Karlo ließ indessen seinen Blick durch den übrigen Raum schweifen. Unter dem einen Bett hatte etwas seine Aufmerksamkeit erregt. Verstohlen guckte er zu Spannich. Der tippte konzentriert eine Nummer in sein Handy und beachtete ihn im Moment nicht. Karlo tat, als wäre ihm etwas auf den Boden gefallen und bückte sich. Mit einem beherzten Griff nahm er ein dreckiges Ledereetui an sich und ließ es unbemerkt in seine Jackentasche gleiten.

„Jens? ... Dirk hier. Hör mal, ihr müsst euch hier draußen einen Wohncontainer ansehen. Arbeitskleidung mit Blutspuren. Eventuell von einem vermissten polnischen Wanderarbeiter. … In zwei Stunden? Alles klar. Adresse schick ich dir." Alarmiert sah er zu Karlo herüber, der gerade den Kühlschrank öffnen wollte. „Nein! Finger weg! Die Kollegen werden hier gleich alles auf den Kopf stellen. Nichts verändern - die sollen ja nicht umsonst kommen."

Umgehend zog Karlo die Hände zurück und steckte sie in

die Taschen seiner Jeans.

Kurz darauf sah ein blasser Wadek wieder zur Tür herein. Er hatte Neuigkeiten. „Mit Nachbar sprechen ...“

„Und? Was wusste er?“, fragte Spannich.

„Ich fragen, wann hat letzte Mal Pawel und Irek gesehen.“

„Ja?“ Karlo trat einen Schritt auf ihn zu.

„Vor ein paar Tagen kommen nur Pawel. Spät Abend. Fast Nacht.“

„Der andere nicht?“

„Nein, nur Pawel. Aber war nächste Tag weg und dann nicht mehr wieder gesehen.“ Wadek hielt einen Moment inne, bevor er mit leiser Stimme weitersprach: „Nachbar hat gesehen Blut an Kopf von Pawel und er gehen ganz langsam. Nächste Tag war weg.“

„Wie weg?“, fragten Karlo und Spannich wie aus einem Munde.

„In die Nacht hat nur gehört Auto. Tür von Auto. Und Motor. Dann nix mehr.“

*

Wie immer stand der rote Mercedes mit der gelben Motorhaube auf dem mit Kopfsteinen gepflasterten Parkplatz. Karlo stieg aus seinem Lieferwagen und ging um das geräumige weiße Fachwerkhaus herum. An die weiß verputzte Hauswand gelehnt saß Anevke mit geschlossenen Augen auf einer Bank in der Sonne. Sie hatte eine karierte Wolldecke um ihren Körper geschlungen. Aus der Küche war Tobias’ Stimme zu hören. „Soll ich dir noch ein Kissen holen, Schatz?“

„Ja, und kannst du auch meinen Tee mitbringen? Und die Zeitung!“

„Mach ich, Schatz!“ Kurz darauf erschien der Göttergatte mit den gewünschten Dingen.

Karlo grinste in sich hinein. Von dem früheren Macho Tobias war seit Anevke nicht mehr viel übrig geblieben.

„Hallo ihr zwei!“

„Zweieinhalb“, entgegnete Tobias mit stolzem Blick auf Anevkes kariert umhüllten Bauch.

„Ach ja! Und, alles klar soweit?“

„Anstrengend. Voll anstrengend!“, stöhnte Anevke.

„Das soll ja nach der Geburt nicht unbedingt besser werden, hab ich mal gehört“, feixte Karlo.

„Dann bin ich aber endlich wieder Herrin über meinen Körper!“

„Wann zieht ihr denn nach?“, stichelte Tobias.

„Och, mal gucken“, wich Karlo aus. Im Moment gefiel ihm die Zweisamkeit mit Gianna. Auch wenn seine italienische Freundin hier und da kleine Bemerkungen in Richtung Familienplanung fallen ließ. „Habt ihr heute frei, oder was?“

Tobias sah auf die Uhr. „Ich hab später noch einen Termin in Hamburg und Anevke ist total fertig. Du legst dich heute mal auf’s Sofa, Schatz. Hat auch Gitta gesagt!“

„Gitta?“, fragte Karlo nach.

„Unsere Hebamme“, klärte Tobias ihn fachmännisch auf, während er aus einer kleinen braunen Flasche wenige weiße Kügelchen in Anevkes schlaffe Hand rieseln ließ. „Nux vomica, gegen Schwangerschaftsbeschwerden. Gitta ist echt klasse! Die arbeitet eng mit unserem Doc von Ziesel zusammen. Rein homöopathisch. Zu dem kommen sie aus ganz Norddeutschland!“

Anevke steckte sich die süße Medizin in den Mund und schloss erneut die Augen.

Tobias wandte sich wieder an Karlo: „Nimm Platz! Was führt dich so früh zu uns?“

Nachdem er sich auf einen unbequemen Holzstuhl gesetzt hatte, berichtete Karlo bemüht sachlich: „Ach … da wird ein Arbeiter vermisst und wir haben mal ein bisschen nachgeforscht.“

„Wir?“

„Kommissar Spannich, Wadek und ich.“

„Geht das schon wieder los?“ Tobias schüttelte ungläubig den Kopf. „Reicht dir der Tatort am Sonntag nicht?“

„Sehr witzig. Pawel ist der Verlobte von Wadeks Nichte. Seit ein paar Tagen ist er verschwunden.“

„Und was willst du jetzt von mir?“, erkundigte sich Tobias gespannt.

Karlo rutschte auf dem Stuhl hin und her. „Wir waren vorhin in seinem Wohncontainer. Neben ein paar blutigen Arbeitsklamotten habe ich das hier gefunden.“ Er zückte das zerfledderte Portemonnaie.

„DU hast das gefunden?“ Tobias kniff die Augen zusammen. „Also weiß der Kommissar mal wieder nichts davon?“

„Der ist immer so umständlich mit seiner Spurensicherung und dem Verwaltungsapparat und so“, druckste Karlo herum. „Da hab ich gedacht, dass mein persönlicher Chefhistoriker vermutlich schneller rausfindet, was es mit diesen alten Dokumenten auf sich hat.“

Geschmeichelt lehnte sich Tobias zurück und verschränkte die Arme vor der Brust. „Geht klar, ich nehm das gleich mal mit und guck nach, was ich so in Erfahrung bringen kann.“

„Danke. Je schneller desto besser. Diese Blutflecken haben Wadek ziemlich beunruhigt.“

„Verständlich.“ Einen Moment starrten sie stumm auf die gegenüberliegende Gewächshausreihe. „Übrigens, Karlo, wo du gerade hier bist. Hast du schon von dem Megasportevent hier auf dem Dorf gehört?“

„Nee, wieso?“

In kurzen Sätzen berichtete Tobias von der Gemeindesitzung des vorigen Abends. „Jetzt ist es so, dass alle interessierten Gastgeber in ein paar Tagen Italienisch lernen sollen. Sonst gibt’s keine Kohle. Ich hab mich am Ende der Sitzung bereit erklärt, eine geeignete Lehrerin zu finden ...“

„Du denkst da nicht zufällig an Gianna?“

„An wen sonst!“

„Ich könnte sie mal fragen.“

6

Mittwochabend

Diesmal hatte er keinen Sinn für die malerische Aussicht auf die gemächlich dahinfließende Elbe. Auch das vorzügliche Essen im besten Restaurant der Vier- und Marschlande konnte ihm nicht über seine Nervosität hinweghelfen. Am allerwenigsten interessierte ihn der Auflauf fröhlicher Maitänzer, die langsam in den großen Saal hinter den exklusiven Gasträumen strömten. Immer wieder raufte er sich das noch volle Haar. Sein Leben lang wurde ihm eine ungewöhnlich hohe Gelassenheit nachgesagt. Auch den Tod seiner Frau vor wenigen Jahren hatte er nach außen hin relativ gefasst aufgenommen. Doch im Moment beschlich ihn zunehmend das Gefühl, als würde alles aus dem Ruder laufen und die gesamte Situation ihm entgleiten. Zuerst die verunglückte Nacht- und Nebelaktion auf dem Acker. Dann die dämliche Freiwillige Feuerwehr, die überall ihre Nase reinsteckte! Zum Glück hatte Peter den Wehrführervertreter mit gutem Zureden davon abhalten können, eine genaue Untersuchung der Explosionsstelle anzuordnen. Relativ schnell hatte der die Erklärung geschluckt, eine alte Maschine mit vollem Tank sei plötzlich in die Luft geflogen. Mit Peters Versprechen, die Stelle fachgerecht zu säubern und das verunreinigte Erdreich abzutragen, hatte er sich zufriedengegeben. Hoffentlich hatten zudem die großzügige Spende in die Vereinskasse und ein paar Kisten Bier die Verschwiegenheit der Feuerwehrmänner gewährleistet! Schwieriger war die Sache mit dem verletzten Arbeiter. Der Doc musste den unbedingt wieder hinbekommen!

Als er zu seinem Bierglas griff, kam ihm die gestrige

Dorfversammlung wieder in den Sinn. Diese wahnwitzige Sportlergeschichte schlug dem Fass noch den Boden aus! Was hatten sich die Großmäuler in Hamburg da nun wieder ausgedacht? Was sollte das mit den Italienern? Warum mussten die gerade jetzt nach Ochsenwerder kommen? Seine Pläne erforderten dörfliche Ruhe und Beschaulichkeit - noch mehr neugierige Gaffer konnte er im Moment nicht gebrauchen! Wenn die Sache in Ruhe über die Bühne ging, konnte er sich endlich in seine Wohnung auf Mallorca verabschieden. Das hatte er sich nach all den Jahren mehr als verdient!

„Warten Sie schon lange?“, holte ihn sein Gesprächspartner, den er bisher nur vom Telefon kannte, in die Gegenwart zurück. Herr Wiesel war nur wenige Jahre älter als sein Sohn Magnus, schlank und etwa einsachtzig groß. Sein grauer Anzug saß äußerst eng.

„Nein.“

Ohne die geschmackvolle Einrichtung des Lokals mit einem Seitenblick zu würdigen, kam Herr Wiesel gleich zur Sache: „Wie weit sind Sie?“

Der Ältere antwortete betont gelassen: „Noch ’n paar Tage, dann können Sie’s haben.“

„Laut Vertrag haben Sie nur noch drei Wochen Zeit. Je früher Sie fertig werden, desto höher wird Ihre Marge ausfallen.“ Er beugte sich weit über den Tisch und senkte die Stimme. „Meine Auftraggeber wollen nicht mehr lange warten. Sonst suchen die sich was anderes.“

„Es hat da kleine Komplikationen gegeben.“

Sein Gegenüber verzog die Augenbrauen. „Spätestens in Kalenderwoche einundzwanzig müssen wir mit den ersten Untersuchungen anfangen können!“

„Kein Problem, allens im Griff!“

Wiesels Augen wanderten durch den Speiseraum, bevor

er mit schneidender Stimme weitersprach: „Ich hoffe, wir haben uns da ganz klar ausgedrückt: Keiner außer Ihnen darf etwas von unserem kleinen Handel erfahren - das gefährdet das gesamte Projekt und somit auch Ihren ganz persönlichen Gewinn!“

Er schob seine düsteren Gedanken beiseite und beteuerte voller Zuversicht: „Ich kann schweigen.“

Hoffentlich konnten die anderen das auch!

7

Donnerstagabend

„Bogomil?“, meldete sich eine raue Frauenstimme. Sie klang übernächtigt.

„Schmidt hier. Thorsten Schmidt.“

Die Frau am anderen Ende überlegte. „Unser neuer Senator?“

„So ist es“, bestätigte er nicht ohne Stolz. „Frau Bogomil, ich habe einen Knüller für Sie!“

„Dann müssen wir uns treffen!“

*

Man sah Veruschka Bogomil die vielen Nächte an, die sie in den letzten zwanzig Jahren ständig auf der Lauer nach Skandalen ohne Schlaf verbracht hatte. Am Anfang ihrer Karriere galt sie als attraktive Frau, die für eine gute Story über Leichen ging. Unvergessen blieb der Skandal um den alternden Schlagerstar, der seine Ehefrau mit dem sehr jungen Mitglied einer Boyband betrog. Veruschka hatte damals maßgeblich an der Aufdeckung mitgewirkt. Der Schlagerstar beging daraufhin einen Selbstmordversuch und lebte wegen der hohen Prozesskosten im Zuge der erfolglosen Verleumdungsklagen gegen die Zeitung mittlerweile von Hartz 4. Als Opfer bevorzugte Frau Bogomil hohe Tiere, die von einem auf den anderen Tag tief nach unten fielen. Ein Umweltsenator als Umweltsünder, ein Menschenrechtsaktivist als Ausbeuter der eigenen Angestellten oder ein Spitzensportler, der beim Tricksen erwischt wurde. Solche Konstellationen bereiteten ihr eine diebische Freude, wobei der moralische

Aspekt sie weniger interessierte. Ihre zwischenmenschlichen Beziehungen hielten nie lang. Den zu keiner Zeit besonders starken Kinderwunsch hatte sie mit mittlerweile sechsundvierzig Jahren ad acta gelegt. Trotzdem flirtete die Skandalreporterin nach wie vor ausgiebig und war stets offen für eine neue Affäre.

*

Gedämpftes Licht legte sich über das in sanften Brauntönen gehaltene Lounge-Mobiliar der eleganten Bar *Marie-Louise* in Hamburg-Winterhude. Fast alle Sitzgruppen waren belegt.

„Frau Bogomil, Sie sind ja schon da!“ In einem mittelgrauen Zweireiher stand Thorsten Schmidt vor ihr. Die bunte Krawatte hatte er vor der Tür in seine Tasche gesteckt. Schließlich galt dies als informelles Treffen.

Der fitness-studio-gestählte Körper der Reporterin steckte in einer engen Jeans und einer weit geöffneten Bluse. Mit einer eleganten Bewegung erhob sie sich von ihrem Platz und reichte dem Senator ihre feingliedrige Hand, auf deren langen Fingern mehrere Ringe steckten. „Aber hallo! Für Knüller muss man früher aufstehen!“ Lasziv lächelte sie ihn an.

Er ließ sich in dem weichen Loungesessel nieder und warf sofort einen Blick in die umfangreiche Karte.

„Ich hab uns schon mal einen Prosecco bestellt. Einen Knüller muss man feiern.“ Vertraulich beugte sie sich zu ihm herüber. „Jetzt spannen Sie mich nicht länger auf die Folter: Worum geht es denn nun bei Ihrer Story?“

Thorsten Schmidt zögerte mit der Antwort. Dann schob er seinen Oberkörper in ihre Richtung und senkte die Stimme: „Hamburg will sich für die Olympischen Spiele bewerben."

Enttäuscht lehnte sie sich zurück. „Das wäre ja nicht das erste Mal. Herr Schmidt, ein Knüller hört sich aber wirklich anders an." Gelangweilt spielte sie mit der Speisekarte.

„Der eigentliche Knüller liegt im Detail." Thorsten Schmidt ließ sie zappeln. „Das IOC hat eine neue Direktive ausgegeben. Die Sportler sollen nicht mehr wie bisher im olympischen Dorf untergebracht, sondern auf Privatquartiere verteilt werden." Mit knappen Worten schilderte er das geheime Pilotprojekt in Ochsenwerder.

„Die Dörfler wissen von der Olympiabewerbung noch nichts, sagen Sie?" Sie dachte nach. „Wirklich interessant, aber mir fehlen da zur Sensation noch ein paar pikante Details. Der menschliche Skandal. Der Stalker, der eine Sportlerin beherbergen soll. Die Alkoholikerin mit dem Dopingsünder. Der Bürgermeister, der mit der russischen Trainerin durchbrennt."

„Ich werde mal sehen, was ich da in Erfahrung bringen kann."

„Und was ist Ihr Motiv, Herr Schmidt?" Sie sah ihm tief in die Augen. „Was haben Sie für ein Problem mit der Olympia-auf-dem-Dorf-Geschichte? Klingt für mich eigentlich ganz sympathisch."

Der Politiker überlegte kurz. Dieser skandalsüchtigen Reporterin würde er bestimmt nicht alles anvertrauen. Obwohl er ihre weiblichen Reize durchaus zu schätzen wusste. Nachdem seine Exfrau vor zwei Jahren mit seinem Steuerberater zusammengezogen war, kam das Zwischenmenschliche in seinem Leben bis auf ein paar Techtelmechtel mit zwei Sekretärinnen mittlerweile ein wenig zu kurz. „In meinen Augen wirkt der ganze Vorgang höchst unprofessionell. Wir können doch eine so große Sache wie eine erfolgreiche Olympiabewerbung nicht in die Hände dieser Bauerntölpel legen!“

Der Prosecco entfaltete bereits seine entspannende Wirkung. Veruschka Bogomil beugte sich erneut ein wenig vor, um Thorsten Schmidt die freie Sicht auf ihr Dekolleté zu ermöglichen. „Da mögen Sie unter Umständen recht haben, Herr Senator.“ Schon immer hatte sie eine Schwäche für Männer in Machtpositionen, auch wenn man dem schlanken Mittvierziger ein eher durchschnittliches Aussehen attestiert hätte. Ein einladendes Lächeln lag auf ihren Lippen. „Wie sieht’s aus? Wollen wir noch einen trinken oder warten deine entzückende Frau und eure drei wohlgeratenen Kinder an diesem Feiertag auf dich?“

„Auf mich wartet niemand, Frau Bogomil. Auch nicht am ersten Mai.“

„Veruschka.“

„Thorsten.“

8

Dienstagabend

ESSERE

io sono..................................ich bin
tu sei....................................du bist
lei/lui è.................................er/sie ist
noi siamo..............................wir sind
voi siete................................ihr seid
loro sono..............................sie sind

Im weiß getünchten Gemeindesaal stand Gianna mit einem Stift in der rechten Hand vorn an der weißen Metalltafel, die der Pastor kurz zuvor aus dem Lager geholt hatte. Gastwirt Manfred Wolf und Versicherungsmakler Sven Töner musterten wohlwollend das enganliegende rote Wollkleid ihrer neuen Lehrerin.

„*Allora ragazzi,* ‚*essere*' ist das wichtigste Verb der italienischen Sprache. Wer sagen kann, wer oder was ist, der spricht schon sehr bald perfekt Italienisch!"

Ihr Strahlen drückte große Zuversicht aus, dass fast jeder ihrer neuen Schüler in diesem Moment genauso davon überzeugt schien. Als Karlo vor wenigen Tagen gefragt hatte, ob sie Lust hätte, in Ochsenwerder Italienischunterricht zu erteilen, hatte sie zuerst gezögert. „Das habe ich doch noch nie gemacht!"

„Aber du bist Italienerin und wenn du es schaffst, einem Haufen alter Männer das Singen beizubringen, kannst du auch deine Muttersprache unterrichten."

Am ersten Tisch neben der Tafel saß der freundliche Pastor Benjamin Florin, der ihr vor der Stunde die Räume gezeigt hatte. Wie immer trug er seine schwarzen, weitausgestellten Zimmermannshosen und ein weites verwaschenes Sweatshirt. Betont langsam und deutlich sprach sie ihn an: „*Allora: Io sono Gianna! E tu*?"

Zur Sicherheit schaute er noch einmal kurz an die Tafel und antwortete: „*Io sono Benjamin*."

"*No*!" Unerbittlich bewegte sie den erhobenen Zeigefinger schnell hin und her. Inklusive zischendem Zungenschnalzen. "Kein labbriges ‚s' wie in ‚Sondermüll', sondern ein starkes ‚s' wie in ‚Essen' will ich hören. *Allora, Benjamin: Io sono Gianna e tu*?"

Unsicher kratzte er sich an seinem vollen Bart und stammelte: "*Io sssono Benjamin e tu*?" Dabei sah er schüchtern zu seiner aufmerksamen Sitznachbarin Nina van Haff, die ebenfalls an dem mit insgesamt sechzehn Teilnehmern gut besuchten Sprachkurs teilnahm. Zur Erleichterung der Projektleiterin ‚*Dorf Olympia*' hatten sich neun Haushalte als Gastgeber für die italienischen Ruderer gemeldet. Alle konnten untergebracht werden. In zwei Wochen würden die Sportler zu einem zehntägigen Trainingslager anreisen. Bis dahin sollte ein kleiner italienischer Grundwortschatz vorhanden sein.

„*Io sono Nina e tu sei Benjamin*!"

"*Brava*! Sehr gut, Nina! Und nun die anderen." Aufmunternd nickte Gianna der rothaarigen Dörthe zu, die heute ein giftgrünes Kleid mit weiten glockenförmigen Ärmeln trug.

„*Yo soy Dörthe*", antwortete sie strahlend.

„*No*! Wir sind doch nicht in Spanien!" Wiederholtes Zungenschnalzen mit wedelndem Zeigefinger. Der gesamte Kurs lachte vergnügt. Verunsichert kramte Dörthe in ihrem bunten Jutebeutel. Schließlich zog sie ein Brillenetui hervor.

Mit ihrer knallrot umrandeten Sehhilfe starrte sie auf die Tafel.

Der Versicherungsmakler Sven Töner dröhnte in den Raum: „*Okidoki! Larifari, alles paletti, piccobello, Tuttifrutti, Dolcevita, Carbonara e una CocaCola, evviva españa, una cerveza por favor!*“ Selbstgefällig lehnte er sich zurück und grinste breit über das runde sommersprossige Gesicht.

„*Sven, basta*!“, ermahnte Gianna den Sprücheklopfer lachend. Der Kurs begann, ihr richtig Spaß zu machen. „Zurück zum Verb *‚essere' - allora*, wir bilden jetzt am besten kleine Gruppen und ihr stellt euch und die anderen einander vor!“ Schnell teilte sie die Kursteilnehmer in vier gleich große Teams ein.

Besonders viel Spaß schien das Vierergespann um Bioladen-Inhaberin Kathrin Sommer, die Kirchensekretärin Gisela Jürgens, Pia von Ziesel und Magnus Grünfeld zu haben. Pias Mutter, die Apothekerin Hildegard von Ziesel, guckte sauertöpfisch, als sie sah, mit wem ihre Tochter eine Gruppe teilte. Seit Pias Geburt hatte sie stets darauf geachtet, dass der damals vierjährige Grünfeld-Spross wenig bis gar nichts mit ihrem einzigen Kind zu tun bekäme. Fast wähnte sie sich am Ziel, als Magnus zum Agrarstudium nach Kanada zog. Doch seit seiner Rückkehr vor ein paar Monaten widmete er sich eifrig der Umwandlung des väterlichen Hofs in einen Biobetrieb. Durch die kurzfristige Übernahme des Amtes als erstem Vorsitzenden des Bürgervereins schien er zudem wieder voll in der Dorfgemeinschaft angekommen zu sein.

„*Tu sei Kathrin*!“, sagte Magnus. „*Lei è Signora Jürgens*!“

„Ach min Dschung, kanns’ auch Gisela sagen. Also, ihr alle natürlich!“ Warmherzig lächelte die Mittsechzigerin in die Runde. Gisela Jürgens galt als die gute Seele der Gemeinde. Mit Schrecken sah der junge Pastor ihrer bevorstehenden Pensionierung im nächsten Jahr entgegen. Nur Gisela konnte der Vorsitzenden Hildegard von Ziesel Paroli bieten. Nun konzentrierte sie sich auf ihren ersten italienischen Satz.

„*Pia è bella*?“, fragte Kathrin Magnus. Dabei sah sie ihn verschwörerisch an. „Ist Pia schön?“

„Was?“ Magnus betrachtete seine langjährige Nachbarin, als sähe er sie zum ersten Mal. Pia trug wie immer Jeans und eine weite Strickjacke. Die langen blonden Haare hatte sie zu einem Zopf geflochten. Ihm fielen ihre feinen Grübchen und die Sommersprossen auf, wenn sie - wie im Moment – unsicher lächelte. Er zögerte. Pia wurde rot und strich sich verlegen eine Haarsträhne aus dem Gesicht. *„Si, Pia è bella*“, antwortete er mit leiser Stimme, ohne sein Gegenüber direkt anzusehen.

Hildegard sah argwöhnisch zu ihrer errötenden Tochter hinüber. Was war da los?

„*Loro sono Horst e Sven.*“ Tobias Brömmer bekam die italienische Aussprache ziemlich gut hin, lediglich die Namen Horst und Sven störten den positiven Gesamteindruck.

„Loro? Und wenn das zwei Frauen sind, sacht man dann lora?“ Sven Töner wollte sich ausschütten vor Lachen. Seine mit reichlich Chips, Cola und Currywurst gefütterten Körpermassen zuckten zusammen. „*Ciao Cescu*! Ich nehm ’n Tschappukino und *io sono* Sony!“ Begeisterungsheischend guckte er fröhlich von einem zum anderen. Seine Sprüche waren hier hinlänglich bekannt, weshalb er nur ein müdes Grinsen erntete. „Ihr werdet’s schon noch sehen! Mit mein Frauen-Achter schnack ich wie ’ne Eins! Ich hol mir so ’ne Italo-App auf mein neuen Handknochen un dat löpt wie

Schmidt's Katze!“ Er wedelte stolz mit seinem Handy. „Und wenn alle Reißer stricken, geht's zur Not auch ohne Worte!“

„*Tu sei Nina! Tu sei Pastor Benjamin! Tu sei Elke*! Fertich! Nächster!“ Nach diesen Pflichtsätzen sah Manfred Wolf wieder auf seinen Schoß und riskierte einen Blick in den extra mitgebrachten Kicker.

„PASTOR Benjamin?“, fragte Nina van Haff irritiert nach.

„Ja, wieso?“

„Ich dachte, du bist der Techniker oder Hausmeister oder so.“

„Enttäuscht?“

„Überrascht. Ich hätte mir einen Pastor immer anders vorgestellt. Vor allem älter!“

„Das kommt ganz automatisch!“

Ihm gefiel ihr offenes Lachen. Im vertrauten Zwiegespräch stellten sie nun abwechselnd sich und fast jeden der Gruppe vor, wobei der Dorfpastor hinsichtlich seiner Namenskenntnis deutlich im Vorteil war. Nina hatte eindeutig die bessere Aussprache. Benjamin starrte verzückt auf ihren vollen Kussmund, wenn sie ‚*sono*‘ mit extra scharfem ‚s‘ aussprach. Während er die beiden *Emmatanten* Kathrin und Dörthe im Plural vorstellte, dachte Nina darüber nach, ob sich längere Barthaare beim Küssen pieksig oder weich wie Watte anfühlen würden.

Gianna gesellte sich hier und da zu den jeweiligen Gruppen und half aus. Nach zwanzig Minuten klatschte sie einmal kurz in die Hände und ließ die Klasse das aus dem großzügigen Budget der Stadt angeschaffte Lehrbuch aufschlagen.

Kurz vor Ende der anderthalb Stunden Unterricht klopfte es an der Tür. Vorsichtig linste Karlo durch den Spalt und begrüßte die Klasse: „*Buonasera*!

Mit rudernden Armbewegungen animierte Gianna ihre Kursteilnehmer zu einer Antwort. Die meisten riefen im Chor: „*Buonasera*!“

Zögerlich begab sich Karlo nach vorn. Er traute sich nicht, ihr vor der Klasse einen Begrüßungskuss zu geben, was seine Freundin sofort für ihn erledigte. „*Ciao, amore*!“

Leicht errötet trug er sein Anliegen vor: „Ähm ... ich bräuchte eure Hilfe. Ein polnischer Bekannter von mir vermisst seit ein paar Tagen den Verlobten seiner Nichte. Er heißt Pawel. Pawel Olczyk.”

„Wat hat er denn ausgefressen?“, fragte Sven.

„Nichts. Er ist nur verschwunden. Und mit ihm auch sein Kollege Irek. Irek Nowak.“

„Haben Sie denn die Polizei bereits informiert?“, erkundigte sich Hildegard von Ziesel.

„Natürlich, die tappen aber noch im Dunkeln.“ Karlo holte einen Stapel Zettel aus einem Beutel hervor. „Ich habe hier eine Vermisstenanzeige erstellt. Solltet ihr etwas herausfinden, sagt mir bitte schnellstmöglich Bescheid. Dort findet man auch meine Telefonnummer.

9

Mittwoch

An diesem späten Vormittag war Christian Himmel, der Pastor von Curslack, gerade damit beschäftigt, den Beichtstuhl von außen zu verriegeln, als er hinter sich ein Geräusch hörte.

„Ich sprach: Herr, sei mir gnädig, heile meine Seele, denn ich habe an dir gesündigt!“

Seine Miene erhellte sich, als er Benjamin Florin erblickte. „Moment … erstes Buch, Psalm 41, Vers 6 … nein 5!“

„Sehr gut, Kollege! Na und, mal wieder jemandem die Beichte abgenommen?“ Benjamin fuhr sich mit Daumen und Zeigefinger über sein bärtiges Kinn und grinste. Bereits zu Beginn seiner Amtszeit hatte er von einem Techtelmechtel des Curslacker Pastors im besagten Beichtstuhl gehört.

Christian reagierte mittlerweile etwas dünnhäutig auf diese Gerüchte: „Selten so gelacht, Herr Pastor Florin!“

„In Ochsenwerder haben wir so ein gutes Stück ja gar nicht, aber dafür macht unser Baxmann-Altar ordentlich was her“, scherzte Benjamin.

„Ja, und nach eurer Arp Schnittger-Orgel lecken sich alle Profikirchenmusiker die Finger, ich weiß“, ergänzte Christian immer noch ein wenig übellaunig. „Aber von Zeit zu Zeit kommt es durchaus vor, dass ich mich selbst für einen Moment in den alten Kasten zurückziehe.“ Nach einer kurzen Denkpause setzte er nach: „Denn wer zu seiner Ruhe gekommen ist, der ruht auch von seinen Werken gleichwie Gott von seinen.“ Herausfordernd sah er zu seinem acht Zentimeter größeren Kollegen auf.

„Lass mich kurz überlegen … Neues … Hebräer … 4.

Kapitel, 10. Vers."

„*Chapeau*!" Sie grinsten sich an. „Es ist nett, mit dir zu plaudern, aber du hast sicherlich ein Anliegen, wenn du dich schon weit ab zu mir nach Curslack begibst."

Benjamin schien nervös. Er wusste nicht, wie er sein ganz und gar weltliches Anliegen vorbringen sollte, ohne sich lächerlich zu machen. Dann fing er eben lieber mit dieser Vermisstensache an. „Gestern war der Mann unserer Italienischlehrerin bei uns."

„Du lernst Italienisch?", fragte Christian Himmel überrascht nach.

Benjamin klärte ihn kurz über das geplante Projekt auf. „Karl Kolberg sucht zwei verschwundene polnische Landarbeiter und bat um unsere Mithilfe."

„In unserem Karlo steckt offenbar ein verkappter Privatdetektiv." Christian schüttelte ungläubig den Kopf, als er an den Fall Mantova vor zwei Jahren dachte. „Zwei Polen sind verschwunden, sagst du? Ich werde Augen und Ohren offen halten."

Einen kurzen Moment zögerte Benjamin. „Eigentlich bin ich nicht dienstlich hier, sondern bräuchte mal einen persönlichen Rat." Unschlüssig steckte er die Hände in die Taschen seiner schwarzen Zimmermannshose.

„Das klingt ja spannend. Dann schieß mal los", forderte Christian ihn auf.

„Also, ich hab da einen Freund und der hat eine Frau kennengelernt. Eine sehr attraktive Frau."

„Attraktiv ist immer gut."

„Ja ... aber nun weiß er nicht, wie er es anstellen soll."

„Wie er was anstellen soll?"

„Dass sie sich mal treffen und vielleicht ..."

„Was vielleicht?"

„Ja, meine Güte. Was man dann halt so macht!"

„Okay.“ Christian öffnete eine halbhohe hölzerne Tür und forderte Benjamin mit einer Armbewegung auf, sich auf die Kirchenbank zu setzen. „Wie wär's denn mit einem Vorwand? Irgendwas total Harmloses vortäuschen und dann zuschlagen.“

„Wie jetzt?“ Benjamin guckte verwirrt zu dem fast nackten Jesus, der ihnen von einem Bild an der gegenüberliegenden Wand die Hand entgegenstreckte.

„Haben die beiden denn vielleicht irgendwelche Gemeinsamkeiten?“

Benjamin überlegte kurz. „Die machen gerade einen Kurs zusammen … am Computer!“

„Nichts einfacher als das!“ Christian klatschte lautlos die Hände zusammen. „Er kann ihr doch irgendwas über den Kurs Hinausgehendes zeigen. Im Café, im Netz oder vielleicht bei ihm zu Hause.“

„Gleich nach Hause?“ Benjamin schien erschrocken.

„Da fühlt er sich vielleicht am lockersten.“

„Ich weiß nicht.“

„Also, meine letzte Eroberung hab ich in einer Kunstgalerie kennengelernt …“

Bevor Christian Himmel ausführlich von seinen Verführungskünsten berichten konnte, klingelte Benjamins Handy. Die Nummer auf dem Display war ihm unbekannt.

„Benjamin Florin? ... Oh, Nina … hallo!“ Er drehte den Kopf weg und dämpfte seine Stimme: „Woher hast du denn meine Nummer? … Ah, klar. Was kann ich für dich tun? … Treffen? Ja … treffen ist gut … Ach so. Kannst das Buch ja mitbringen … Um 19 Uhr?“ Er gab vor, in einem imaginären Terminkalender nachzusehen. „19 Uhr ist perfekt. ... Wo? .... ah ja, kenn ich. Bis später. Ciao!“ Langsam drehte er sich wieder um und sah in Christians belustigtes Gesicht.

„Dein Freund macht also einen Computerkurs? So so ...“

Mit einem breiten Grinsen fügte er hinzu: „Dann grüß ihn mal schön und richte ihm aus, dass es manchmal auch entflammte Frauen geben soll, die gerne die Initiative ergreifen. *Carpe diem!*"

*

Lange hatte Benjamin hin und her überlegt, was er an dem heutigen Abend anziehen sollte. Christian hatte ihm beim Abschied nur noch geraten, die schwarze Zimmermannshose besser im Schrank zu lassen. „Jesus weilt schon fast zweitausend Jahre nicht mehr unter uns. Da musst du dich nicht als Zimmermann verkleiden, um bei einer Frau zu punkten." Benjamin sah daraufhin erstaunt an sich herunter. Er hatte sich noch nie besonders viel aus Äußerlichkeiten gemacht. „Ich würde dir ja gern was leihen, aber Hochwasserhosen sind auch nicht gerade angesagt", grinste Christian angesichts ihres Größenunterschieds.

Eine geschäftstüchtige Fachverkäuferin in den besten Jahren beriet ihren modisch unsicheren Kunden im exklusivsten Bekleidungsfachgeschäft von Bergedorf mit psychologischem Einfühlungsvermögen. Seine Mutter hätte er nicht fragen können - zum einen weil sie nur bunte selbstgebatikte Wallerkleider trug und zum anderen mehrere tausend Kiloeter entfernt in einer Strandkommune auf La Gomera lebte.

„Frauen stehen auf knackige Hintern und Ihrer ist knackig, das sollen sie dann auch sehen!"

Unter dem Gesichtspunkt hatte Benjamin sein Hinterteil noch nie betrachtet. Am Ende verließ er das Geschäft mit zwei vollgepackten Tüten, in denen zwei Paar gut sitzende Jeans, eine Stoffhose in beige, drei schlichte Lambswoolpullover in dunkelblau, grau und olivgrün sowie mehrere Polohemden in gedeckten Farben lagen. Mit einem Augenzwinkern hatte sie auch noch drei karierte Boxershorts auf den Textilberg gelegt. „Man weiß ja nie ...“

Kommentarlos zückte er seine EC-Karte und zahlte für die Komplettverwandlung ein Viertel seines Gehalts.

*

Die beiden Männer saßen an einem Tisch mit Blick auf die breite Wasserstraße. Von Zeit zu Zeit nahmen sie durch die hohen Fenster unruhige Wellen wahr, die in der sinkenden Abendsonne funkelten. Der Jüngere lehnte sich entspannt zurück und verschränkte die Arme. Auf diese Weise verdeckte er einen Kaffeefleck auf dem weißen Hemd. „Schön, dass wir uns da einig sind!“

„Dat will ich wohl meinen!“

„Also, keine bösartigen Dinge sollen geschehen, sondern nur ’n bisschen Unruhe stiften.“

„Allens klar!“

„Haben Sie die Möglichkeit oder soll ich mich mal umsehen nach geeigneten … Helfern?“

Sein Gegenüber überlegte kurz. „Ich muss mal kieken ... ein’ heb ich in petto. Dem kann ich trau'n. Zu hunnert Prozent!“

„Das hört sich doch vielversprechend an! Ich hätte da sonst auch schon jemanden im Auge. Aber fangen Sie erst mal an.“

Jeder nahm einen tiefen Schluck aus seinem Bierglas. Eigentlich wurden in diesem Lokal bevorzugt edle Weine ausgeschenkt, jedoch hatten sich beide Herren lieber für ein Bier entschieden.

„Aber dat eins klar is: Mein Name bleibt raus aus dem ganzen Kram. Sonst kann ich hier einpacken!“

„Keine Angst, Kollege, da sitzen wir im selben Boot.

Diskretion ist unser oberstes Gebot!“ Er beugte sich leicht über den Tisch und senkte seine Stimme: „Und wer weiß, vielleicht kann ich in meiner Position ja auch mal was für Sie tun. Eine Hand wäscht die andere ...“

„Wer weiß dat schon ...“

„Zögern Sie nicht.“ Für einen Moment sahen sich die beiden Männer wortlos an. „Gut. Ihr Job ist es, mich auf dem Laufenden zu halten. Wenn klar ist, was mit den lieben Gästen so passiert, dann können wir aktiv werden.“

„Dat löpt.“

*

Benjamin parkte auf dem mit Kopfsteinen gepflasterten Parkplatz und stieg aus seinem alten Studentengolf. Es gefiel ihm hier an der südlichsten Spitze Hamburgs. In den letzten beiden Jahrzehnten hatte ein solventer Unternehmer mit Heimatsinn ein heruntergewirtschaftetes Gasthaus in ein beliebtes Ausflugslokal mit angeschlossenem Biergarten und neugebautem Wellnesshotel der gehobenen Kategorie verwandelt. Wer in der Gegend etwas auf sich hielt, der lud in den Pegelposten ein. Von einer Hochzeits- oder Taufgesellschaft wurde Benjamin hier schon ein paar mal zum Essen gebeten. Im Gegensatz zu heute hielt sich seine Aufregung damals in Grenzen. Er musste sich zunächst noch an seine neuriechenden Klamotten gewöhnen. Die Jeans saß zum Glück bequem, genauso wie die Boxershorts – man wusste ja nie – und das dunkelblaue Polohemd. Nur der graue Pullover kratzte ein wenig an den Unterarmen.

Mit langsamen Schritten bewegte er sich auf eine Brüstung zu, um das glitzernde Wasser zu bewundern. Ihm blieben noch ungefähr fünfzehn Minuten. Zwei schwerbeladene Binnenschiffe fuhren elbabwärts durch den Wind.

Seine Jacke hatte er im Auto gelassen. Die ausgebeulte rot-schwarz-karierte Holzfällerjacke passte nicht zum neuen Outfit. Er wandte sich vom Wasser ab und warf durch die hohen Fenster einen Blick in den gut besuchten Gastraum. An einem hinteren Tisch entdeckte er ein flüchtig bekanntes Gesicht: War das nicht einer der Herren vom Podium bei dieser Versammlung im Gasthof? Was hatte der nochmal für eine Funktion? Benjamin kramte in seiner Erinnerung. Bis auf den Bürgermeister hatten doch alle irgendwie mit Sport zu tun. Sein Gesprächspartner saß mit dem Rücken zu ihm und wurde auch noch halb von einer hohen Pflanze verdeckt.

Um sich abzulenken machte Benjamin ein paar Schritte nach vorn und ließ das Restaurant rechts liegen. Nach ein paar Metern kam er zu einem höher gelegenen Biergarten. Im Sommer spendeten hier viele Bäume Schatten. Auf der rechten Seite des Biergartens stand ein kleines Holzhäuschen am Rande des tiefliegenden Elbstrands. Auf einem Schild las er:

„*Das Pegelpöstchen.*
Das kleinste Restaurant Hamburgs.“

Neugierig betrat er den kurzen Holzsteg und guckte dann ins Fenster: Blau-weiß getäfelte Wände. Ein festlich eingedeckter Tisch. Weißes Porzellan. Silbernes Besteck. Mehrarmiger Kerzenständer. An der Decke hing ein Kronleuchter. Blaue Polsterstühle warteten auf Gäste in romantischer Stimmung. Eine blaue Wolldecke lag ebenso bereit. Auf einem Beistelltisch standen mehrere hochwertige Öle. Als interessierter Hobbykoch versuchte er, die Namen auf den Flaschen zu entziffern.

„*Ciao* Benjamin!“, wurde er plötzlich von der Seite begrüßt.

Umgehend verlagerte er seine Aufmerksamkeit vom kleinen Fenster des Pegelpöstchens zu der ihm vertrauten Stimme. „Oh, ciao Nina!“, grüßte er überrascht zurück und reichte ihr die Hand, die sie ignorierte.

„Wir sind doch jetzt fast Italiener!“ Als würden sie sich schon lange kennen, hauchte sie ihm zarte Küsschen auf beide Wangen.

„Cool oder? Nur ein Tisch und schon darf es sich Restaurant nennen.“

Einen Moment betrachteten sie schweigend den stimmungsvollen Raum. Nina unterbrach die Stille: „Ich muss dich leider enttäuschen, aber wir haben da drüben reserviert!“

„Ja … natürlich“, stammelte er. Sie dachte doch nicht wirklich, dass er gedacht hätte, dass sie beide heute Abend hier … nein, das konnte sie nicht gedacht haben!

Sie kehrten über den Steg zurück zum Hauptgebäude.

„Du siehst so verändert aus!“ Erfreut musterte sie ihn. „Wo sind die Zimmermannshosen?“

„Ich habe durchaus noch andere Kleidung.“ Betont lässig fuhr er sich durchs Haar.

Beim Betreten der Türschwelle kam ihnen einer der Herren entgegen, die Benjamin durchs Fenster beobachtet hatte.

„Oh, Herr Senator Schmidt!“ Nina lächelte ihn an. „Auch auf Landbesuch?“

„Frau van Haff?“ Er wirkte nervös. „Ja, ist wirklich schön hier, aber jetzt muss ich ganz schnell weiter. Termine! Termine! Wir sehen uns!“ Eilig huschte er zur Tür hinaus.

Während sie hineingingen, sah Nina ihm erstaunt hinterher. „Der war ja kurz angebunden!“

Ein Kellner in weißem Hemd und schwarzem Jackett begleitete die beiden zu ihrem Tisch mit Elbblick. Benjamin legte seine breite Tasche auf den Stuhl neben sich. Nina entledigte sich ihres crèmefarbenen Wollmantels, der ihr umgehend vom Kellner abgenommen wurde. Während sie sich setzte, dachte die ehemalige Leistungssportlerin noch immer über die kurze Begegnung mit dem Senator nach. „Ich frage mich jetzt wirklich, was den hierhin verschlagen hat? Das ist ja so gar nicht seine Ecke."

„Die Vier- und Marschlande sind immer eine Reise wert!" sagte Benjamin mit einem Augenzwinkern.

„So?" Sie guckte ungläubig. „Ich muss gestehen, dass ich bis zur Sitzung letzte Woche noch nie hier war. Und jetzt mache ich sogar einen Sprachkurs in Ochsenwerder, wie lustig!"

„Wie schaffst du das zeitlich überhaupt? Du musst doch sicher auch arbeiten", fragte Benjamin interessiert nach.

„Zum Glück mache ich keinen Nine-to-Five-Job. Im Moment habe ich einen befristeten Vertrag beim Sportamt und bin hauptamtlich für diesen Event abgestellt. Meine anderen Verpflichtungen bekomme ich ganz gut hin."

„Entschuldige meine Neugier, aber was hast du denn noch für andere Verpflichtungen?"

Nina guckte erstaunt. Bisher hätte sie gedacht, dass ganz Deutschland - oder zumindest ganz Hamburg - von ihrer Modelkarriere, bekleidet oder unbekleidet, wusste. Aktuell lief im Fernsehen ihre Werbung für einen Schokoriegel und eine Shampooserie. Benjamin sah nur Nachrichten, Krimis oder Filme auf DVD und da er zum Arzt oder Friseur immer ein Buch mitnahm, hatte er Ninas durchtrainierten Körper noch nie in einer Zeitschrift bewundern können. Im Sportteil seiner Tageszeitung hatte er natürlich von der Weitspringerin van Haff gelesen, aber von ihren sonstigen Aktivitäten hatte dort nichts gestanden.

„Seit ich mit dem Leistungssport aufgehört habe, bin ich

viel als Model unterwegs."

„Oh!" Benjamin wurde wieder nervös. „Das ist bestimmt … aufregend."

„Manchmal schon. Manchmal nervt es auch. Immer lächeln kann ganz schön anstrengend sein." Sie lächelte. „Und, das Leben als Pastor? Macht das Spaß?"

„Es befriedigt mich. Viele finden die Bibel bestimmt langweilig und verstaubt, aber für mich ist in dem Buch nach wie vor so viel Wahrheit enthalten, von der ich möchte, dass viele Menschen davon erfahren."

„Siehst du dich als Missionar?"

„Ein bisschen. Aber auch als Tröster bei Beerdigungen. Als Glücksbringer bei Hochzeiten. Als Begleiter beim Konfirmandenunterricht."

„Das klingt sehr erfüllend! Kommst du aus einer Pastorenfamilie?"

Benjamin schüttelte vehement den Kopf. „Überhaupt nicht. Mein Vater ist Manager eines großen DAX-Unternehmens und meine Mutter lebt mit ihrer Kommune auf La Gomera. Sie sind geschieden. Meine jüngeren Zwillingsschwestern studieren irgendwas mit Medien in New York. Wir sehen uns nicht oft."

„Und du bist Dorfpastor in Ochsenwerder. Unglaublich!"

„Mir gefällt's."

Schweigend sahen sie in der heraufziehenden Dämmerung auf die Elbe. In einem Haus auf der gegenüberliegenden Elbuferseite in Niedersachsen brannte bereits Licht.

„Du wolltest mir doch etwas zeigen. Ein Buch?", unterbrach Benjamin die Stille. „Ich hab sogar meine Italienischsachen dabei." Er deutete auf seine Tasche.

„Ach ja!" Sofort begann sie hektisch in ihrer großen hellbraunen Ledertasche zu kramen. Bedauernd sah sie ihn an. „Oh nee, das muss ich im Auto liegen gelassen haben. Wenn du willst, kann ich es schnell holen." Sie machte Anstalten aufzustehen.

„Lass man. Das kannst du mir auch später noch zeigen." Er machte eine kurze Pause. „Es sei denn, du musst los."

„Nein, nein, ich dachte, wir essen noch kurz was. Hast du Hunger?"

„Immer."

Während des Essens unterhielten sie sich angeregt über Ninas Weitsprungkarriere und ihre Erfahrungen bei den Olympischen Spielen. Benjamin konnte ein paar Anekdoten aus seiner Gemeindearbeit zum Gespräch beisteuern. Es lief richtig gut, fand er. Christian wäre stolz auf ihn.

Als Nina sich kurz in die Waschräume verabschiedete, starrte Benjamin aus dem Fenster und freute sich über den schönen Abend. Endlich konnte er sich mal ganz befreit mit einer tollen Frau unterhalten! Ohne peinliche Gesprächspausen. Irgendwann musste seine Dauerflaute in Bezug auf das weibliche Geschlecht auch mal ein Ende haben. Plötzlich klopfte ihm jemand von hinten auf die Schulter. Erstaunt guckte er in ein bekanntes sommersprossiges Gesicht.

„Ist es denn die Possibility? Respekt, Herr Pastor! Dat geiht ja fix mit unserm kleinen Nackedei! Herzlichen Glühstrumpf!" Sven Töner grinste ihn verschwörerisch an und beugte sich zu ihm herunter. „Wie der Zufall es will, hab ich einen äußerst interessanten Bildband dabei. Mit sehr schönen Fotos. Sollten Sie sich auch mal zu Gemüte führen, Pastörchen. Man kauft ja nich die Katze im Sack, ne?" Unaufgefordert wühlte er in seiner speckigen Aktentasche und hielt Benjamin eine Hochglanzzeitschrift hin, auf dessen Titelbild Ninas Oberkörper nur dezent verhüllt abgebildet war.

Benjamin machte eine abwehrende Handbewegung. „Lassen Sie das! Interessiert mich nicht!"

„Nu man nich so schüchtern, Herr Pastor!“

„Nein!“ Benjamin wurde panisch. Weiter hinten sah er Nina auf den Gang treten. „Gehen Sie!“

Das Verhängnis nahm seinen Lauf. Mit einer entschlossenen Handbewegung und verschwörerischer Miene schlug Sven die Tasche des Pastors auf und ließ das Magazin hineingleiten. Dann drehte er sich auf dem Absatz um und schlurfte in Richtung Ausgang. Entgeistert sah Benjamin ihm nach.

„Ist irgendwas passiert“, fragte Nina, der sein erschrockener Gesichtsausdruck nicht entgangen war.

„Nein, nein, alles in Ordnung.“

„Wollen wir langsam los?“ Sie gähnte.

„Können wir.“

Benjamin kramte in seiner Tasche, um das Portemonnaie herauszuholen. Dabei rutschte die Zeitschrift des Versicherungsmaklers ein wenig höher. Als Nina einen Teil des ihr sehr vertrauten Titelbilds erkannte, verflog ihre fröhliche Laune augenblicklich.

„Das ist nicht meine Zeitschrift!“, wehrte Benjamin ab. „Die wurde mir gerade in die Tasche gesteckt!“

Er erntete ein eisiges Lächeln. „Natürlich! Weißt du eigentlich, wie oft ich mir solche Sprüche anhören muss!“ Sie schien außer sich vor enttäuschter Wut. Am meisten ärgerte sie sich über sich selbst. Wie konnte sie nur auf diese naive Ahnungslosigkeit hereinfallen! Er war doch schließlich Pastor! „Soll ich dir wenigstens noch ein Autogramm draufschreiben, das steigert den Wert.“

„Nina, lass mich doch bitte erklären … Sven … dieser Versicherungsheini … der war gerade …“

„Lass es einfach. Mach’s gut!“ Sie warf ihr Geld auf den Tisch und verließ, ohne sich noch einmal umzublicken, das Lokal.

10

Donnerstag

Das kleine Flugzeug knatterte bedrohlich laut. Es klang wie eine Serie unregelmäßig aufeinanderfolgender Fehlzündungen. Die Luft war kalt hier oben. Sein grüner Arbeitsanzug bot keinen guten Schutz gegen die eisige Kälte. Vor ihm blinkten mehrere Knöpfe, deren Sinn er nicht verstand. Hinter ihm saß Irek und spielte eine traurige Melodie auf dem Klavier. Innerhalb kürzester Zeit gewannen sie beachtlich an Höhe. Plötzlich ertönte ein lauter Knall und die Maschine ruckelte bedenklich hin und her. Augenblicklich verstummte das Klavierspiel. Er fasste sich an den Kopf, der von etwas getroffen worden war. Dumpfer Schmerz breitete sich in ihm aus. Sie kamen ins Trudeln und verloren an Höhe. Das beschädigte Flugzeug fiel in die Tiefe, bis die Dunkelheit es in sich aufnahm. Er wusste nicht, wie viel Zeit vergangen war, als er endlich wieder die Augen öffnete. Blut. Überall Blut. Er sah sein Bett und wollte sich gerade erschöpft hineinlegen, als zwei starke Arme ihn von hinten umschlossen und wegzerrten.

Schweißgebadet rieb er sich die müden Augen. Warum lag er hier in diesem fremden Bett? Warum war es so dunkel? Wo war Ella? Seine geliebte Ella! Er sah ihre wunderschönen grünen Augen vor sich. Ihre langen blonden Haare! Er sehnte sich nach ihrem frischen Duft nach Wiesenblumen und Vanille. Hoffentlich kam sie bald zu ihm! Wann kam der Arzt, um nach ihm zu sehen? Würde er ihm dann wieder diese weißen Zuckerkügelchen geben? Pawel betastete den dicken Verband, den der Arzt um seinen Kopf gewickelt hatte. Was war nur mit ihm passiert? Er konnte sich lediglich daran erinnern, dass sie an einem Abend in der Erde gegraben hatten und plötzlich eilig weggelaufen waren.

*

Auch wenn Peter Trumm kein Mann vieler Worte war, dachte er sich immer seinen Teil. Als der Chef ihn heute wie so oft zu sich bestellte, um die Arbeiten der nächsten Tage zu besprechen, kreisten viele Gedanken und noch mehr Bedenken in seinem kahlen Kopf herum.

„Halt deine Ohren offen und sieh man zu, dat sich diese Itak … diese Spaghettis hier nich zu wohlfühlen! Im Moment kann ich echt kein' Trubel in Ochsenwerder verknusen! Wirklich nich!“

Peter nickte und fragte kurz nach: „Und? Wie soll dat aussehen? Wat soll ich tun?“

„Büschen Sabotage hier, büschen piesacken da. Da wirst schon wat utklamüstern. Aber nich to veel!“ Er machte eine Pause. „Und sieh zu, dat unser Polski wieder auf 'n Damm kommt! Dascha man kein Krankenhaus hier!“

„Wird schon.“

„Und immer schoin afschließen! Hest den Schlüssel bi di?“

„Immer.“ Er holte ein gut gefülltes Schlüsselbund hervor.

„Hier geiht dat niemand wat an!“

„Is klar, Chef!“

„Und mit niemand, mein ich niemand außer uns zwei!“

Innerlich rollte Peter mit den Augen. „Allens klar.“ Als wenn er schlecht von Begriff wäre!

„Kommt der Doc heut nochmal rum?“

„Später.“

„Hest sin Umschlach?“

„Jo.“

„Ick sach dir eins: Alle müssen dichthalten! Der Doc, der Polski, du und ich natürlich!“

„Geht klar, Chef!“

„Dat wär's“

*

Als die Tür wie üblich mit einem Quietschen geöffnet wurde, schlug Pawel wachsam die Augen auf. Dieser Glatzkopf machte ihm immer Angst. Nach wenigen schweren Schritten stand er an seinem knarrenden Bett und stellte wortlos eine Schüssel mit Eintopf und eine Flasche Wasser auf den wackligen Nachttisch.

„Danke“, sagte Pawel mit schwacher Stimme. „Wo ... Irek?“

„Nich da.“

„Wo is ... hingegangen?“

„Weiß nich.“

„Ihr müsst suchen!“

„Jo. Mok wi.“

Daraufhin drehte sich der Kahlköpfige um und ließ Pawel mit dem Essen und seiner Ungewissheit allein.

11

Donnerstag

Erne saß hinter der Rezeption des Vierländer Hofs und studierte den Belegungsplan, als Tobias Brömmer zur Tür hereinkam. Erfreut sah sie zu dem jungen Mann hoch. „Moin, wat kann ich für Sie tun?"

„Ist Karlo da?"

„Dat dschunge Glück frühstückt noch."

Tobias sah auf die antike Wanduhr, die hinter dem Tresen hing. Halb zehn. „Hotelier müsste man sein!"

„Hotelier mit tüchtigem Personal."

„Selbstverständlich, Erne! Wie sollte der Laden hier ohne Sie laufen?"

Ein zufriedenes Lächeln zuckte um ihre Mundwinkel, als Tobias an ihr vorbei und auf den Frühstücksraum zuging.

Er öffnete die Schiebetür und erblickte Karlo, der versuchte, Gianna mit einem Leberwurstbrot zu füttern. Die Italienerin wehrte sich mit allen Kräften. „*No, non è possibile*! Wie kannst du nur diese *fegato* … Leberwurst zum Frühstück!"

Als Karlo sie schließlich umarmte, um das Brot zu ihrem Mund zu führen, schüttelte sie sich betont angewidert. Gegen die Umarmung wehrte sie sich nicht.

„Was ist denn hier los? Bilaterale Verhandlungen? Oder will das große Deutschland mal wieder dem kleinen Italien seinen Willen aufzwingen?" Tobias schmunzelte.

Überrascht schreckte das mittlerweile eng umschlungene Paar auf.

„Sie weiß halt nicht, was gut ist!"

„Leberwurst zum Frühstück. *Che schifo*! Ekelhaft!"

Lachend rückte sie ein wenig von ihrem Freund ab.

„Immer nur Marmelade oder Butterzwieback, kein Wunder, dass in Italien Dauerkrise herrscht!“, entrüstete sich Karlo augenzwinkernd.

Tobias setzte sich auf den freien Stuhl am Tisch. „Ich will ja ungern diesen kulturellen Schlagabtausch beenden, aber in Anbetracht der Tatsache, dass ich um zehn Uhr im Museum sein muss, wäre ich für eine kurze Unterbrechung sehr dankbar.“

Gianna tunkte einen Zwieback in ihren Cappuccino.

„Was gibt's denn?“, fragte Karlo mit vollem Mund.

„Ich habe tatsächlich etwas zu den zerfledderten Papieren herausgefunden.“

„Großartig! Schieß los!“

„Also, die Brieftasche gehörte dem ehemaligen deutschen Luftwaffenpilot Richard Ehrmann.“ Tobias deutete fragend auf die Thermoskanne auf dem Tisch. Sofort schenkte ihm Karlo eine Tasse Kaffee ein. „Dieser Ehrmann gilt seit 1944 als verschwunden.“

„Woher weiß man das?“, fragte Gianna.

„In Berlin gibt es ein Militärarchiv. Einige Unterlagen sind kriegsbedingt verschollen, aber zu Herrn Ehrmann konnten die Kollegen praktischerweise eine Akte finden.“ Mit bedächtigen Bewegungen rührte er in der Tasse. „Vermutlich ist er bei seinem letzten Flug hier in der Nähe abgestürzt. Ein Flugzeug oder sogar seine Leiche wurden jedoch nie gefunden.“

„Das gibt's ja nicht!“ Karlo und Gianna sahen sich erstaunt an.

„Ich habe dir mal über das Bundesarchiv seine ehemalige Adresse herausgesucht. Er lebte damals in Lüneburg. Seine Witwe ist mittlerweile in ein Seniorenwohnheim umgezogen. Die aktuelle Adresse steht hier.“

*

Frau Ruppke saß in der Frühlingssonne auf einer Bank vor ihrem Haus und schälte mit geübten Handgriffen Kartoffeln, die sie in einen mit Wasser gefüllten Topf fallen ließ. Ihre kleinen Hände waren rau und von Altersflecken übersät. Aus den Augenwinkeln sah sie, wie ein großgewachsener Mann aus einem Audi ausstieg und mit staksigen Schritten zu ihr herüberkam. Der akkurate Seitenscheitel und die Nickelbrille kamen ihr sofort bekannt vor.

„Woll'n Se wedder in' Container kieken?"

„Nein, nein, heute nicht." Unschlüssig stand der Kommissar vor dem Tisch, auf dessen anderer Seite zwei mit roten Plastikbändern geflochtene Gartenstühle standen. „Setzen Sie sich doch", forderte Frau Ruppke ihn auf, die einen ähnlichen lila-gemusterten Kittel trug wie seine Mutter bei der Hausarbeit.

„Danke." Umständlich ließ er sich auf dem Stuhl nieder. „Sagen Sie mal, können Sie sich vielleicht an irgendetwas erinnern, rund um das Verschwinden Ihrer beiden Arbeiter hier?"

Für einen Moment ließ die Frau die Kartoffeln ruhen und dachte angestrengt nach. „Dat Blut an sein' Klamotten. Da hab ich mich echt verjacht." Verlegen sah sie auf den Boden. „Wie sie letztens da warn, hab ich nur mal kurz in' Container gekiekt."

„Schon in Ordnung, Frau Ruppke, so lange Sie nichts verändert haben … wegen der Spurensicherung."

„Eins war auch merkwürdich. Am Abend bevor die beiden wech war'n, da gab's doch diese Explosion. Die war bannig laut, sach ich Ihnen."

„Explosion?", horchte Spannich erstaunt auf.

„Ein doller Knall. Irgendwo ganz inne Nähe."

„Aber in der Zeitung stand dazu nichts, oder hab ich was überlesen?“ Der Kommissar schien verblüfft. „Rückt da nicht die Feuerwehr aus oder sogar wir von der Polizei?“

Die alte Frau unterbrach wiederholt ihre Arbeit und winkte ab: „Nee, inne Bergedorfer war nix. Nur mein Mann hat sich bannig aufgeregt! Der denkt dann immer an die schlimme Tied!“

*

Beim Öffnen der Ladentür der *Emmatanten* ertönte eine altertümliche Klingel. Abschätzend sah sich Kommissar Spannich in dem pastellgrün gestrichenen Raum um. An drei Wänden standen auf alt gemachte weiße Regale. In schnörkeliger Schrift wurde oberhalb der Auslagen die jeweilige Abteilung angegeben.

‘Schön’ - ‘Gesund’ - ‘Würzig’ - ‘Süß’

Auf einem langgezogenen Tisch in der Mitte befand sich die üppige Obst- und Gemüseauslage. In vielen großen und kleinen Körben warteten Wurzeln, Radieschen, Äpfel und viele weitere Produkte aus biologischem Anbau auf bewusste Käufer. Dirk Spannich betrachtete die verschiedenen knollenartigen Gewächse und fragte sich ernsthaft, wer so etwas essen wollte. Dank der deutschen Hausmannskost seiner Mutter lagen ihm kulinarische Experimente fern.

Durch eine Tür im hinteren Bereich betraten zwei Frauen den Laden. Mit jeweils einem Korb in beiden Händen. Die blondgelockte Kathrin wie immer in Leggins und Wickelrock, während Dörthe ein selbstgenähtes Kleid in unruhigem Mustermix trug. Bei seinem kleinen Rundgang fielen dem aufmerksamen Kommissar in der Nähe der *Schön*Abteilung weitere dieser Eigenkreationen auf.

„Oh, entschuldigen Sie“, setzte Kathrin Sommer an, „Hoffentlich mussten Sie nicht zu lange warten! Aber wir haben gerade eine Lieferung bekommen. Der Sprossenmann war da.“

Mit geübten Bewegungen sortierten die Ladeninhaberinnen mehrere mit Frischhaltefolie verschweißte Pakete in die Kühltheke links vom Kassentisch.

Dörthe warf einen prüfenden Blick über die Schulter. „Topinambur.“

„Wie bitte?“

„Das ist Topinambur. Damit können Sie wunderbare Suppen, Aufläufe oder auch Rohkost zubereiten. Kommt aus Mittelamerika.“

„Ach so, ja … hab mich nur mal umgesehen.“

„Wir haben heute ganz frische Grünkernbratlinge bekommen. Die müssen Sie unbedingt mal probieren!“ Kathrin nahm eine Glasglocke von einem Tablett bei der Kasse. Sofort strömte eine besondere Geruchsmischung aus Koriander, Bratenfett und Bioladen in Spannichs Nase.

„Nein danke. Ich wollte eigentlich ...“

„Für unsere italienischen Gäste haben wir ganz neu Ricotta und echten Büffelmozzarella im Programm. Ein Traum!“ Sie deutete auf das Kühlregal hinter sich.

„Interessant. Wenn ich mich Ihnen kurz vorstellen darf: Spannich mein Name, Kommissar Dirk Spannich. Ich ermittle im Moment wegen einer Vermisstensache. Ist Ihnen in der Woche vor dem 27. April irgendetwas Besonderes aufgefallen?“

„Das war doch ein paar Tage vor unserer Riesengemeindesitzung, oder?“, überlegte Kathrin.

Dörthe dachte angestrengt nach. „Mensch! Da war doch

diese Explosion!“

„Stimmt, Dörthe. Jetzt wo du’s sagst.“ Kathrin schlug sich vor die Stirn. „Unsere Kinder haben sich so erschreckt.“

Wie zum Beweis stürmten plötzlich ein kleines blondes Mädchen und ein unwesentlich älterer Junge in den Laden.

„Maamaa! Kjelli will meinen Barbies die Haare abschneiden!“

„Das stimmt gar nicht, du blöde Kuh! Ich hab nur so getan!“

Das Mädchen rannte zu Kathrin und der Junge zu der genervt blickenden Dörthe.

„Ihr beiden! Jetzt begrüßt ihr erst mal den Herrn Kommissar und später unterhalten wir uns in Ruhe über euren Streit“, besänftigte Kathrin die Kleinen.

„Guten Tag.“ Spannich sah vor allem dem finster blickenden Kjell-Sjöran tief in die grünen Augen. “Ich will auch gar nicht länger stören. Aber Puppen die Haare abzuschneiden, fällt unter das Delikt der Sachbeschädigung, junger Mann!“ Nach diesen mahnenden Worten drehte er sich auf dem Absatz um und verließ den Laden. „Vielen Dank für Ihre Hilfe und Auf Wiedersehen.“

Auch die anschließenden Befragungen der Arzthelferinnen von Dr. Hanno Ziesel, der Apothekerin Hildegard von Ziesel, ihrer Mitarbeiterinnen, des Versicherungsmaklers Sven Töner, des Gastwirts Manfred Wolf und schließlich des Lehrerehepaars Meyer-Ölke ergaben, dass sich fast alle an eine ungewöhnlich laute Explosion erinnern konnten. Lediglich der äußerst wortkarge Dr. Hanno von Ziesel brummelte in seinen Rauschebart, dass ihm keine besonderen Vorkommnisse in den Sinn kämen. Abends würde er entweder vertieft lesen oder schlafen.

12

Donnerstagabend

AVERE

io ho......................................ich habe
tu hai.....................................du hast
lei/lui ha...............................er/sie hat
noi abbiamo.........................wir haben
voi avete...............................ihr habt
loro hanno...........................sie haben

Freudestrahlend und hochmotiviert begrüßte Gianna Moretti die Klasse zu ihrer zweiten Italienischstunde: „*Ciao ragazzi*! Heute wollen wir uns mit dem zweitwichtigsten Verb meiner Sprache beschäftigen. *Allora*, wir machen wieder Gruppenarbeit wie letztes Mal. *Buon divertimento*! Viel Spaß!“

Bereits am Anfang der Stunde war Gianna aufgefallen, dass sich Nina van Haff auf einen anderen Platz gesetzt hatte. Irgendetwas schien zwischen ihr und dem netten Pastor vorgefallen zu sein. An seinem neuen Kleidungsstil konnte es nicht liegen, wie Gianna zu Benjamins Gunsten feststellte. Während seine ehemalige Banknachbarin wahlweise die Tafel oder ihr Heft studierte, blieb der aufmerksamen Lehrerin nicht verborgen, dass Benjamin Florin in regelmäßigen Abständen fast flehentlich zu ihr herüberstarrte.

Die Gruppenarbeit erledigte Nina mit Kathrin Sommer, Pia von Ziesel und Magnus Grünfeld.

„*Ho fame*", bekundete Nina der Übung zufolge ihren Hunger. „*Hai fame*, Kathrin?"

„*No, ho sete*!", antwortete Kathrin lachend und wandte sich nun an Pia und Magnus: „*Avete amici*?", versuchte sie die beiden nach ihren Freunden zu befragen. Die zwei sahen sich schüchtern an, woraufhin die *Emmatante* mit ihrem nächsten Satz versuchte, ihren Freundschaftsstatus zu erkunden: „Oder, wartet mal: *siete amici*?" Kathrin grinste verschwörerisch. Dank ihrem Hang für Romantik freute sie sich jedes Mal, wenn zwei Menschen zueinanderfanden. Im Fernsehen waren ihr romantische Komödien am liebsten. Während der regelmäßigen berufsbedingten Abwesenheiten ihres Mannes Thorsten vermisste sie am wenigsten seinen heißgeliebten Tatort am Sonntagabend, sondern freute sich über die ZDF-Schnulzen, egal ob sie in Schweden oder Cornwall spielten. Seit der letzten Stunde hatte sie in Bezug auf Pia und Magnus ein untrüglich kribbeliges Bauchgefühl.

Die junge Studentin hatte am heutigen Abend die Norweger-Strickjacke gegen eine pastellrosa Bluse getauscht und sogar einen Hauch von Make-up aufgelegt. Auf Kathrins Frage hin färbten sich ihre Wangen rot. „*Si, ho amici.*"

„Bevor ich's vergesse, Kathrin, ...", Sven Töner hatte in seiner Gruppe gerade Pause und kippelte auf dem Stuhl. Sein blaues Oberteil mit dem Aufdruck ‚*Ich bin Jungfrau – aber das ist ein altes T-shirt*' spannte sichtlich über dem Bauch, „... sach mal deiner großen Tochter, dat ihr iPhone abholbereit is. Mit allem Zipp un' Zapp."

Kathrin runzelte die Stirn. „iPhone? Pauline? Alles klar, werde ich ihr ausrichten."

Er beugte sich näher an sie heran. „Hab da so meine Quellen! Hammerpreis!"

Gastwirt Manfred Wolf sah interessiert aus dem Fenster

zum Alten Gasthof herüber. Seit geraumer Zeit umkreiste eine mehrköpfige Delegation das Gebäude. Es wurde gegen Mauern geklopft, vermessen und aus allen möglichen Winkeln Fotos gemacht. Wellnesstempel! Gästehaus! Die hatten doch nicht alle Tassen im Schrank! Mit gerunzelter Stirn wandte er sich wieder seiner Gruppe zu.

„Manfred, *noi abbiamo sete*“, sprach ihn Benjamin auf seinen Durst an.

„Null *problemo*!“, antwortete der Dorfgastronom grinsend. „Mit Durst seid ihr bei mir an der richtigen Adresse!“ Hoffentlich blieb das auch so!

„Ah, Manfredo! Du bist also der Gastwirt?“ Gianna hatte sich zu der Gruppe gesellt und schenkte ihm ein freundliches Lächeln.

„Jo.“

„*Perfetto*! Das trifft sich gut. Ich hätte da ein paar Vorschläge, wenn die italienischen Sportler kommen.“

„Ach ja?“ Er zog eine Augenbraue hoch.

„Können wir uns nach der Stunde kurz zusammensetzen?“

„Warum nich.“ An einem kleinen Gespräch mit ihrer attraktiven Lehrerin hatte er an und für sich nichts auszusetzen.

„Hanno? Haaannooo!“ Hildegard stieß ihren Mann ungeduldig an, der seit einer Weile teilnahmslos auf seinen Block stierte. „Man hat dir eine Frage gestellt! Möchtest du sie vielleicht beantworten? Dir als alter Lateiner sollte die italienische Sprache nun wirklich leicht fallen!“

„Was?“ Der Dorfarzt zuckte kurz zusammen. Seine Gedanken waren ganz woanders. „Ja, ist gut. Wie war die Frage?“

„*Caro Hanno, hai fratelli*?“

„Ob ich Brüder habe?“

„Frau Moretti hat Geschwister dahinter geschrieben." Michael deutete auf die Tafel.

„Aber im Lateinischen ist ‚*frater*' ein Bruder. Ich habe nur zwei Schwestern."

„Das ist jetzt egal." Der Sportlehrer war nicht gerade für seine ausgiebige Geduld bekannt. „Antworte einfach."

Im Moment war Hanno dieser Kurs echt zu viel. Ihn plagten ganz andere Sorgen. Grundsätzlich gab es für ihn keine Alternative zu seiner Behandlungsweise mit den weißen Kügelchen, aber die letzten Tage hatten ihn des Öfteren zweifeln lassen. Die ganze Angelegenheit zehrte an seinen Nerven. Hätte er den Verletzten besser doch in ein Krankenhaus einweisen lassen sollen? Für die fehlende Krankenversicherung hätte es bestimmt eine Lösung gegeben. Wenn dieser Dämmerzustand noch lange anhielt, gab es keine andere Möglichkeit. Dann waren ihm auch die großzügigen Umschläge einerlei, mit deren Hilfe er endlich seine Bücherstube standesgemäß einrichten konnte.

Als am Ende der Stunde alle ihre Taschen zusammenpackten, stieß Sven Töner Benjamin an und raunte ihm vertraulich zu: „Na, Pastor, alles fit im Schritt? Noch 'n ramontischen Abend gehabt?"

Aus dem Augenwinkel beobachtete der Angesprochene, wie Nina van Haff eilig nach ihrer Tasche griff und umgehend den Raum verließ. Benjamin verzog bedauernd die Mundwinkel und schüttelte den Kopf: „Nicht wirklich."

„Tut mich echt sorry." Sven grinste fröhlich. „Nützt ja nix. Sie können sich ja locker vom Hocker ihre Fotos ankieken!"

Urplötzlich stieg in dem sonst eher friedlichen Benjamin eine ihm unbekannte Wut hoch. Mit fahrigen Bewegungen durchforstete er seine Tasche und holte die Zeitschrift hervor. „Nehmen Sie das und lassen mich damit ein für alle Mal in Ruhe!“

Mit dem Stein des großen Anstoßes in der Hand ließ der Pastor den verdatterten Sven Töner stehen und eilte aus dem Raum. Der schüttelte kurz den Kopf, rollte das Heft zusammen und ließ es in seine schwarze Aktentasche gleiten.

13

Freitagmorgen

WIR WISSEN WAS DU VORHAST
ZAHLE 150.000 €
KEINER WIRD WAS ERFAHREN!
WARTE AUF WEITERE INSTRUKTIONEN!

Entgeistert starrte er auf den zweimal gefalteten Zettel. Kurz zuvor hatte er ihn aus seinem Briefkasten direkt am Haus geholt. Zum Glück war ausschließlich er für die Post zuständig und kein anderer! Hektisch und mit zusammengekniffenen Augen starrte er die lange Zufahrt hinunter. Kein Mensch weit und breit. Ob sich der Erpresser noch in der Nähe aufhielt? Verstohlen sah er sich erneut um. Wann mochte der Brief wohl hier eingeworfen worden sein? Was wusste der Verfasser? War er allein oder hatten es mehrere auf ihn abgesehen? Kleine Schweißperlen bildeten sich auf seiner Stirn. Wer wollte ihm da verdammt nochmal ans Leder? An die Polizei konnte er sich nicht wenden. Dann würde alles auffliegen. Alles! Was sollte er nur tun? Ihm blieb keine Wahl. Er musste zahlen und hoffen, dass die Sache damit ein schnelles Ende fand. Das würde zwar seinen Gewinn aus dem Riesengeschäft erheblich schmälern, aber am Ende bliebe immer noch genug für ihn übrig. Hektischer als sonst kehrte er zum Hauseingang zurück und schloss die wuchtige Tür hinter sich.

14

Freitagnachmittag

Das Seniorenheim lag bei Lüneburg. In einem kleinen Waldstück. Karlo stellte sein Auto in einer Parkbucht ab, die von kniehohen Hagebuttenhecken eingefasst wurde. Aufmerksam guckte er sich um. Zwischen den hohen Bäumen verteilten sich mehrere kleine Backsteinhäuser mit weißen Holzgiebeln. Eigentlich hatte er einen riesigen anonymen Betonklotz mit mehreren Etagen erwartet. Einige Bewohner spazierten gerade über die großzügigen Rasenflächen zwischen den Gebäuden, andere rasteten auf den in unregelmäßigen Abständen aufgestellten weißen Bänken. Das Anwesen hatte gar nichts von einem tristen Altersruhesitz, sondern wirkte eher wie ein nordisches Feriendorf.

Die freundliche Empfangsdame führte ihn zu einer etwas rundlichen Frau mit praktischem Kurhaarschnitt und Brille. Karlo schätzte sie auf Anfang vierzig.

„Guten Tag, Herr Kolberg. Ich bin Ilka Schubert." Sie reichte ihm ihre weiche Hand.

„Guten Tag - und danke, dass Sie mich zu Ihrer Großmutter begleiten, Frau Schubert."

„Das mache ich doch gern. Ich hoffe nur, sie regt sich nicht zu sehr auf. Nächstes Jahr wird Oma fünfundneunzig Jahre alt."

„Geht es ihr denn gut?", fragte Karlo zögernd.

„Sie ist manchmal ein bisschen melancholisch - aber ansonsten fit wie ein Turnschuh! Sie werden's ja sehen!"

Auf ihr Klopfen erfolgte keine Antwort. Frau Schubert ließ sich davon nicht beirren und drückte vorsichtig die Klinke herunter. Sie betrat das helle Zimmer als Erste, während Karlo noch zögerte. Vom Flur aus konnte er sehen, dass vor dem großflächigen Fenster ein hoher karierter Ohrensessel mit dem Rücken zur Tür stand.

„Oma, ich bin's, Ilka. Ich hab Besuch mitgebracht."

„Ilka! Komm rein!" Die Frau sprach mit unverkennbar älterer aber fester Stimme. „Dreh mal meinen Sessel zu euch, dann können wir besser reden." Ihr zarter Körper steckte in einem beige-farbenen langen Wollrock und farblich dazu passendem Pullover. Die schneeweißen Haare waren im Nacken zu einem Knoten gesteckt. Karlo mochte diese Frisur, weil sie seinem Bild von einer liebevollen Oma entsprach, die geheime Rezepte aus grauer Vorzeit kannte und spannende Geschichten von früher erzählen konnte.

„Guten Tag, Herr Kolberg." Sie streckte Karlo ihre knöcherne Hand entgegen und betrachtete den unbekannten Gast durch eine goldeingefasste Brille.

„Guten Tag, Frau Ehrmann. Danke, dass ich Sie besuchen darf."

Er griff in seine Jackentasche und holte das alte Portemonnaie hervor. „Ich habe Ihnen etwas mitgebracht." Wortlos reichte er es ihr.

Fragend sah Frau Ehrmann erst ihn und dann das stark abgenutzte Lederfutteral in ihrer Hand an. Sie holte mehrmals tief Luft und schloss für einen kurzen Moment die Augen. Karlo und ihre Enkelin standen nur schweigend da. Behutsam klappte die alte Frau die Geldbörse auf und nahm ein stark vergilbtes Schriftstück heraus - offensichtlich das Soldbuch ihres verstorbenen Mannes.

„Wo … woher … haben Sie das?", fragte sie mit brüchiger Stimme.

Karlo antwortete leise: „Das haben wir bei einem polnischen Landarbeiter gefunden, der jetzt selbst verschwunden ist. Es lag unter seinem Bett. Wir wissen nicht, wie es dort hingekommen ist.“

Die Frau starrte auf das Papier und schwieg.

„Können Sie mir etwas über Ihren Mann erzählen?“, fragte Karlo sanft.

Frau Ehrmann schien ihn kaum vernommen zu haben und schwieg. Ihre Gedanken waren nicht in diesem Zimmer, nicht in dieser Zeit.

„Oma, hast du gehört, was Herr Kolberg gefragt hat?“, durchbrach Ilka Schubert die Stille.

Frau Ehrmann schien ein wenig aus ihrer Erstarrung zu erwachen. Ihr entrückter Blick wanderte zwischen den beiden Menschen im Raum und ihren Händen. „Ja … ja ... ich denke, ich kann Ihnen wohl etwas erzählen ... mein Mann Richard war Flieger. Er hat das Fliegen so geliebt! Wir haben uns im Krieg kennengelernt. Da war er in Stade stationiert.“ Einen Moment strich sie liebevoll über das Portemonnaie. „Wenn er frei hatte, kam er uns immer sofort besuchen. Mich und deine Mutter. Er hat dann immer Blumen mitgebracht. Frische Blumen. Meist am Wegesrand gepflückt, aber manchmal hat er auch welche gekauft.“

Als sie nun lächelte, konnte Karlo die verliebte junge Frau von damals in ihrem Gesicht erkennen. Nach ein paar kräftigen Atemzügen fuhr sie fort: „Im Frühjahr 1944 hatten sie einen Einsatz, von dem er nie zurückgekehrt ist. Seine Kameraden haben mich danach besucht und mir alles erzählt.“ Sie starrte durch Karlo hindurch - direkt in die Vergangenheit. „Die Maschine ist getroffen worden und verlor an Höhe. Mein Mann forderte alle auf, den Flieger zu verlassen. Zuerst ging der Bordfunker, dann der Techniker. Mit ihren Fallschirmen sind die beiden in einem Dorf bei Hamburg gelandet. Mein Richard hat es nicht mehr aus der Maschine geschafft.“ Sie hielt einen Moment inne und drückte das Leder fest in ihren Händen. „Am nächsten Tag haben ein paar Bauern und Kinder nach weiteren Überlebenden gesucht. Leider konnten sie weder ihn, seinen Fallschirm noch das Flugzeug finden."

Wie viele Stunden mussten sie noch an Deck bleiben? Sie waren doch schon längst da. Italien! Nun warteten sie schon vier Tage im Hafen von Bari. Auf diesem stinkenden Schiff. Zum Glück hatten sie die Frauen und Kinder bereits von Bord gelassen. Aus Angst vor ansteckenden Krankheiten waren ihnen Lebensmittelpakete zugeworfen worden. Noch auf See. Wie Tieren im Zoo. Vier durstige Männer mussten sich eine kleine Wasserflasche teilen. Was war nur aus ihnen geworden? Aus ihrem Leben. Wo war ihr altes einfaches Leben geblieben?

Endlich! Sie durften in ein Lager gleich am Hafen. Auf einem alten Militärflughafen lebten Tausende anderer Flüchtlinge, meist Afrikaner. Sie mussten sich komplett entkleiden. Für die Untersuchung beim Arzt. Er fühlte sich wie ein Stück Vieh bei der Fleischbeschau.

Nach drei Tagen erst wurden die Ausweise verlangt. Bloß keine Fingerabdrücke! Gebt denen nicht eure Fingerabdrücke, dann müsst ihr in diesem Land bleiben. In Italien lebten viel zu viele Flüchtlinge. Sie wurden hier nicht gut behandelt. Vor allem die Afrikaner kannten sich da aus.

Ferhad schlief unruhig. Manchmal schrie er im Schlaf nach Mutter. Er war ihr jüngster Sohn. Auch tagsüber waren oft Schreie zu hören. Einmal lief eine Afrikanerin hysterisch durch das Lager und griff das Wachpersonal an. Es gab Prügeleien. Ein beißender Gestank nach menschlichen Ausscheidungen lag in der frühlingswarmen Luft. Die Leute kamen und gingen. Am meisten litt er unter der Ungewissheit. Sie konnten nur abwarten. Im Studium hatte er sich oft über die viele Arbeit beschwert. Jetzt hätte er gern eine sinnvolle Aufgabe übernommen. Drei andere Syrer wurden zu ihren Freunde: Amir, Hasan und Yassir. Alle drei träumten von einer Zukunft in Deutschland. Yassirs Bruder lebte in Hamburg. Das war ihr Ziel.

15

Eine Woche später am Freitagmorgen

Betont langsam schlenderten sechs alte Männer die geschwungene Deichstraße entlang. Wenige Meter hinter ihnen spazierten drei weibliche Altersgenossinnen. Aus dem Augenwinkel guckten sie zum weiträumigen Parkplatz der Ochsenwerder Schützen hinunter, auf dem wenige Augenblicke zuvor ein großer Reisebus eingebogen war.

„Kiek mol."

„De Pappagallos sün dor!"

„Schicken Bus hebt se wohl."

„Hest din Fohrrad ansluten?"

„Wat mutt, dat mutt!"

„Hassas geseh'n?", bemerkte eine der Frauen. „Bannig weiße Anzüge hebt se!"

„Eisch."

„Dascha man lange Kerls!"

„Nu geiht dat los, Hertha!"

„Na, denn man tau."

*

„*Quattro di coppia*!"

Vier groß gewachsene Männer in weißen Trainingsanzügen mit dem Aufdruck ITALIA sahen Nina van Haff erwartungsvoll an.

„*Si, uno momento …*"

Nina setzte ihr professionelles Gesicht auf und suchte angestrengt auf ihrer Liste nach der Unterkunft für den Doppel-Vierer. Auch wenn der Sprachkurs bislang erst an vier Abenden stattgefunden hatte, war Gianna die verschiedenen Boote sorgfältig mit ihnen durchgegangen. Wie schon bei den letzten Olympischen Spielen wunderte sich Nina über die vielen Bootsklassen beim Rudern: Achter, Vierer ohne Steuermann, Doppel-Vierer, Zweier ohne Steuermann, Doppel-Zweier, Einer - für Männer und Frauen natürlich. Teilweise auch noch in leicht und schwer. Leichtathletik war da eindeutig klarer. Sie warf einen suchenden Blick auf die hinter ihr stehenden Gastgeber.

„Kathrin?"

„Mama kann nich, die ist im Laden." Ein auffallend aparter Teenager trat hervor. Ebenso blonde Locken wie jene ihrer Mutter bedeckten ihren halben Rücken. Ihr wohlproportionierter Körper steckte in einem engen kariertén Sommerkleid. „Ich bin Pauline und soll die Italiener abholen."

„Alles klar. Dann komm mal her. Das ist euer Doppel-Vierer!"

„*Ciao ragazzi! Venite!* Kommt mit!" Souverän begrüßte Pauline die überrascht blickenden Ruderer mit zwei Küsschen auf jeder Wange.

„Du sprichst Italienisch?", erkundigte sich Nina irritiert. Das Mädchen hatte nicht am Kurs teilgenommen.

„Italienisch-AG in der Oberstufe."

Mit einem breiten Grinsen schulterten die vier jungen Männer ihre großen Taschen und schlurften die Auffahrt des großzügigen Parkplatzes der Ochsenwerder Schützengesellschaft hinauf.

*

Während die Brüder Giacomo und Roberto Ponti zusammen mit zwei weiteren Insassen des Doppel-Vierers hinter ihrer äußerst attraktiven Gastgeberin herliefen, sahen sie sich skeptisch um. Dank einer überragenden Leistung in der Qualifikation im Frühjahr hatte es nach seinem drei Jahre älteren Bruder Roberto nun auch der einundzwanzigjährige Giacomo in eine der erfolgreichsten Bootsklassen des italienischen Ruderverbands geschafft. Bei der letzten Mannschaftssitzung hatten die Funktionäre mit Engelszungen auf sie eingeredet. Dieser Weltcup sei eine einmalige Chance, wenn nicht sogar eine Pionierleistung. Sie dürften die gute deutsche Gastfreundschaft kennenlernen, die einzigartig in der Welt sei!

„Mit Kartoffeln zum Frühstück?", hatten die Athleten damals spöttisch gefragt.

„*No!*", hatte die entschiedene Antwort gelautet. Ihnen sei optimale Sportlerverpflegung zugesagt worden, beste Betten - und die Gastgeber sprächen sogar Italienisch!

„Achtung!", hatte daraufhin ein Mitglied des Achters mit betont ernster Miene in die Runde gerufen. „*Sempre puntuali … tutti* kaputt!" Die Anwesenden lachten verhalten über den auf's Neue hervorgeholten Scherz in Bezug auf die Pünktlichkeitsversessenheit ihrer deutschen Nachbarn.

*

Als Nächstes wurde den Lehrern Gerd und Elke Meyer-Ölke der Frauen-Doppel-Vierer samt einer Betreuerin zugewiesen. Sportlehrer Gerd verwickelte die italienische Trainerin sofort in ein Fachgespräch über die optimale Sportlernahrung, das jedoch aufgrund seiner abenteuerlichen italienischen Satzkonstruktionen bald ins Stocken geriet. Als die Anfang zwanzigjährigen Ruderinnen die zu Phallussymbolen geschnittenen Buchsbäume vor Elkes Malschule entdeckten, war ihr lautes Kichern bis zum nahegelegenen

Parkplatz zu hören.

Pia von Ziesel und Magnus Grünfeld ließen sich davon nicht in ihrem angeregten Gespräch stören. Als Pia von ihrer Arbeit im Kindergarten erzählte, hörte Magnus nur mit halbem Ohr zu, weil er sich die ganze Zeit fragte, ob er ihr eine Strähne aus dem Gesicht streifen dürfte, die sich aus ihrem eingeflochtenen Haarkranz gelöste hatte. Er freute sich, dass Pias Eltern heute beide keine Zeit hatten, um die Ruderer in Empfang zu nehmen. Auf Hildegards Argusaugen in Bezug auf ihr Töchterchen konnte er gut verzichten.

„Pia! Magnus!“, rief Nina, um die sich eine weitere Traube weißer Trainingsanzüge gebildet hatte. „Eure Vierer sind abholbereit!“

Bildete Magnus sich das nur ein, oder verzog Pia enttäuscht das Gesicht? Sein Herz machte einen Sprung. Freudestrahlend begrüßte er den Vierer, der im großzügigen Gästehaus seiner Familie untergebracht werden sollte. Pia durfte die Frauen zur Praxis ihres Vaters führen. Im oberen Stockwerk standen mehrere Räume leer, die Dr. von Ziesel nach seiner Pensionierung zu einer umfangreichen Bücherstube ausbauen wollte. Als Pia und Magnus oben an der Straße jeweils in unterschiedliche Richtungen abbiegen mussten, verabschiedeten sie sich nur zögerlich.

„Na dann, viel Spaß mit deinen Leuten!“, sagte Magnus.

„Dir auch!“ Sie winkte ihm noch einmal kurz zu und drehte sich um.

„Wir sehen uns beim Kurs!“, rief er ihr noch hinterher.

Als Nächstes stiegen acht große und eine kleine Frau aus dem Bus und sahen sich interessiert um. Geschlossen bildeten sie einen Halbkreis um Nina, die nach wie vor ihre Liste in der Hand hielt. Die Kleinste ergriff das Wort: „*Siamo l'otto.*“

Nina blickte prüfend in die Runde. „*No* ... *nove*. Sie sind doch neun!", stellte sie richtig fest.

„*Certo, sono la timoniera!*"

Nina sah kurz in ihrem kleinen Rudervokabular nach. „Klar doch, Sie sind die Steuerfrau und gehören selbstverständlich dazu!"

„Und da sach mir noch einer, dat Leben is kein Kindergeburtstag!" Freudig erregt begrüßte Sven Töner die Frauen. Die Knöpfe seines hellblauen Hemds spannten sich über dessen Bauchansatz. Wenigstens trug er nicht eines dieser T-Shirts mit fragwürdigem Aufdruck, dachte Nina.

„Hallöchen, Popöchen ..."

Die Projektleiterin verdrehte innerlich die Augen. Zum Glück konnten die Italienerinnen seine unvermeidlichen Sprüche nicht verstehen!

„Das ist Ihr Gastgeber, Herr Sven Töner."

„Dann wolln wir die Kindchen mal schaukeln! *So long*!" Er grinste wie ein pummeliges Honigkuchenpferd.

„Von einem Kinderspielplatz hat uns aber keiner was gesagt", erwiderte eine der Ruderinnen grinsend.

„Du sprichst Deutsch?", fragte Sven verdutzt.

„Ich komme aus Südtirol."

Äußerst zufrieden marschierte er vorneweg, um den neun Sportlerinnen und ihrer strengblickenden Trainerin sein großzügiges Haus zu zeigen. „Gruß an den Rest vom Schützenfest, sendet der Held im Erdbeerfeld!", rief er den wenigen Wartenden noch zu. Die Südtirolerin und Nina tauschten irritierte Blicke.

Deutlich wortkarger nahm Wirt Manfred die Männer aus dem Doppel-Zweier und dem Zweier in Empfang. Ohne die Miene zu verziehen, bat er sie, ihm zu seinen Gasträumen zu folgen.

Nachdem Nina auch diese Bootsgattung mit einem Häkchen versehen hatte, fixierten sie fünf weibliche

Augenpaare.

„Gut, jetzt haben wir hier noch die beiden Frauen-Zweier und eine Einerfahrerin."

„Die kommen zu mir." Benjamin trat zu Nina, die ihn seit ihrem verhängnisvollen Ausflug zum Pegelposten nach wie vor ignorierte. Da sie nun fast allein vor dem Bus standen, nahm er all seinen Mut zusammen.

„Nina?"

„Ja." Sie starrte angestrengt auf ihre Liste.

„Wollen wir uns nicht noch einmal treffen?" Er suchte ihren Blick. „Ich würde da gern ein Missverständnis aus dem Weg räumen."

„Ich wüsste nicht wozu. Du bist doch voll im Bilde." Abrupt drehte sie sich von ihm weg und wandte sich an den Busfahrer: „Der Männer-Achter bleibt bitte sitzen. Ihr Quartier bei Anevke und Tobias Brömmer befindet sich ungefähr einen Kilometer außerhalb des Dorfkerns." Sie reichte dem Mann einen Zettel mit der genauen Anschrift. Als sie sich wieder umdrehte, bekam sie mit, wie Benjamin mit erkennbar hängenden Schultern und seinen weiblichen Gästen im Schlepptau die Auffahrt hochlief. Schade. In den neuen Klamotten sah er richtig gut aus ...

Mit betont langsamen Bewegungen stiegen zuletzt ein ebenfalls breitschultriger und ein deutlich kleinerer Mann aus dem Bus. Im Gegensatz zu seinen Mannschaftskameraden trug der Größere keinen weißen Trainingsanzug, sondern eine engsitzende Jeans, ein rosafarbenes langärmliges Hemd und einen locker um den Hals geschlungenen hellblauen Wollpullover. Rund um seine weichen Lippen sprießten unzählige dunkle Bartstoppeln. Seine kurzen Haare waren ebenfalls dunkel, mit vereinzelten grauen Strähnchen. Hinter seiner verspiegelten Sonnenbrille war kein Mienenspiel zu erkennen. Der kleinere Mann trug wie die übrigen italienischen Sportler den Trainingsanzug und eine weiße Schirmmütze über seinen spärlichen Wellen, die ihm bis zur Schulter reichten. Begeistert breitete er die Arme aus und rief auf den mittlerweile fast leeren Parkplatz: „*Ciao Germania! Ciao tutti!*“

Dörthe stand bei Nina, die ihr zuraunte: „Das ist dieser berühmte Einerfahrer mit seinem Trainer. Der war schon bei vier Olympischen Spielen! Zweimal Gold. Zweimal Silber! Außerdem ist er der Teamkapitän“, las Nina in ihren Aufzeichnungen. Ein klein wenig eingeschüchtert fragte sie den Sportler: „*Massimo Paradiso?*“

„*Si*“, antwortete dieser ohne erkennbare Regung.

Sein kleinerer Begleiter schob sich breit lächelnd vor ihn. „*Peppino Croce!*“

Verständnislos ging Nina ihre Liste durch. „Ah! Sie sind der Trainer. *Buongiorno, Signor Croce*!“

Stürmisch umarmte er sie und drückte ihr rechts und links zwei schallende Küsse auf die Wangen. Dabei strahlte er über das braungebrannte Gesicht, das von feinen Lachfältchen durchzogen war.

„*Benvenuti!* Schön, dass Sie da sind!“, entgegnete Nina überrascht. „*Lei è* Dörthe. Sie ist Dörthe“, stellte sie die zukünftige Gastgeberin vor.

Aus dem Augenwinkel seiner Sonnenbrille betrachtete Massimo Paradiso Dörthe eingehend von oben bis unten. Trotz ihrer eigenwilligen Kleidung schien sie ihm zu gefallen. Mit einer ihr unbekannten nervösen Geste strich sich Dörthe über ihre roten Haare. Warum musste dieser Typ sie nur so anstarren! Ihre Miene verfinsterte sich. Das fing ja gut an. Was für ein Macho! Umgehend ergriff sie die Initiative und reichte ihm ihre Hand: „*Benvenidos!*“

Irritiert begrüßte er sie ebenfalls und drückte ihre zarten Finger: „*Ciao, grazie!*“ Der Klang seiner gleichwohl tiefen wie sanften Stimme überraschte sie. Seine großen Hände fühlten sich rau aber trotzdem angenehm an. Ihr fielen mehrere Schwielen in den Innenflächen auf.

„*Ciao ... Dorte?*“ Peppino Croce schloss nach Nina auch Dörthe in seine kurzen Arme und ließ ihr zwei schmatzende Küsse zukommen.

Sie ließ es über sich ergehen und forderte die Männer auf, den Platz zu verlassen: „*Vamos!*“

„*Claro que sì, hombre!*“, stimmte Massimo belustigt auf Spanisch zu.

16

Montagabend

Kameradschaftsabend. Fünf Männer in der blauen Uniform der freiwilligen Feuerwehr von Spadenland polierten ihr rotes Fahrzeug auf Hochglanz. Elf weitere räumten die Gerätschaften auf, fegten die Halle oder genehmigten sich nach getaner Arbeit ein Bierchen aus einem Stapel Bierkisten, die vor ein paar Tagen angeliefert worden waren.

Auf der gegenüberliegenden Straßenseite parkte ein Audi.

„Na, Sven, noch 'ne Hopfenkaltschale?" Nachdem sie die Schläuche fachgerecht aufgerollt hatten, reichte der lange Benno seinem Kollegen Sven Töner eine Flasche Bier.

„Schankedön!"

„Dafür nich!"

Jeder der Männer nahm einen großen Schluck.

„Ein Hoch auf uns und unsere Dschungs!", prostete Benno in die Runde. „Ohne uns hätten sich deine italienischen Deerns gestern gar nich für dich frisch moken können, ne Sven?"

„Wo du's grad sachst: Dat kann doch voll nich angeh'n mit dem Schietwoter! Seit de Italieners da sind, funktionuckelt hier nix mehr. Kein Woter. Kein Strom. Ey, mir steht's echt Oberkante Unterlippe!"

„Zum Glück ham wir Generatoren. Und Hydranten!"

„Da kanns aber ein drauf lassen!" Ungeduldig tippte Sven auf seinem Handy herum. „Oh Mann, ey, der Touch funktionuckelt auch wieder nich!"

„Da staunt der Fachmann und der Laie wunnert sich!", entgegnete Benno grinsend. „Du Dösbaddel bist aber auch selbst schuld! Vielleicht mal wat in Laden kaufen un nich immer billich billich in Netz!“

„Der Laden hatte voll die gute Bewertung, ey! Neunundneunzich Prozent Empfehlung! Wat willst’n da falsch moken?“

„Ich sach ja nur ...“

„Und sonst? Wat macht denn unser Latin Lover so?“, erkundigte sich Manfred schmunzelnd. „*Amore, amore?*“

„Schon ’n Stich gesetzt?“, feixte Benno.

Sven lachte betont laut und hüllte sich dann äußerst untypisch in Schweigen. Er hatte sich tatsächlich mehr erhofft! Die Italienerinnen waren unnahbar und beachteten ihn kaum. Dieser Trainerdrachen schirmte ihre Ruderinnen komplett von ihm ab. Dabei hatte er sich sogar für den Achter gemeldet. Neun Frauen mit der Steuerfrau wohnten jetzt bei ihm. Da konnte doch wohl mal eine …

„Also, meine Männer sind ja echt voll solide“, berichtete Manfred. „Essen, Training, Ausruhen, Essen, Schlafen, Training, Essen … und natürlich die Abendrunde nicht zu vergessen!“

Manfreds anfängliche Bedenken hatten sich komplett in Luft aufgelöst. Dank Giannas Vorschlägen für seine Gastwirtschaft gehörten die Italiener mittlerweile zu seinen besten Kunden. Eine eigens geliehene original italienische Espressomaschine und die gut bestückte Eistruhe erfreuten sich seit mehreren Tagen großer Beliebtheit.

„Das check ich voll nich, ey! Jeden Abend kriegen meine Girls die Hummeln im Hintern. Raus auffe Straße und mal eben bei Manfredo ’n Eis zischen.“

„Hätt’ ich echt nich gedacht, dat dat allens Not tut. Aber da muss ich uns Gianna mal recht geben. Dat hat se fein utklamüstert. Jeden Morgen vor und nach’m Training hol’n die sich ihren Kaffee bei mir ab. Dank Gianna klappt dat auch mit de Bedienung vonne Maschine. Mein Cappuccino schmeckt richtich legger. Muss ich ehrlich sagen!"

„Guten Abend die Herren, Spannich mein Name, Kommissar Spannich."

Wie aus dem Nichts war Dirk Spannich in der hell erleuchteten Halle aufgetaucht. Er verschränkte die Arme hinter dem Trenchcoat und wippte mit seinen großen Füßen auf und ab. In den vergangenen zehn Tagen hatte er sich aufgrund anderer Fälle nicht weiter um die beiden vermissten Polen gekümmert. Aber nach wiederholter Durchsicht der letzten Befragungen wollte er endlich dieser merkwürdigen Explosion auf den Grund gehen. Skeptisch guckten die fünf Feuerwehrmänner ihn an.

„Ich ermittle unter anderem in einer Vermisstensache und hätte diesbezüglich ein paar Fragen an Sie. Könnten Sie bitte Ihre Kollegen zusammenrufen?"

Sven schnappte sich ein Megaphon. „Jungs! Alle mal herhörn! Kommt inne Halle! Die Polizei is da!"

Innerhalb weniger Sekunden standen sechzehn uniformierte Feuerwehrmänner in einem geordneten Halbkreis um den Kommissar herum. Mit ernster Miene sah Dirk Spannich von einem zum anderen.

„Nun gut. Seit mittlerweile schon über drei Wochen werden zwei polnische Landarbeiter vermisst. Bei meinen Befragungen in den letzten Tagen fiel mir auf, dass viele Leute am Vorabend ihres Verschwindens unabhängig voneinander hier ganz in der Nähe eine laute Explosion gehört haben wollen." Er machte eine Pause und rückte seine Brille zurecht. „Nun stellt sich für mich die Frage, ob in solchen Fällen niemand die fachlich kompetente freiwillige Feuerwehr rufen würde. Oder ob sie in einem solchen Fall nicht sogar auf eigene Initiative ausrückt?"

„Da muss schon jemand 110 rufen", entgegnete Sven.

„Wir können doch nich zu jeden Knall ausrücken. Da hätten wir ja bei jeder dusseligen Fehlzündung zu tun!“, ergänzte Benno.

„Wenn sich auch Tage später noch viele Menschen an die Explosion erinnern, dann muss das aber etwas anderes als eine Fehlzündung gewesen sein.“ Spannich versuchte, jeden der Männer mit seinem wachsamen Blick zu erreichen. Jedoch starrten die meisten der Uniformierten wie unbeteiligt zu Boden. Über der Halle lag eine unangenehme Stille.

„Wenn Sie’s genau wissen wollen, fragen Se mal den Wehrführer, Egon Kuhn, der macht hier die Protokolle“, informierte Benno den Kommissar.

„Und wo finde ich den Herrn?“

„Der is heut nich da. Da is ’ne Sitzung in Hamburch.“

„Soweit ich weiß, gehört Ochsenwerder ebenfalls zu Hamburg“, bemerkte Spannich trocken.

„Inne Innenstadt eben.“

„Hat der Herr vielleicht Telefon?“, fragte der Kommissar ungeduldig nach.

Während sich Spannich mit der Telefonnummer in der Trenchcoattasche vom Hof bewegte, verließ zeitgleich eine SMS die Halle: „Achtung! Polizei ermittelt wegen Explosion auf Acker.“

17

Dienstagabend

ANDARE

io vado..................................ich gehe
tu vai....................................du gehst
lei/lui va...............................er/sie geht
noi andiamo.........................wir gehen
voi andate............................ihr geht
loro vanno...........................sie gehen

„*Allora, ragazzi!*"

Am heutigen Abend herrschte Unruhe im Italienischkurs. Da sich die Teilnehmer untereinander lautstark über ihre Erfahrungen mit den Gästen austauschten, schaffte Gianna es kaum, sich Gehör zu verschaffen. Nach drei vergeblichen Versuchen, ihren Unterricht mit freundlichen Worten zu beginnen, entschied sie sich für eine pädagogisch eher unkonventionelle Methode. Als sie noch in Italien einen Kinderchor leitete, hatte sie auf diese Weise die Aufmerksamkeit der Kleinen auf sich gelenkt. Innerhalb von kürzester Zeit stand die zierliche Italienerin auf ihrem Tisch und rief laut in den Raum: „*Basta!*"

Umgehend verstummten alle zuvor noch lebhaft geführten Gespräche. Erstaunt guckten die Ochsenwerder Gastgeber hoch zu ihrer Lehrerin, die zufrieden lächelte. Als sie langsam wieder vom Tisch herunterstieg, achtete Gianna penibel darauf, dass keiner unter ihren rot-weiß-karierten Glockenrock sehen konnte. Entschieden lehnte sie sich ans

Pult und verschränkte die Arme vor ihrem weißen T-Shirt. „*Va bene. Cominciamo*, lasst uns anfangen. Dann könnt ihr euch noch viel besser mit euren Gästen unterhalten!“

Das Schweigen hielt an. Nina lächelte Gianna verschwörerisch zu. Schließlich wurde dieser Kurs aus ihren Projektgeldern bezahlt!

„Wir können jetzt sagen, wer wir sind und was wir haben. Als Nächstes wollen wir uns bewegen. Da fangen wir am besten mit dem Gehen an!“ Sie tippte mit ihrem Stift auf die Tafel hinter sich. „*Allora*, wer kann mir sagen: Ich gehe nach Hause?“

„*Io vado a casa*“, antwortete Michael pflichtschuldig.

„Ich müsst eigentlich mal kieken, ob dat Woter wieder löpt“, wand Manfred ein. „Wenn die gleich von’ Training komm’ wollnse unner die Dusche.“

„Waren die bei euch auch so hilfsbereit, als das Wasser plötzlich weg war?“, erkundigte sich Kathrin bei den anderen. „Sofort ist der Trainer los und hat den Haupthahn überprüft.“

„Wir haben ja zum Glück unseren Brunnen im Garten“, ließ Hildegard von Ziesel vernehmen.

„Vorgestern hatten wir in unserem Gästehaus keinen Strom!“, informierte Magnus die Gruppe.

„Kaum sind die Italiener da, bricht das Chaos aus!“, lachte Gianna, die mittlerweile eingesehen hatte, dass an diesem Abend ein erster Erfahrungsaustausch notwendiger erschien als trockene Grammatik. „Trotzdem finde ich ja die Eisrunden großartig“, vermeldete Kathrin begeistert. „Wir gehen jetzt auch immer mit.“

„Mittlerweile is das ’ne richtige Massenbewegung. Alle treffen sich und die Ruderer laufen locker mit ihrem Eis die Straße hoch zum Alten Gasthof. Da stehen sie dann ’ne Weile rum und gehen wieder zurück. Ich hab auch schon mal welche zum Wiesenhaus gehen sehen.“ Michael zwinkerte der errötenden Dörthe zu, die am vorigen Abend mit ihrem Gast Massimo Paradiso einen anderen Weg als die Gruppe eingeschlagen hatte.

„Ist so viel Eis denn überhaupt gut für Hochleistungssportler?“, fragte Hildegard skeptisch. „So viel Fett und Zucker!“

„Aus ernährungsphysiologischer Sicht ...“, holte Michael aus.

„*Va bene, ragazzi!*“, wurde er schließlich von Gianna unterbrochen. „Wir waren beim Verb ...“

Plötzlich wurde die Tür aufgerissen und der kleine italienische Trainer Peppino Croce stürmte in den Saal. Seine schulterlangen Haare standen noch wirrer vom Kopf ab als sonst. Er gestikulierte wild mit seinen kräftigen Händen. „*Ciao tutti! È incredibile!*“

Mit offenen Armen eilte Gianna ihm entgegen. Bei seinem Anblick musste sie sofort an ihren Lieblingsschauspieler Roberto Benigni denken, der seinen Bekanntheitsgrad als körperbetonter, aber auch extrem durchgeknallter Künstler seit einer denkwürdigen Kletteraktion über die mit Stars besetzten Stuhlreihen beider Oscarverleihung hatte steigern können. „*Buonasera!*“, begrüßte sie ihn.

Mit schmatzenden Wangenküssen und einem Schwall italienischer Worte überfiel er sie: „Da ist ein Berg, ein riesiger Sandberg!“ Er beschrieb die Größe mit seinen Armen. „Direkt vor dem Parkplatz! Ich wollte gerade Massimo abholen und komme nicht raus!“

Gianna wandte sich von ihm ab und übersetzte der Klasse umgehend seine Worte.

„Okidoki. Da mutt wie wohl mal kieken.“ Sven Töner schnellte von seinem Platz hoch. Seine Klassenkameraden wunderten sich über die dynamische Entschlossenheit des in ihrer Runde eher passiv agierenden jungen Mannes. In Windeseile begab sich der Italienischkurs vor die Tür und eilte in der Abenddämmerung die Straße hinunter auf den Alten Gasthof zu. Die Jüngeren und Sportlehrer Michael Meyer-Ölke liefen vorneweg, während sich die anderen ein wenig mehr Zeit ließen. Ihnen allen stockte der Atem, als sie vor dem tiefer liegenden Parkplatz der Ochsenwerder Schützengesellschaft einen in der Tat gigantischen Sandhaufen erblickten. Mit ein paar Schaufeln war dieser Menge Sand nicht beizukommen!

„Ach du meine Güte!", rief Kathrin.

„Du ahnst es nich!", entfuhr es Dörthe.

„Verfluchte Scheiße!", brachte es Manfred auf den Punkt.

„Keine Flüche bitte!", erbat sich Hildegard von Ziesel.

Magnus sah sich suchend um. „Wie ist der bloß da hingekommen?" Er sah irritiert zu Pia, die fast wie selbstverständlich neben ihm stand.

„Und vor allem: Wie kommt der wieder weg?", fragte Michael in die Runde.

„Mein Vorschlag", ergriff Tobias die Initiative, „ich nehme den Trainer mit und wir holen seinen Ruderer in unserem Auto ab. Ihr organisiert so lange einen Bagger. Das sollte hier im Dorf doch kein Problem sein!" Der Historiker griff nach Anevkes Hand und nickte dem Trainer auffordernd zu. *„Andiamo!"*

Peppino guckte fragend zu Gianna und machte eine eindeutige Geste der kompletten Ahnungslosigkeit. Nachdem sie ihm das weitere Vorgehen kurz erklärt hatte, erhellte sich sein Gesichtsausdruck. Seinem neuen Fahrer drückte er mit beiden Händen dankbar die Schultern. *„Grazie, amico!"* Die verdatterte Anevke erhielt zwei schallende Küsse und ein beglücktes Bauchstreicheln.

„Andiamo, amici!"

„Ich hol dann mal unsern Trecker. Bin schon weg“, bot sich Magnus an, dessen Hof nicht weit entfernt lag. Er lächelte kurz Pia zu und marschierte mit eiligen Schritten davon.

Der Rest stand ratlos auf der Straße und betrachtete ungläubig den wie aus dem Nichts aufgetauchten Sandhaufen.

„Langsam hab ich ein komisches Gefühl bei der ganzen Geschichte“, dachte Michael laut. „Zuerst is der Strom wech, dann dat Wasser und jetzt dieser Sandhaufen. Da stimmt doch wat nich.“

„Was willst du damit sagen?“, fragte Hildegard forsch.

„Als ob es jemand so gar nich in den Kram passt, dat die Italiener hier sind.“

18

Freitag

Raus hier! Endlich raus aus diesem dunklen Verschlag, in dem der Wind durch alle Ritzen zog. Warum hatten sie ihn bloß eingeschlossen? Was sollte er hier noch? Er hatte doch nichts Verbotenes getan! Was hatten die ihm für Medikamente gegeben? Was mochten das für Kügelchen gewesen sein? Was passierte, wenn es ihm wieder besser ging? Wo war Irek? Was hatten sie mit seinem Kollegen gemacht, der keiner Fliege etwas zuleide tun konnte?

An den letzten beiden Tagen wich das beständige Hämmern im Kopf einem dumpfen Dröhnen und er fühlte sich nicht mehr ganz so schwach wie am Anfang seiner Zeit in dieser unbekannten Unterkunft. Trotzdem hörte er auf eine innere Stimme und ließ den Vorarbeiter lieber an seine fortwährende Schwäche glauben. Irgendwann würde er den Umstand für sich ausnutzen können ...

Die morgendliche Routine verlief wie immer. Ein beständig lauter werdendes Motorengeräusch kündigte seinen Versorger an. Es musste eine schwere Maschine sein, wahrscheinlich der Trecker aus dieser verhängnisvollen Nacht. Ruckartig wurde die Handbremse angezogen. Bei laufendem Motor. Mit einem hörbaren Satz sprang der Mann herunter und stampfte wenige Schritte auf den Schuppen zu. Zweimal drehte sich der Schlüssel im Schloss herum und die Tür öffnete sich einen Spalt. Ein schmaler Lichtstrahl fiel in den dunklen Verschlag. Acht weitere Schritte bis zum Nachttisch. Manchmal neun. In seinen wachen Momenten zählte Pawel immer mit. Dann wurde die leere Dose vom Abendessen abgeräumt und zwei Plastikbehälter an denselben Platz gestellt. Wie jeden Morgen lagen vier mit Wurst und Käse belegte Brote darin. Aus dem Augenwinkel sah Pawel, dass der Glatzkopf sich wieder umdrehen wollte. Dann hielt er inne.

„Schiet!“, fluchte er. „Dat Woter!“

Jeden Abend predigte der Doc: „Der Verletzte muss vor allem viel trinken, das ist die Hauptsache! Er kann und muss nicht viel essen. Das ist bei einer derartig schweren Gehirnerschütterung völlig normal. Aber sein Körper braucht Flüssigkeit, darauf müsst ihr unbedingt achten!“ Weitere Verwünschungen ausstoßend verließ er das Zimmer, um notgedrungen auf dem Trecker nach der Flasche zu suchen. Die Schuppentür ließ er offen.

Pawel blieb keine Zeit, um lange nachzudenken. Endlich! Das war seine Chance! Mit einem Satz sprang er aus dem Bett und stellte sich neben die geöffnete Tür. Blinzelnd lugte er nach draußen. Nach der langen Dunkelheit musste er sich erst an das helle Licht gewöhnen. Der massige Körper seines Pflegers lehnte mit dem Rücken zu ihm am ratternden Kotflügel des Treckers. Er rauchte. Jetzt oder nie! Vorsichtig schlüpfte Pawel durch den Türspalt und schlich rechts um den alten Schuppen herum. Dahinter standen noch zwei weitere Holzverschläge, die ähnlich baufällig wirkten. Wo konnte er sich nur verstecken? Am Ende der Hütten entdeckte er ein kleines Wäldchen. Sein Herz klopfte rasend in der Brust und ein stechender Schmerz erfasste seine Stirn, auf der anstelle des Kopfverbands mittlerweile ein großes Pflaster klebte. Bei seinem letzten Besuch hatte der Doktor etwas von Entzündung gesagt. Und Wunde. Dabei hatte er ihn ernst angesehen. Der junge Pole wusste nicht genau, wie viele Tage er im Bett gelegen hatte. Das abrupte Aufstehen vernebelte seine Sinne. Er entschied sich gegen das Wäldchen und öffnete vorsichtig die Tür des hinteren Schuppens.

Sie durfte nicht quietschen, sonst würde der Kerl sofort Verdacht schöpfen! Schnell schlüpfte er durch den schmalen Spalt. Kaum befand er sich im Inneren der alten Hütte, drang ein unangenehmer Geruch in seine Nase. Modrig, süßlich, eklig. Überall lagen Heuballen herum, die offenbar in Vergessenheit geraten waren. Es musste früher ein altes Strohlager gewesen sein. Hinter einem Stapel Heuballen entdeckte er eine dreckige Plane, die mehrere Kisten bedeckte.

„Hey, rauskommen!", hörte er plötzlich in der Ferne. „Na, warte, Bürschchen, dich kriech ich!"

Ihm wurde angst und bange. Fieberhaft sah er sich um. Das Pochen in seinem Kopf war fast unerträglich. Lieber Gott! Wo konnte er nur hin? Der Mann durfte ihn nicht entdecken! Bloß nicht wieder eingesperrt sein! Sollte er unter die Plane kriechen? Intuitiv entschied er sich dagegen und ließ seinen Blick schnell von oben nach unten schweifen. Gegenüber der Plane türmten sich Heuballen. Vielleicht dazwischen? Kurz entschlossen schob er ein paar Ballen am Rand beiseite und starrte nach unten. War da ein Loch im Dielenboden? Mit zwei Fingern zog er daran. Auf diese Weise öffnete sich eine Klappe.

„Komm sofort raus, du Briet!" Die Stimme seines Verfolgers kam bedrohlich näher. Er stand bestimmt schon vor der Tür! In Windeseile sprang Pawel in das Loch und zog so leise wie möglich die Klappe hinter sich zu. Durch den Schwung kam der Strohberg ins Wanken und ein Ballen glitt auf die Falltür. Die Dunkelheit hatte ihn zurück.

*

An diesem Abend saß Hanno von Ziesel in seinem Sprechzimmer. Er hatte zwei alte Petroleumlampen aus der Gartenlaube geholt, weil mal wieder der Strom ausgefallen war. Zum Glück war er für seine Behandlungsweise kaum auf Elektrizität angewiesen. Seine Sprechstundenhilfen klagten nur über die sich häufenden Ausfälle des Rechners. Einige seiner Nachbarn schienen sich mit Generatoren zu behelfen.

Der italienische Frauen-Vierer - die Bewohner seiner noch provisorischen Bücherstube im Dachgeschoss - aß heute auswärts. Hildegard hatte irgendetwas von einem Grillfest erzählt, aber er hatte an übertriebener Geselligkeit kein Interesse. Der zweimal wöchentliche Italienischkurs bedeutete für ihn bereits eine immense Herausforderung. Er griff zu einem Leberwurstbrot. Die Unruhe der letzten Wochen wurde durch die Anwesenheit der Ruderer fast ins Unerträgliche gesteigert. Zum Glück war es im Moment still. Er musste in Ruhe nachdenken. Den Inhalt des dicken Buches vor sich – eine wunderschön illustrierte Enzyklopädie aus dem 19. Jahrhundert – hatte er seit Peters Anruf nicht mehr wahrgenommen. Seine Gedanken kreisten um das ungewisse Schicksal seines geheimen Schützlings. Er war verschwunden. Einfach weggelaufen. Dabei wollte er ihm doch nur helfen! Von Anfang an hatte er damit gerungen, ihn ins Krankenhaus zu bringen. Seine nach wie vor eiternde Wunde bereitete ihm große Sorgen. Warum lief dieser arme Kerl einfach weg? Hatte er Angst? Und wenn ja – wovor? Wenn er nun selbst ins Krankenhaus …? Wenn er ihn als Arzt anzeigte? Wenn Hildegard davon erführe! Er lehnte sich zurück und öffnete die rechte Schublade seines Sekretärs. Dort lagen die nach wie vor ungeöffneten Umschläge, mit denen er seine antiquarischen Buchbestände würde erweitern können.

19

Freitagabend

„Und sie brieten das Passah am Feuer, wie es sich gebührt ...“ Der Curslacker Pastor Christian Himmel trat zu seinem Kollegen Benjamin Florin an die Feuerstelle und schlug ihm freundschaftlich auf die Schultern. „„... was aber geheiligt war, kochten sie in Töpfen, Kesseln und Schalen, und sie teilten es eilends unter alles Volk.“ Herausfordernd sah er Benjamin an. „Na, wie sieht’s aus?“

„Moment …“ Benjamin dachte angestrengt nach. „Chronik?“

„Jo.“

„Hm. Lass mich überlegen. In den Dreißigern?“

Christian drehte sich kurz um und konsultierte sein Smartphone. „Nicht schlecht, Kollege. 2. Chronik,35,13.“

„Läuft!“ Benjamin lächelte.

Gemeinsam starrten sie in die gelben Flammen.

„Was führt dich denn heute Abend zu uns nach Ochsenwerder?“, erkundigte sich Benjamin und machte eine ausholende Armbewegung über die bunt bevölkerte Rasenfläche hinweg. Ungefähr sechzig Personen hatten sich vor dem Wiesenhaus zu einem Grillfest versammelt. Der wiederholte Stromausfall an diesem Samstag hatte die Gastgeber der Italiener auf die Idee gebracht, für ihre Gäste ein spontanes Grillfest zu veranstalten. Schon seit mehreren Tagen hielten sich angenehm warme Temperaturen. Jeder Haushalt hatte einen Salat gespendet, Nina dank ihres offenbar recht üppigen Budgets für Grillfleisch und Getränke gesorgt. Der Frauen-Achter hatte es sich trotz des engen Trainingsplans nicht nehmen lassen, vier riesige Schüsseln Tiramisu in

Svens High-Tech-Küche herzustellen und zum Buffet beizusteuern. In Windeseile hatten sie das zum Glück freistehende Wiesenhaus und den Platz davor hergerichtet. Ungefähr dreißig Leute saßen auf dicken Baumstämmen um ein großes Lagerfeuer herum. Die gleiche Anzahl hatte sich mit Würstchen, Salat und Getränken versorgt und aß auf extra aufgebauten Bierbankgarnituren. Man verständigte sich auf Italienisch, Englisch und - mit Händen und Füßen.

„Mein Nachbar Karlo und seine Flamme Gianna haben mich mitgenommen. Sie meinten wohl, ich müsste mal vor die Tür“, sagte Christian Himmel augenzwinkernd.

„Stimmt, das sind ja deine Nachbarn“, erinnerte sich Benjamin.

„Mediterraner Glanz in unserer Hütte.“ Anerkennend sah der Curslacker Pastor zu der attraktiven Italienerin, die zusammen mit Karlo bei Tobias und Anevke stand. „Da hat unser Hotelier das große Los gezogen. Keine Chance!“

„Sag bloß, sie hat dich abblitzen lassen?“ Benjamin grinste.

„Na ja, sie hat mir ziemlich schnell verdeutlicht, dass ihre Tanzkarte bereits besetzt ist.“ Er lachte ohne ernsthaftes Bedauern. „Und was ist mit dir? Wo ist sie?“

„Pssst!“

„Ich kann schweigen.“

Benjamin seufzte. „Läuft nicht so. Sie ist sauer.“ Mit leiser Stimme berichtete er von dem Missgeschick mit der Zeitschrift. „Das hat sich wohl erledigt.“

„Nacktfotos? Dann ist das diese scharfe Weitspringerin? Diese van Haff?“ Christian zog erstaunt die Augenbrauen hoch und nickte dann anerkennend. „Na, sieh mal einer an! Hätt’ man dir ja gar nicht zugetraut.“

„Vielen Dank auch!“, erwiderte Benjamin hörbar genervt.

„Und der Engel des Herrn erschien ihm in einer Feuerflamme mitten aus dem Dornbusch“, hörte Benjamin seinen Kollegen kurz darauf sagen.

„Was?“ Irritiert drehte er sich um und sah direkt in Ninas Augen. „Oh … hallo!“

„Hallo“, antwortete sie kühl und wollte sich schon wieder wegdrehen. Benjamin musste sich eingestehen, dass sie ihm auch in der grob karierten Bluse und engen Jeans gefiel. Wie sich wohl ihre weichen Haare, die sie heute offen trug, anfühlten …?

„Entschuldigen Sie, aber …“, der Curslacker Pastor versuchte, die aus Funk und Fernsehen bekannte Schönheit aufzuhalten. „Benjamin, willst du uns nicht vorstellen?“

Widerwillig kam er der Bitte nach und die beiden reichten sich lächelnd die Hand.

„Gibt es hier auf dem Land eigentlich nur gutaussehende Pastoren?“, bemerkte sie spontan. Es war ihr anzumerken, dass sie sich am liebsten sofort auf ihre vorschnelle Zunge gebissen hätte.

„Das ist ja ein sehr subjektives Urteil.“ Christian grinste. „Also, ich musste schon auch fachlich überzeugen. Wie war’s bei dir?“

„Tja, also ...“, druckste Benjamin herum.

„Er ist ja immer so bescheiden, der Pastor Florin“, sprang Christian ein. „Dabei liegt er bei unserem inoffiziellen Bibelstellenquiz leicht in Führung!“

Verständnislos sah Nina von einem zum anderen. Benjamin fühlte sich extrem unwohl. Zum Glück wurden sie von Hildegard von Ziesel unterbrochen, die schon immer eine kleine Schwäche für den Curslacker Pastor hatte. Die nicht enden wollenden Gerüchte um seine angeblichen Frauengeschichten blendete sie dabei wohlweislich aus.

„Oh, Herr Himmel“, flötete sie. „welch Freude, Sie in unseren bescheidenen Marschlanden begrüßen zu dürfen!“

„Einen wunderschönen guten Abend, Frau von Ziesel!“ Er griff nach ihrer Hand. „Sagen Sie bloß, Sie sind auch eine der überaus großzügigen Gastgeberinnen?“

Die Vorsitzende des Kirchenvorstands von Ochsenwerder machte eine abwehrende Handbewegung. „Aber hören Sie mal! Das ist doch selbstverständliche Christenpflicht!“ Wie ein verliebter Backfisch strahlte sie den Pastor an. Kurz darauf legte sie eine Miene des Bedauerns auf. „Ich habe leider keine guten Neuigkeiten vom Grill. Das Fleisch ist so gut wie alle. Wir haben nur noch Würstchen und jede Menge Salat.“

„Es ist besser ein Gericht Kraut mit Liebe, denn ein gemästeter Ochse mit Hass!“, zitierte Christian scherzhaft und wandte sich an Benjamin: „Na?“

„Irgendwo in den Sprüchen ...“

Noch bevor er ausreden konnte, zog Nina den Curslacker Pastor vom Feuer in Richtung Grill. „Ach, Herr Himmel, wir finden bestimmt noch etwas für Sie! Kommen Sie mal mit mir!“

Schulterzuckend verabschiedete sich Christian von seinem Kollegen. „*Pax vobiscum!*“

„Deinen Frieden kannst du dir sonstwo ...“, zischte Benjamin sauer in sich hinein.

Hildegard von Ziesel guckte den beiden aufmerksam hinterher. Ihre Miene verfinsterte sich, als sie ihre Tochter entdeckte. Pia stand schon viel zu lange viel zu nah bei diesem Grünfeld, der zusammen mit dem italienischen Einerfahrer Massimo Paradiso unermüdlich den Grill bediente. War ja durchaus nett von ihm, dass er sich so einbrachte. Wahrscheinlich reine Berechnung! Irgendetwas führte der Kerl im Schilde - ein Grünfeld machte nichts umsonst! Zum Glück blieb ihr sein Vater heute Abend erspart! „Entschuldigen Sie mich, Herr Pastor Florin, aber ich will noch mal eben nach dem Rechten sehen!“

*

„*Ciao, Dorte.*“

„*Ciao Massimo.*“

Der Italiener schien sichtlich erfreut, als seine Gastgeberin zu ihm an den Grill trat. An diesem Abend trug sie ein aus Quadraten in gelb, rot, grün und pink selbstgenähtes Kleid. Mittlerweile wunderte er sich über ihre Eigenkreationen etwas weniger. Im Lauf der vergangenen Woche hatte er schon mehrere Stücke aus ihrem scheinbar unerschöpflichen Fundus bewundern können. An zwei Abenden hatten sie sich zusammen bei Manfredo ein Eis geholt und waren rund ums Dorf spazieren gegangen.

„*La mia hippy preferita!*“

„Was?“, fragte Dörthe verwirrt nach.

„*My little flower girl!*“ Er lächelte sie auf eine Weise an, die ihren ganzen Körper kribbeln ließ. Meine Güte! Dabei stand sie gar nicht auf Machos. Kjellis Vater hatte ihr nie die Tür aufgehalten oder Komplimente gemacht.

„*Vuoi un po' di carne?*“

„Ob ich Fleisch will?“

Während Dörthe noch fieberhaft nachdachte, hatte er bereits das in seinen Augen beste und vorletzte Stück Rindfleisch auf ihren Teller gelegt. Dankbar strahlte sie ihn an und vergaß in dem Moment, dass sie eigentlich vegetarisch oder sogar vegan leben wollte.

„*Gracias!*“

„*No problem!*“, antwortete er augenzwinkernd.

„Hallo Dörthe“, grüßte sie die älteste Tochter ihrer Geschäftspartnerin Kathrin. Pauline hielt die Hand eines glücklich aussehenden italienischen Ruderers. „Frag mal deinen Freund, ob er noch ein Würstchen für uns hat."

„Das ist nicht mein ...", setzte Dörthe an.

„Egal, wir brauchen noch Wegzehrung!" Pauline strahlte übers ganze Gesicht. Der Italiener neben ihr lächelte verlegen.

„Ihr wollt nicht bleiben?"

Das junge Paar sah sich in die Augen. „Nö."

Kurz darauf schlenderten die beiden mit jeweils einem Würstchen im Brötchen eng umschlungen die Wiese hinauf. Giacomos Trainer starrte dem Paar missbilligend hinterher. Vor dem bald anstehenden Weltcuprennen würde er solche Eskapaden bestimmt nicht erlauben! *Basta!*

Auch Hildegard von Ziesel verfolgte das junge Glück mit Argusaugen und wandte sich vorwurfsvoll an die Mutter: „Also, ich muss doch sehr bitten, Frau Sommer!"

„Ja, Frau von Ziesel?" Ahnungslos sah Kathrin die Dorfapothekerin an. Sie hatte sich gerade ihren Teller gefüllt und biss genüsslich in ein Würstchen.

„Ihre Tochter ist doch noch minderjährig!"

„Und?"

„Das ist unverantwortlich von Ihnen. Wenn das mein Kind wäre!"

„Pauline ist selbstbewusst genug, um zu wissen, was sie will. Oder eben nicht. Ich vertraue ihr da vollkommen."

„Aber man weiß ja nie, was diese Männer aus einem anderen Kulturkreis ..."

„Ach nee, daher weht der Wind! Den christlichen Gutmenschen dürfen wir alle spielen, aber sich bloß nicht mit den anderen vermischen, was?", polterte Dörthe, die innerlich kochte.

„Da haben Sie mich missverstanden!", entgegnete Hildegard schmallippig.

Dörthe sah ihrer Nachbarin fest in die Augen. „Das will

ich aber auch schwer hoffen!“

„Ich weiß gar nicht, wo hier das Problem ist.“ Kathrin hatte nach einem kurzen Moment der Irritation ihr Lächeln wiedergefunden. „Sollten Pauline und Giacomo ein ernsthaftes Paar werden, dann können wir alle in Italien Urlaub machen – umsonst: Seine Eltern haben ein Hotel südlich von Neapel, an der wunderschönen Amalfiküste. Ein Traum!“

Dörthe grinste in sich hinein. Im Gegensatz zu der nach wie vor skeptisch blickenden Hildegard von Ziesel war ihr Kathrins feiner ironischer Unterton nicht entgangen.

„Frau von Ziesel“, unterbrach Magnus Grünfeld den kleinen Schlagabtausch. „Wir brauchen unbedingt die Hilfe Ihres Mannes!“ Er deutete auf vier blasse italienische Ruderer, die etwas abseits auf dem Boden saßen. „Mein Vierer hat irgendetwas nicht vertragen. Die leiden seit heute Abend unter starken Bauchschmerzen und haben sich eigentlich nur in der Hoffnung hierher geschleppt, dass es bald vorübergeht.“

Ohne Magnus eines Blickes zu würdigen, begab sich die Apothekerin umgehend zu den Männern, die bereits von Gianna und der Ruderin aus Südtirol betreut wurden.

„Haben Sie etwas Falsches gegessen?“, fragte Frau von Ziesel.

„Ganz normal – wie immer“, antwortete der bullige Betreuer mit weißen Haaren. „Müsli zum Frühstück, mittags Pasta, Fisch und Gemüse und nachmittags ein Stück Kuchen.“

„Und haben *Sie* dasselbe gegessen?“, fragte sie den Betreuer, der putzmunter wirkte.

„*Sì!*“, beteuerte der ältere Mann.

„*No, Enzo!*“, unterbrach ihn der am nächsten sitzende Ruderer. „Du hattest keinen Fisch!“

„Du hast recht!“, erinnerte er sich.

„Der kleine Chef auch nicht!“

„Ihr Gastgeber, Magnus Grünfeld, hatte auch keinen Fisch?“ Misstrauisch verzog Hildegard von Ziesel erneut ihre Augenbrauen. Als einer der Sportler sich wiederholt vor Schmerzen krümmte, verdrängte die Apothekerin ihre persönlichen Ressentiments. „Um die Ursachen kümmern wir uns später, jetzt müssen die jungen Herren erst mal zum Arzt!“

20

In derselben Nacht

Nachts! Er musste nachts über die Felder fliehen! Das war die einzige Möglichkeit. Seine einzige Chance! Er wollte sich nicht ausmalen, was der Glatzkopf mit ihm anstellen würde, sollte er ihn finden! Auch wenn der Mann ihm täglich zu essen und zu trinken gebracht hatte, traute Pawel ihm nicht. Warum war die Tür immer abgeschlossen worden? Warum hatte er nie mit ihm geredet? Nie auf seine Fragen geantwortet? Bis heute wusste er nicht, wo Irek sich aufhielt. Er musste sich endlich Klarheit verschaffen. In diesem niedrigen Loch unter der Erde konnte er nicht lange bleiben. Er wollte nach Hause. Nach Hause zu seiner Ella. Dann würden sie eben so schnell kein eigenes Heim haben. Hauptsache, dieser Alptraum war bald vorbei!

Zum Glück hatte der Glatzkopf seine Suche bald eingestellt und war mit dem Trecker davongefahren. Pawel konnte zunächst erleichtert aufatmen. Irgendwann ließ auch das Pochen in seinem Kopf ein wenig nach. Nun saß er wieder allein in der Dunkelheit, die sich kühl anfühlte und nach modrigem Lehmboden roch. Sein Versteck war nicht besonders geräumig. Ein Kind konnte hier wahrscheinlich noch stehen und zwei Erwachsene nebeneinanderliegen. Wenn es draußen nur dunkel genug war, wollte er endlich hier raus! In gebückter Haltung versuchte er vorsichtig, die Klappe über sich anzuheben. Aber selbst, wenn er sich mit all seiner Kraft dagegenstemmte, schaffte er es nicht. Völlig entkräftet sank sein erschöpfter Körper auf den Boden. Er musste sich einen Moment ausruhen. An etwas Schönes denken. An seine Eltern, die stolz auf ihren einzigen Sohn waren. Als Erster in der Familie besuchte er eine Universität. An Ella, die ihm jeden zweiten Abend kleine lustige Geschichten von ihrem Arbeitstag bei der Gemeindeverwaltung erzählte. Obwohl die Kühle des Lehmbodens langsam in seinen Körper kroch, schlief er vor Erschöpfung ein.

Als er wieder erwachte, war ihm jegliches Zeitgefühl abhandengekommen. Nach kurzem Strecken seiner steifen Gliedmaßen hockte er sich direkt unter die Bodenklappe und tastete mit den Fingern deren genauen Umfang ab. Hoch konzentriert stellte er sich auf seine nackten Füße, presste die Handinnenflächen auf den äußersten Rand der Klappe und streckte sich mit seinem gesamten Körpergewicht dagegen. Als sie sich endlich einen Spalt öffnete, rutschten die darüberliegenden Heuballen beiseite und die Bodenluke ließ sich anheben. Umgehend zog er sich mit beiden Händen aus der Höhle heraus und legte sich vollkommen entkräftet auf die herumliegenden Heuballen. Erneut stieg ihm ein unangenehmer Geruch in die Nase.

*

Dieser Teil des Ackers war in den vergangenen Wochen komplett durchgearbeitet worden. Dazu hatte Peter alle Maschinen genutzt, die ihm zur Verfügung standen. Die größeren Schrottteile wurden mangels Alternative erst einmal auf dem Hof zwischengelagert. Zum städtischen Recyclinghof konnte er damit schließlich schlecht fahren. Den Rest hatte er einfach untergepflügt.

Während er in der Dunkelheit dabei zusah, wie fünf asiatisch aussehende Männer in schwarzen Arbeitsoveralls mehrere hohe Stellwände von der Ladefläche hoben, wanderten seine Gedanken zu dem flüchtigen Polen. Wie hatte das nur passieren können! Wieso hatte er die Tür nicht ordentlich abgeschlossen! Wo war der jetzt bloß? Würde er ihn anzeigen? Oder den Chef? Aber was wusste der schon! Der Kerl hatte keinen blassen Schimmer! Weder vom Acker noch von den Kisten. Hauptsache er fing nicht an, nach seinem Kollegen zu suchen, von dem noch nicht einmal der Chef etwas wusste. Darum musste er sich schleunigst kümmern!

Mit einstudiert wirkenden Handgriffen hatten die Arbeiter die gesamte Fläche um die beiden Zugmaschinen, die großen Anhänger und Peters Trecker herum mit den Wänden abgegrenzt. Die wenigen Menschen hier draußen standen nun auf einer kleinen abgeschlossenen Insel inmitten eines weitläufigen Ackers. Ein starker Generator surrte in die Stille hinein. Schwerer Dieselgeruch hing in der sich abkühlenden Nachtluft. Über ihnen leuchtete ein klarer Sternenhimmel, der am nächsten Tag wieder schönes Wetter versprach. Ein weiterer Mann stieß dazu. Er trug keinen Overall, sondern Jeans, Outdoorjacke und schwere Stiefel. In der einen Hand hielt er ein schwarzes Klemmbrett, in der anderen eine große Taschenlampe. Auch er hatte die Gesichtszüge eines Chinesen oder Koreaners. Peter wusste es nicht.

Der Chef hatte ihm zu diesem nächtlichen Sonderauftrag keine weiteren Erklärungen gegeben. „Kiek mol, wat de Kerls auf'n Acker so tun, un wenn se wat brauchen, schaffst dat ran."

Pflichtbewusst lauschten die fünf Arbeiter den im Stakkato vorgetragenen Anweisungen. Ihr Vorgesetzter guckte auf das Klemmbrett, deutete mit seinen Armen auf das Feld und die herumliegenden Gerätschaften. Dann wies er jedem eine Aufgabe zu. Die Männer nickten ehrfürchtig und machten sich umgehend ans Werk. In Windeseile wurde ein langer Tisch aufgebaut und vier Ständer mit jeweils zehn

Reagenzgläsern daraufgestellt. Zwei der Männer schraubten mehrere wie Korkenzieher gedrehte Stangen zu einem langen Bohrer zusammen. Mit bedächtigen Bewegungen trug der dritte so etwas ähnliches wie eine Kühltasche zum Tisch. Er öffnete den Behälter und es kamen verschiedene braune Gläser zum Vorschein, die mit asiatischen Schriftzeichen bedruckt waren.

Seine Kollegen widmeten sich immer noch dem langen Bohrer. Irgendetwas schien nicht zu ihrer Zufriedenheit zu verlaufen. Sie legten das Gerät auf den Boden und diskutierten lautstark miteinander, bis der Mann mit dem Klemmbrett zu ihnen trat. Er wirkte ungeduldig und erhob ebenfalls die Stimme. Seine Arbeiter sahen ihm nicht in die Augen, sondern deuteten wiederholt auf den Boden. Der Chef wandte sich von ihnen ab und kam auf Peter zu, der mit dem Rücken an seinem kleinen Trecker lehnte. Der Asiate verlangte in kehligem Englisch: „*Please, come!*“

*

Als er sich einigermaßen sicher fühlte, schlüpfte Pawel vorsichtig aus dem Schuppen. Zum Glück hatte er sich einen Moment ausruhen können und die Kopfschmerzen waren weniger geworden. Weil er sich kurzzeitig in ein Stück Plane eingewickelt hatte, war zudem die normale Temperatur in seinen ausgekühlten Körper zurückgekehrt. Nicht ohne sich beständig umzublicken, eilte er barfuß über den langen dunklen Weg. Bald tauchten auf der linken Seite mehrere Gewächshäuser auf, an denen er schnell vorbei lief. Auch das großzügige Wohnhaus ließ er, ohne es richtig wahrzunehmen, links liegen. Ihm fiel nur auf, dass kein einziges Licht brannte. Nicht einmal auf der Straße. Wie spät mochte es sein? Seine Uhr lag immer noch auf dem Nachttisch im

Schuppen. Mit hastigen Schritten legte er die paar Meter bis zur Kirche zurück. In der sich abkühlenden Nachtluft hing starker Brandgeruch. Während er etwas langsamer über den Friedhof schlich, überkam ihn ein beklommenes Gefühl. Auch wenn sich am Totensonntag in Polen traditionell die ganze Familie auf dem Friedhof versammelte und der verstorbenen Familienmitglieder gedachte, flößte ihm dieser heilige Ort jedes Mal Respekt ein. Er bekreuzigte sich. Das wuchtige Portal lag direkt vor ihm. Rechts gegenüber stand das alte Pastorat der Ochsenwerder Kirche. Als er gerade durch das Tor auf die Straße treten wollte, hielt er inne. Er vernahm den Klang von Schritten. Etwas weiter von ihm entfernt unterhielten sich Menschen.

„... sehr freundlich von Ihnen, Herr Pastor!“, siezte Nina Benjamin zum Spaß. Mit jeweils einer gefüllten Kühltasche in der Hand bogen sie vom Wiesenhaus links zum Pastorat ab.

„Kein Problem, Frau van Haff“, entgegnete Benjamin augenzwinkernd. „Das Pastorat stellt den Würstchen gerne seinen Kühlschrank zur Verfügung.“

„Da sind die Würstchen aber froh!“

„Im Curslacker Pastorat hätte es sicherlich auch einen Kühlschrank gegeben, aber leider musste der gute Christian ja schon los ...“

„Ja, wirklich schade. So ein netter Pastor ...“

Die Stimmen entfernten sich. Pawel atmete auf. Vorsichtig lugte er aus dem breiten Tor, als sich ein anderes Paar näherte. Die beiden hielten sich eng umschlungen und schienen ihre Umgebung nicht wahrzunehmen. Geschwind zog er sich wieder zurück und drückte sich an die zum Friedhof gewandte Außenmauer des Portals. Sein Herz klopfte schnell. Jetzt half nur noch abwarten. Mit Entsetzen musste er feststellen, dass sie sich in das Innere des breiten

Torbogens begaben. Ihre Stimmen wurden leiser. Die Frau kicherte. Er flüsterte etwas in ihr Ohr. Stille. Sie küssten sich. Neugierig lugte Pawel um seine schützende Ecke. Da stand ein unübersehbar großgewachsener Mann mit dem Rücken an die nackte Wand gelehnt. Seine kräftigen Arme hielten eine deutlich kleinere Frau eng an sich gedrückt. Aus ihrer Hochsteckfrisur hatten sich bereits mehrere Strähnen gelöst. Ihre Küsse wurden leidenschaftlicher. Die beiden schienen ihre Umgebung vollkommen vergessen zu haben.

Pawel verdrehte die Augen. Warum gerade jetzt? Er musste doch nur kurz an ihnen vorbei zum Marschbahndamm. Von dort aus konnte er über das offene Feld zu seinem vertrauten Container gelangen. Er wollte sich endlich seine Sachen, den Ausweis und vor allem den Lohn der letzten Wochen holen. Zum Glück hatten sie bei Ruppkes bereits abgerechnet. Die alte Frau verhielt sich da immer äußerst korrekt. Für den letzten Auftrag war er natürlich noch nicht bezahlt worden. Sollten sie's mit seiner Pflege verrechnen! Das Geld hatte er in den Teddy gesteckt. Das Abschiedsgeschenk von Ella. Irek hatte ihm dazu geraten. Irek! Hoffentlich traf er ihn gleich. Dann konnten sie endlich über die verhängnisvolle Nacht reden. Auf alle Fälle wollte er danach sofort nach Hause fahren. Zu Ella!

Nach einer Weile flüsterte die Frau auf Englisch: „Massimo, vielleicht sollten wir besser nach Hause ..."

Pawel sandte ein Stoßgebet gen Himmel. Bitte, lass sie schnell verschwinden!

„*Si, mia cara ...*", antwortete der Mann, nicht ohne sie erneut leidenschaftlich zu küssen.

Er wartete, bis sich die beiden endlich voneinander lösten. Eng umschlungen stiegen sie die Stufen hinunter und entfernten sich vom Friedhof in Richtung Dorfkern.

Vorsichtig trat Pawel durch das Tor und wollte in die

andere Richtung abbiegen. Unvermittelt blieb er stehen und guckte nach rechts. Vor einem zurückliegenden Haus glühte ein kleines Lagerfeuer. Was war hier nur los? Ausgerechnet heute erwachte dieses sonst so ausgestorbene Dorf zum Leben. Schemenhaft konnte er mindestens zwei Gestalten am Feuer sitzen sehen. Hoffentlich bemerkten die ihn nicht! Keiner durfte ihn entdecken. Nach dieser langen Zeit in dunkler Ungewissheit traute er niemandem mehr! Während er die wenigen Stufen herunterstieg, hielt er nach weiteren nächtlichen Spaziergängern Ausschau. Leider übersah er auf dem unteren Absatz eine hervorstehende Bordsteinkante und stolperte. Seine wackligen Beine konnten das Gleichgewicht nicht halten: Mit dem verletzten Kopf fiel er auf den harten Asphaltboden. Sein schmerzerfüllter Schrei hallte in die Nacht. Wenige Augenblicke später versank Pawel in vertrauter Dunkelheit.

*

Der Vorfall mit den plötzlich erkrankten Ruderern hatte für allgemeine Aufbruchstimmung gesorgt. Magnus und Pia waren als Letzte am Feuer zurückgeblieben.

„Hoffentlich kann dein Vater den Italienern helfen!“, sagte Magnus.

„Manche Menschen haben ja so ihre Probleme mit der Homöopathie, aber er konnte schon sehr oft Menschen erfolgreich behandeln, die eine jahrelange Krankengeschichte hinter sich hatten.“

„Bilde ich mir das nur ein, oder ist er in letzter Zeit noch unnahbarer geworden?“

Sie überlegte einen Moment. „Ein Kauz war er ja schon immer. Aber du hast recht. Seit ein paar Wochen redet er kaum noch mit uns. Dieser Italienischkurs ist für ihn eine echte Strafe!“

Schweigend starrten sie wieder in die kleiner werdende Glut.

„Und, wie steht’s mit deiner Mutter?“

„Sogar die Italienerinnen haben unter ihr zu leiden.“ Pia verdrehte die Augen.

„Warum?“

„Du kennst sie doch. Überall muss sie sich einmischen. Am liebsten würde sie jeden Tag deren Zimmer inspizieren und die medizinische Versorgung nach ihren Vorstellungen optimieren.“

„Und wie gehst du damit um?“ Zaghaft suchte er ihre Augen.

„Ich versuche, es zu ignorieren. Aber das ist nicht so einfach.“

„Auch diesen vollkommen blöden Streit zwischen unseren Familien?“ Sie hielt seinem Blick stand und entgegnete: „Ganz ehrlich weiß ich gar nicht mehr so genau, worum es dabei geht.“

Unter der Decke tastete er nach ihrer Hand. „Irgendwas mit Landraub, Spatenrecht und so.“ Mit seinem Daumen streichelte er sanft ihre weiche Haut. Pia erwiderte die Berührung.

„Hm.“ Sie drehte ihren Kopf leicht schräg. Magnus tat es ihr gleich und näherte sich ihrem Mund. Bevor sich ihre Lippen berühren konnten, hörten sie vom Weg oben einen lauten schmerzerfüllten Schrei. Erschrocken lösten sie sich voneinander und starrten hoch in Richtung Kirche.

Magnus sprang auf. „Du bleibst hier!“ Mit hastigen Schritten lief er über die Wiese. Pia zögerte einen kurzen Moment und folgte ihm in sicherem Abstand. Ein wenig mulmig war ihr dabei, aber nur abzuwarten kam für sie nicht in Frage. Auf dem geteerten Weg zwischen Wiesenhaus und

Friedhofsportal angekommen, erblickte sie Magnus, der vor einem auf dem Bauch liegenden Mann kniete. Er beugte sich zu dessen Kopf herunter und hielt sein Ohr in Richtung des Mundes.

„Er atmet!“

„Wir müssen ihn in die stabile Seitenlage bringen!“, regte die erfahrene Tochter einer Apothekerin und eines Arztes an. Gemeinsam erledigten sie die nötigen Handgriffe und drehten ihn auf die Seite. Auf seiner dreckigen Stirn klaffte eine stark blutende Wunde. Überrascht deutete Pia auf das verrutschte Pflaster: „Guck mal! Der hatte vorher schon eine Verletzung!“

„Wir müssen sofort einen Krankenwagen rufen!“, rief Magnus und griff nach seinem Handy.

„Warte“, hielt Pia ihn auf. „Da kommt zuerst die freiwillige Feuerwehr. Die können auch nicht viel mehr machen als ich.“ Sie überlegte einen Moment. „Ich hole meinen Vater! Danach können wir immer noch einen Rettungswagen alarmieren.“

„Wenn du meinst“, stimmte Magnus ihr zu. „Aber beeil dich!“

Nachdem sie losgerannt war, öffnete sich weiter hinten die Tür des Pastorats. Erleichtert erblickte Magnus Nina van Haff, die auf der Schwelle in der geöffneten Tür stand.

„Nina! Ist der Pastor noch wach?“, rief Magnus in die Nacht hinein.

„Ich glaube, er wollte gerade ins Bett gehen“, rief sie irritiert zurück. „Warum?“

„Wir brauchen einen Verbandskasten. Hier liegt ein Verletzter. Er blutet stark am Kopf!“

„Ich hole ihn.“

Benjamin Florin freute sich, als er Schritte auf seiner knarzenden Treppe hörte. Wollte Nina nun endlich das

Kriegsbeil begraben? Freudestrahlend öffnete er auf ihr Klopfen. Seiner Jeans hatte er sich bereits entledigt. „Haben wir noch was vergessen?"

„Du musst sofort mit nach draußen kommen!", brachte sie aufgebracht hervor. „Magnus braucht deine Hilfe wegen eines Verletzten! Hast du einen Verbandskasten?"

Der Pastor sammelte sich einen kurzen Moment und antwortete: „Okay, bin gleich da!" Sein enttäuschter Blick war Nina nicht entgangen.

Gemeinsam traten sie aus der Tür und eilten zu Magnus, der in regelmäßigen Abständen die Atmung des Verletzten überprüfte. Benjamin öffnete umgehend den mitgebrachten Verbandskasten und holte mehrere Kompressen hervor, die er mit sanftem Druck auf die Blutung hielt. Eingehend betrachtete er das Gesicht des Bewusstlosen. Er stutzte und kam ins Grübeln. Wo hatte er diesen Mann schon einmal gesehen?

„Was ist los?" Nina hatte seinen Blick bemerkt.

„Ich bin mir nicht sicher, aber er kommt mir irgendwie bekannt vor."

„Mir auch. Ich komm nur nicht drauf", sagte Magnus.

„Wartet mal." Benjamin sah Nina bittend an. „Kannst du hier mal übernehmen? Bin gleich wieder da!"

Nachdem Nina an die Stirn des Verletzten gerückt war, eilte er ins Pastorat und kam wenige Augenblicke später mit einer von Karlos Vermisstenanzeigen zurück. „Leute, das ist der vermisste Pole!"

Magnus studierte das Foto. „Du hast recht! Den suchen sie doch schon seit mehreren Wochen!"

„Was ist denn hier los?" Hand in Hand stießen Dörthe und Massimo zu der Gruppe. „Pia hat gesagt, wir sollen schnell zum Pastorat kommen."

„Wie es aussieht, haben wir den vermissten Landarbeiter

wiedergefunden", informierte sie Magnus.

Massimo ließ umgehend Dörthes Hand los und kniete sich neben den Verletzten, um ebenfalls die Atmung zu kontrollieren.

„*Dottore?*", fragte er, ohne hochzublicken.

„*Si ... Pia ... papa ...*", stammelte Magnus.

„*He must go to hospital.*" Ernst sah der Italiener von einem zum anderen.

„*Are you a doctor?*", erkundigte sich Nina.

„*No, carabiniere.*"

„*What?*"

„*Military police.*"

„Oh!"

Dörthe verzog das Gesicht. Die erklärte Umweltaktivistin, Frauenrechtlerin - eigentlich Veganerin - war auf dem besten Wege, sich in einen italienischen Militärpolizisten zu verlieben!

Endlich kam der Doktor. Hanno von Ziesel hatte Schwierigkeiten, den forschen Schritt seiner Tochter mitzuhalten. Seine Haare standen noch wirrer ab als sonst und er trug eine ausgebeulte dicke Strickjacke über einem gestreiften Schlafanzug. Vor einer halben Stunde hatte der Arzt den erkrankten italienischen Vierer mit weißen Kügelchen ins Quartier geschickt und sich selbst zu Bett gelegt. Auf dem kurzen Weg hierhin versuchte er krampfhaft, sich an die ABC-Regeln der Erstversorgung zu erinnern. In seine Sprechstunde kamen die Menschen grundsätzlich zu einer vereinbarten Sitzung, weshalb Notfälle bei ihm nicht zum Alltagsgeschäft gehörten. Als er sich zu dem Verletzten heruntergebeugte, um zunächst die Atmung zu überprüfen, überkam ihn ein heftiger Schreck. Seine Tochter wunderte sich über die Reaktion ihres sonst so beherrschten Vaters.

„Was ist los, Papa?", fragte sie besorgt nach.

„Nichts. Der hat ganz schön was abbekommen“, nuschelte er in den Bart.

Was war nur mit seinem Schützling geschehen? Warum lag er hier auf dem Boden? Warum um alles in der Welt war er wieder auf die stark entzündete Stirn gestürzt?

„Herr Dr. von Ziesel?“, fragte Magnus vorsichtig nach. Auch wenn sich der gesamte Italienischkurs mittlerweile duzte, wäre es niemandem in den Sinn gekommen, diesen respekteinflößenden Mann nur Hanno zu nennen.

„Er atmet“, presste er, ohne den Blick von dem Verletzten abzuwenden, hervor. „Hallo! Hallo? Haaallo!!! Hören Sie mich?“

Der Verletzte antwortete nicht, woraufhin der Arzt umgehend begann, ihn auf Verletzungen am ganzen Körper abzutasten. Der gesamte Vorgang dauerte nicht länger als eine Minute.

„Wir gehen davon aus, dass es sich bei dem Verletzten um den vermissten polnischen Landarbeiter handelt“, sagte Magnus.

„Hm“, entgegnete Pias Vater lediglich.

„Wir werden deshalb am besten Herrn Kolberg aus Curslack verständigen. Der kann sich dann mit den Angehörigen in Verbindung setzen.“

„Gut“, war die nächste einsilbige Antwort des Arztes.

Auch wenn ihm höchstwahrscheinlich Konsequenzen drohten, gab er seufzend seine abschließende Anweisung: „Ruft bitte sofort einen Krankenwagen. Der Mann muss umgehend zur Beobachtung.“

Sie hatten sich für einen ganz normalen Zug entschieden. Nach seinen Erfahrungen auf dem Schiff traute er den Schleppern nicht, die vor den Lagern herumlungerten und teure Fahrten nach Nordeuropa anboten.

Als sich die Bahn endlich in Bewegung setzte, atmeten sie durch. Yassir, Hasan und Amir hatten sich ihnen angeschlossen. Viele Stunden fuhr der Zug durch Italien. Das regelmäßige Ruckeln schaukelte sie in einen unruhigen Schlaf.

"Nächster Halt, Trento". Die Ansage erfolgte auf Italienisch, Englisch und Deutsch. Keine Fingerabdrücke in Italien. Sie hatten keine Spuren hinterlassen in dem Land, das so viele Flüchtlinge aufnahm. Trotzdem hatten sie Angst. Angst vor den Grenzbeamten, die ihre Papiere überprüften. Die streng guckten, sie aber weiterfahren ließen. Trotzdem wollte sich immer noch kein Gefühl der Erleichterung einstellen. Khaled konnte nach wie vor nur Sorge denken.

Sein neuer Freund Hasan war aufgeregt und träumte von der neuen Heimat. Wo gab es die besten Unis in Deutschland? Wo lebte es sich am schönsten? Er würde gern heiraten. Für seine Frau kochen, die Teller abwaschen, den Müll rausbringen. Er lachte in die Sonne. Amir hatte immer noch Angst. Vor einem Lager, aus dem er nicht rauskam. Er führte den Zeigefinger vom Mund zur Stirn und schaute in den blauen Himmel. Inschallah!

Khaleds Bruder Ferhad schlief wieder.

Yassir sah aus dem Fenster auf die Berge. In Hamburg gibt es keine Berge, hatte sein Bruder gesagt, nur langgezogene flache Hügel neben den Flüssen. Dort gibt es viele Flusshügel. Sie nennen das Deich, hatte er ihm erzählt. Deich. Stolz wiederholte er das vor kurzem erst gelernte deutsche Wort. Der letzte Laut klang wie ein angenehm warmer Luftzug.

21

Dienstagabend

Wie jeden Dienstagabend saß Manfred Wolf zusammen mit den anderen Gastgeberkollegen im Gemeindesaal des Pastorats und lernte Italienisch. Hinter der Holztheke seiner Gaststätte *Zum Wolf* stand Pauline Sommer. Mit hängenden Schultern und trauriger Miene zapfte die Siebzehnjährige drei bestellte Bier. Ein Auge schielte ununterbrochen auf ihr rot umrandetes Handy. Endlich vernahm sie ein vertrautes Zwitschern.

„Na min Seuten, hat din Pappagallo dich noch nich vergessen?“, erkundigte sich ein älterer Herr mit einer beeindruckend roten Nase. Er saß auf einem der acht dunkelbraunen Barhocker mit Rückenlehne.

Beim Lesen der neu empfangenen Nachricht legte sich ein sanftes Lächeln auf Paulines Gesicht.

„Endlich is die Flunsch wech!“, freute sich ein weiterer Gast, der ebenfalls vor dem langen Tresen saß. Er trug dicke Brillengläser und Haarkranz. „Unsre Deern grient!“

„Mann, Mann, Mann! Die sin doch erst ’n paar Tach wech, oder?“, bemerkte der Dritte im Bunde. Der schlanke Endvierziger trug noch Gummistiefel und eine ehemals grüne Arbeitshose. Unter seinem Sitz lagen einige verstreute Lehmklumpen.

„Seit dem Wochenende“, antwortete Pauline, während sie eilig eine Antwort tippte. „Zu ’nem Trainingslager in Ratzeburg. War wohl lange ausgemacht.“

„Wat ham de Italieners, wat wir nich ham, Karl-Heinz?“

„Dat wet ick nich, Benno. Bio-Dörthe hat sich wohl auch in ein von den verkiekt!“, entgegnete die Rotnase amüsiert.

„Hat sich wohl den Star geangelt, wat? Diesen Paradiso!“, wusste der Gummistiefelträger zum Gespräch beizusteuern.

„Dat is aber auch ’n Naam. Massimo Paradiso!“ Der Gast mit den dicken Brillengläsern lachte lautstark. „Klei mi an mors, aber bei dem wird jede Deern schwach!“

Mitten im Gelächter öffnete sich die Tür und zwei weitere Besucher traten ein. Umgehend zogen sie ihre nassen Regenmäntel aus und hingen sie an den hölzernen Garderobenständer neben dem Eingang. Die Anwesenden drehten sich auf ihren hohen Barhockern um und fragten lautstark: „Hest em bi di?“

Die Neuankömmlinge waren vorbereitet und hielten jeder einen halben Korken in die Höhe. „Heb ick!“, ertönte die einhellige Antwort.

„Ischa man bannig ruhig hier so ohne de Italieners!“, stellte einer fest, während er den Korken wieder in seiner ausgebeulten Hosentasche verstaute. „Läuft gar keiner draußen rum! Kommt keiner aus’n Puschen!“

„Un dat schoine Wedder ham se auch mitgenommen. So’n Schiet da draußen!“

„Zum Glück tut dat nu endlich mal regnen! Mein Mais find dat besser wie die Dauersonne!“

„Schon komisch, ne? Italiener da – Sonne da. Italiener wech – Sonne wech!“, stellte Karl-Heinz nüchtern fest.

„Die komm ja bald wieder, wenn hier dieser Weltcup is.“

„Jo. Dat kiek ich mir an!“

*

Gedankenverloren schlenderte Karlo den Weg vom Gemeindesaal zur Kneipe. Zum Glück hatte er immer einen großen Schirm im Auto. Am letzten Sonntagmorgen hatte

Pastor Florin ihn angerufen, um ihm zu sagen, dass Pawel gefunden worden war. Seine anfängliche Freude wich bald der Sorge um dessen Gesundheitszustand. Der erleichterte Wadek hatte sofort seine Nichte informiert, die so bald wie möglich nach Hamburg kommen wollte. Trotzdem konnte der junge Pole derzeit nichts zur Aufklärung der mysteriösen Umstände seines Verschwindens beitragen - er war nach wie vor ohne Bewusstsein.

Kaum im Lokal *Zum Wolf* angekommen, grüßte Karlo die Runde, indem er einmal kurz auf den Tresen klopfte. „N'abend! Ein Bier bitte!"

Karl-Heinz musterte ihn kurz. „Na, da sieh mal einer kuck. Besuch aus'm Ausland!"

„Habt ihr Corslacker keine Kneipe mehr?"

„Gift dat da drüben nu Polizeistunde?"

Karlo grinste und beobachtete die wachsende Blume auf seinem Bierglas.

„Ihr Schietbüdel habt keine Ahnung! Sin Deern is doch die Lehrerin von uns Manfredo!", wusste Karl-Heinz zu berichten, der vor einiger Zeit bei Karlo Gäste untergebracht hatte.

„Bitteschön." Pauline reichte Karlo das frisch gezapfte Bier. Er nahm einen tiefen Schluck.

„Neeneenee, wat is dat nur mit de Italieners?", ließ ein Tresengast vernehmen. „Bald gift dat hier nur noch Pizza und Pasta ..."

„Mit Grünkohl und Eisbein!"

„Und Schweinebraten!"

Benno stand in der Nähe der in den letzten Tagen stark frequentierten Kühltruhe und rief: „Will einer von euch Dösbaddels 'n Eis?"

„Ne, lass man stecken! Passt nich zum Bier!"

Bis zum jetzigen Zeitpunkt hatte Karlo nicht viel zu den

Tresengesprächen beigetragen. Unvermittelt sprach er in die kurzfristig eingetretene Stille hinein: „Sagt mal, kann sich einer von euch zufällig noch an einen Flugzeugabsturz in Ochsenwerder erinnern?“

„Wann soll dat denn gewesen sein?“

„Ein Jahr vor Kriegsende.“

„Wat?“ Die fünf Männer sahen sich erstaunt an. „Dascha man bannig lang her.“

„Da sin ja veele runnergekomm'.“

„Ich war da noch gar nich auffe Welt“, merkte Benno an.

„Min Vadder musst dann ümmer auf’m Feld nachkieken“, wusste Karl-Heinz zu berichten.

„Bei dem mir bekannten Fall sollen es wohl zwei aus der Maschine geschafft haben und einer nicht“, informierte Karlo die Runde.

„Frach mal bei Ruppkes nach. Franz Ruppke. Der weiß Bescheid.“

„Die Gärtnerei am Gauerter Hauptdeich?“

„Jo.“

Karlo sah auf die Uhr. Gleich war Giannas Kurs beendet. „Oh Mann, scheiße!“, rief Pauline hinter der Theke und tippte wie von Sinnen auf ihrem Handy herum.

„Wat’n los?“, erkundigten sich die drei Herren am Tresen.

„Das Display löst sich auf! Was hat Sven mir da für’n Scheiß angedreht?“ Pauline war außer sich. „Ich krieg ’ne Krise! Erst geht das Touch nicht richtig und nu is alles weg. Wie soll ich denn jetzt chatten? Giacomo wartet doch auf meine Antwort!" Ihre Stimme wurde schrill. "Meine ganzen Nummern sind hier drin!“

„Hast die nich synchronisiert?“, fragte Karlo.

„Wie jetzt?“ Sie sah ihn verständnislos an.

„Man muss seine Nummern von Zeit zu Zeit auch mal

sichern. Am Rechner!"

„Wer rechnet denn damit, dass das Ding abschmiert! Ich hab immerhin zweihundertfünfzig Euro dafür bezahlt." Sie raufte sich verzweifelt die langen Locken. „Günstige Quelle - dass ich nicht lache!"

In der nächsten halben Stunde versuchte Karlo der verzweifelten Pauline zu helfen, indem er auf seinem eigenen Smartphone nach möglichen Hilfeseiten suchte. Leider ohne Erfolg. Als er langsam aufbrechen wollte, öffnete sich die Tür der Kneipe. Mit großem Hallo wurden der Wirt Manfred und Sven Töner empfangen: „Hest em bi di?"

Die Neuankömmlinge holten umgehend ihre Korken hervor und antworteten erwartungsgemäß: „Heb ick."

„Unsere Halbitaliener beehren uns auch mal wedder", dröhnte Benno vom Tresen herüber.

„Buongiorno, John Porno!", feixte Sven Töner zurück.

Pauline starrte den Beschaffer ihres defekten Handys finster an. Bevor Karlo sich nun endgültig verabschieden konnte, wurde die Tür abermals von außen geöffnet. Eine aufgelöste Hildegard von Ziesel stürmte herein. Ihr Lodenmantel war vollkommen durchnässt.

„Guten Abend, die Herren. Hat jemand unter Umständen meine Tochter Pia gesehen? Sie geht nicht an ihr Handy!"

„Allerliebste Frau von Ziesel", sprach Manfred seine Nachbarin an, „verraten Sie mir mal eins: Wie alt is Ihre seute Deern?"

„Zweiundzwanzig, wieso?", antwortete die Apothekerin ungeduldig.

„Kann se da nich langsam mal moken, wat se will?"

Hildegard stützte ihre Arme in die Taille und empörte sich: „In unserer Familie ist es üblich, sich wenigstens abzumelden!"

„Vielleicht hat se grad wat anners in ihr'n smucken Döds.

Die Liebe is ein seltsames Spiel!", frotzelte Sven mit breitem Grinsen. Ihm war in den letzten Tagen nicht entgangen, dass sich Pia verdächtig häufig in der Nähe des neuen Bürgervereinsvorsitzenden aufhielt.

„Oder se is schon inne Kirche - beichten", setzte Manfred augenzwinkernd hinterher.

Alle Kneipenbesucher lachten schallend. Nur Pauline fummelte nach wie vor an ihrem Handy herum und warf Sven von Zeit zu Zeit wütende Blicke zu.

„Machen Sie sich nur lustig! Wenn Sie eine Tochter im kritischen Alter hätten ..."

„Dann würden wir se dat kritische Alter auch mal genießen lassen", sagte Manfred. „Kleiner Tipp: Vielleicht luschern Se mal beim lütten Grünfeld."

Der Apothekerin gefror sofort das Blut in den Adern. Ohne ein weiteres Wort drehte sie sich auf dem flachen Absatz ihrer Halbschuhe um und verließ wutentbrannt die Kneipe. Ihr grüner Lodenmantel umfing sie dabei wie die feuchten Flügel einer Fledermaus.

„Bis baldrian!", rief Sven ihr noch hinterher.

*

Natürlich hatte sie bemerkt, dass Pia - gezwungenermaßen - viel Zeit mit diesem Magnus verbrachte! Aber ihre einzige Tochter würde doch wohl nicht? Ohne mit ihrer Mutter darüber zu sprechen? Schon gar nicht mit diesem Grünfeld! Das verstieß gegen die Familienehre. Wo blieb Pias Anstand? Warum hatte sie sich heute nach dem Sprachkurs nicht von ihr verabschiedet? Und war wie immer mit ihren Eltern nach Hause gegangen? Warum nur hatte die alte Sekretärin, diese Schlange Jürgens, sie in ein Gespräch über die Aktionen an Himmelfahrt verwickelt?

Als Hildegard von Ziesel die dunkle Straße entlang lief, fiel ihr erst nach mehreren Schritten auf, dass sie geradewegs zum Hof der Familie Grünfeld marschierte. Was sollte sie dort tun? Etwa klingeln? „Guten Abend, ist meine Tochter bei Ihnen?“ Nein! Die Blöße wollte sie sich Horst gegenüber nicht geben. Auf Höhe des Alten Gasthofs blieb sie stehen, um kurz nachzudenken und ihr Handy hervorzuholen. Ein letztes Mal die Wahlwiederholung. Am anderen Ende meldete sich umgehend die Mailbox.

22

Mittwoch

„Guten Morgen, Frau Ruppke."

In gebückter Haltung jätete die alte Frau Unkraut im bunt blühenden Bauerngarten ihres Hofs. Ein beachtlicher Haufen Giersch und Löwenzahn wartete jenseits der niedrigen Buchsbaumeinfassung auf den Abtransport zum Komposthaufen. Erstaunt sah sie zu Karlo hoch. „Du ahnst es nich! In letzter Zeit kriech ich aber bannig viel Besuch von euch jungen Kerls!" Mit einer faltigen Hand strich sie sich eine graue Strähne aus der schweißfeuchten Stirn.

„Guten Tag, Frau Ruppke. Haben Sie schon erfahren, dass einer Ihrer vermissten Arbeiter gefunden wurde?", erkundigte sich Karlo.

„Jo. Dieser Kommissar hat gestern durchgerufen."

„Der arme Kerl hat ganz schön was abbekommen. Man hat ihn sogar kurzfristig ins Koma versetzt."

Frau Ruppke richtete sich auf und stellte die Hände in die Hüften. „Ich sach unsern Arbeitern immer, dat se nich zum See fahrn. Schnelle Mark moken. Besser solide in ein' Betrieb arbeiten! Bi uns is noch nie wat passiert!"

„Die wollen natürlich während ihrer Zeit in Deutschland so schnell wie möglich viel Geld verdienen", gab Karlo zu bedenken.

„Siehste wohl, wat dabei rauskommt. Der Irek is immer noch wech! Die arme Familie!" Sie schüttelte den Kopf. „Zum Glück konnten die Cousins unser' annern Jungs fix rankommen, sonst ward dat nix mit de Tomaten dies Johr! Die ham auch 'n Araber anschnackt. Umar. Dat is wohl ganz 'n Plietschn. Professor nennt' se den. Der rackert wie 'ne

Maschine, sach ich Ihnen!“

Karlo erinnerte sich an den eigentlichen Grund seines Besuchs und fragte umgehend: „Wo ist denn Ihr Mann?“

Mit einem Nicken deutete sie in Richtung des nüchternen Rotklinkerbaus mit den halbrunden Gardinen vor jedem Fenster. „Drinne auf'm Sofa. Der geiht kaum raus.“

„Kann ich ihn etwas fragen?“

„Kommt op'n Versuch an. Der schnackt nich veel.“

Sie führte ihn in eine nach alten Leuten riechende Stube. Dicke, leicht verschlissene Teppiche lagen auf altem Parkett. Eine beige-gemusterte Cordsitzgruppe mit den obligatorischen Dreier-, Zweier- und Einersitzelementen war auf den Fernseher ausgerichtet, der in einer mittelbraunen Schrankwand stand. Herr Ruppke saß in dem Sessel und hatte die Füße auf einem dazu passenden Hocker abgelegt. Karlo schätzte ihn auf ungefähr Mitte achtzig. Der Mann schien den Besuch nicht wahrzunehmen und starrte auf den Bildschirm des alten Fernsehgeräts. Es lief eine Kochsendung.

„Franz, ick heb Herrn Kolberg mit'bracht. Der wollt dich mal wat frog'n.“

„Guten Tag, Herr Ruppke.“ Der Alte reagierte nicht. „Entschuldigen Sie die Störung, aber ich bräuchte Ihre Hilfe. Es geht um weit zurückliegende Ereignisse.“ Karlo sah fragend zu Frau Ruppke, die ihm aufmunternd zunickte. Er setzte sich auf die Zweier-Couch und suchte den Blick ihres Mannes. „Können Sie sich vielleicht noch an die Flugzeugabstürze zu Kriegszeiten erinnern?“

Ein kleiner Ruck ging durch den Körper des Alten, der jetzt am Fernseher vorbeisah.

„Ein Nachbar von Ihnen hat mir erzählt, dass Sie zu den Kindern gehörten, die auf den Feldern nach Überlebenden suchen mussten.“

Karlo vernahm einige tiefe Atemzüge und ein Räuspern.

„Könnten Sie mir darüber etwas erzählen?“

Plötzlich wurde das Bild auf dem Fernseher schwarz. Nach kurzem Schweigen krächzte Herr Ruppke kaum hörbar: „Warum?“

„Im Zimmer Ihres lange vermissten Landarbeiters Pawel Olczyk haben wir die alten Papiere eines Wehrmachtspiloten gefunden, der laut Aussage seiner beiden überlebenden Kameraden hier in der Gegend im Jahr 1944 mit seinem Flugzeug abgestürzt sein muss. Bis heute wurden aber weder seine Leiche noch die Maschine gefunden.“

„War ’n Nachtjäger.“

„Wie bitte?“

„’ne Junkers.“

„Aha.“

„Ick heb dat Fluchzeuch noch ankieken können. Jedes Johr ’n beten weniger. Dann war’s wech. Vonne Erde verschluckt.“

„Und der Pilot?“

„Wet ick nich.“ Er atmete tief ein und aus. „Wir ham nur den ein’ Morgen richtich nach ihn gekiekt. Dann nich mehr. War zu gefährlich!“

Karlo dachte nach. „Könnten Sie mir die Stelle zeigen, wo Sie damals das Flugzeug gesehen haben?“

Herr Ruppke zögerte. „Vielleicht. Aber nich heut’.“

„Wie Sie wahrscheinlich selbst wissen, galt Ihr Arbeiter über mehrere Wochen als vermisst. Er liegt jetzt bewusstlos mit schweren Kopfverletzungen im Krankenhaus. Von seinem zeitgleich verschwundenen Kollegen Irek fehlt bis zum heutigen Tag jede Spur. Am Abend des Verschwindens haben viele Ihrer Nachbarn eine Explosion vernommen. Ich weiß noch nicht wie, aber vielleicht hängt das alles irgendwie miteinander zusammen. Deshalb wäre ich Ihnen sehr dankbar, wenn Sie mir die Absturzstelle des Flugzeugs zeigen könnten.“

*

„Es tut mir leid, Herr Kommissar.“ Die kräftige Endfünfzigerin im weißen Kittel schien unerbittlich. „Ihre ständigen Anrufe und Besuche machen Herrn Olczyk auch nicht schneller gesund. Der Patient braucht absolute Ruhe. Unsere Ärzte haben ihn in ein künstliches Koma versetzt. Seine Verletzungen waren einfach zu schwer.“

Auf der anderen Seite des weißen Tresens sah sich Dirk Spannich außerstande Widerstand zu leisten. Er fügte sich. Ältere Frauen in Berufsbekleidung flößten ihm stets großen Respekt ein. Nachdem er sich noch einmal die Brille zurechtgerückt hatte, brachte er sein Anliegen mit eingeschüchterter Freundlichkeit hervor: „Ich möchte Sie bitten, mir umgehend Bescheid zu geben, sobald Herr Pawel Olczyk wieder vernehmungsfähig ist. Wir brauchen seine Aussage!“

*

„Dörthe? Dööörthee! Du träumst ja mit offenen Augen!“ Anevke stieß ihre Mitstreiterin freundschaftlich an. Gemeinsam hockten sie auf dem Lehmboden ihrer geräumigen Scheune und malten bunte Buchstaben auf ein riesiges Bettlaken. Seit mehreren Minuten starrte Dörthe abwesend auf das fast fertiggestellte Banner.

„Was?“

„*Amore! Grande amore!*“

„Du bist doof!“

„Iwo. Ich freu mich doch voll für dich. Auch wenn du im Moment zu nichts zu gebrauchen bist.“

„Hey! Wer malt denn hier mit dir?"
„Ist ja gut. War doch nur Spaß!"
„Außerdem hat Massimo mir voll wertvolle Informationen geben können."
„Wie kommt er denn dazu?"
„Er ist doch *Carabiniere*."
„Militärpolizist, ich weiß", sagte Anevke nach wie vor missbilligend. So etwas hätte ihr nicht passieren können. Das war ja fast noch schlimmer als ein Verhältnis mit 'nem Schnösel von der Jungen Union!
„Er hat sich für uns schlaugemacht. Über Fracking in Italien. Spätestens seit den Erdbeben in der Emilia Romagna 2012 wird dort über Fracking ziemlich kontrovers debattiert. Da gibt's Videos auf Youtube ..."
„Fracking in Italien?", fragte eine männliche Stimme. Unbemerkt hatte Karlo die Scheune betreten.
„Karlo?", wunderte sich Anevke. „Tobias ist nicht da, der hält heute einen Vortrag in Neuengamme."
„Schade, ich wollte was mit ihm besprechen." Neugierig kam er näher und las das Schild auf dem Boden:

KEIN FRACKING AUF UNSEREN WIESEN -
KEIN GIFT IN UNSEREM WASSER!

„Kann mich mal einer aufklären? Was genau ist eigentlich Fracking?", fragte Karlo nach. Vor ein paar Monaten hatte er zum ersten Mal von dem Begriff gehört.
Anevke strich sich über den immer runder werdenden Bauch und setzte ihre Oberlehrermiene auf: „Bei der Fracking-Technologie wird unter Einsatz eines Gemisches aus zig Millionen Litern Wasser, Sand und Chemikalien in tausend bis fünftausend Metern Tiefe mit hohem hydraulischen Druck Gestein aufgebrochen, um an das darin enthal-

tene Gas zu kommen. In den USA führte das Verfahren zu einem Boom dieser Förderung. Da kam dann aber auch manchmal Gas aus dem Wasserhahn. Oder plötzlich bebte die Erde. Ich hab da 'n Film gesehen ..."

„Ist das denn eine neue Technik?", fragte Karlo nach.

„Nein! Das ist ja das Unglaubliche. Bereits seit 1961 wird das auch in Deutschland gemacht. Ungefähr ein Drittel unseres Erdgases wird durch Fracking gewonnen. Aber bis jetzt nur in konventionellem Sandstein."

„Und ist da schon mal was passiert?"

„Die einen sagen so, die anderen ..."

„Es gibt bei uns Regionen, in denen schon lange stark nachgeholfen wird", unterbrach sie Dörthe. „Um auch das letzte bisschen an Öl oder Gas nach oben zu holen. Das Problem sind nicht nur die Chemikalien, die da reingejagt werden, sondern auch so manch giftiger oder sogar radioaktiver Stoff, der mit hochgeholt wird." Sie wedelte energisch mit dem Pinsel.

„An solchen Orten soll es doppelt so viele Fälle von Blutkrebs geben - das muss man sich mal vorstellen!", erregte sich Anevke.

„Der eigentliche Hammer ist aber, dass sie jetzt Fracking auch in Schiefergestein erlauben wollen."

„Und wo ist da das Problem?"

„Es ist so: Unterhalb von dreitausend Metern findest du Sandstein, oberhalb davon Schiefergesteine. Auf Höhe dieser Schiefergesteine verlaufen auch Grundwasserleiter, aus denen Trinkwasser gewonnen wird. Wenn da jetzt Chemikalien reingepumpt werden, könnte es sein, dass unser Wasser in Zukunft nicht mehr so lecker ist."

„Außerdem ist noch überhaupt nicht geklärt, wo das mit Chemie verseuchte Restwasser hin soll", fügte Dörthe hinzu. „In den USA soll es schon Erdbeben gegeben haben, weil die diese Giftbrühe irgendwo reingepresst haben, wo sie gar nicht hingehört."

„Unfassbar!"

„Massimo hat mir gerade erzählt, dass in Italien die Stimmen immer lauter werden, die einen Zusammenhang zwischen den verheerenden Erdbeben in der Emilia-Romagna und unkonventioneller Erdgasförderung herstellen."

„Die vor ein paar Jahren?" Karlo erinnerte sich. „Von der Theorie hab ich noch nie gehört."

„Weil die ganze Scheiße natürlich nicht an die Öffentlichkeit dringen soll. Wir werden doch alle nur verarscht von denen da oben!" Anevke stellte ihren Pinsel in ein Wasserglas.

„Außerdem hat Massimo herausgefunden, dass ein paar Firmen aus Fernost ihre neuen Chemikalien in Europa testen wollen. Und zwar immer dort, wo eine sogenannte Aufsuchungserlaubnis eingeholt werden soll. Vor Kurzem haben die bei ihm so 'n Trupp hopsgenommen."

Karlo starrte auf das fast fertige Plakat. „Und wieso werdet ihr gerade jetzt aktiv?"

„Du wirst es kaum glauben, aber ein Megakonzern hat in unseren beschaulichen Vier- und Marschlanden eine dieser so harmlos klingenden Aufsuchungserlaubnisse für die nächsten drei Jahre erhalten. Wenn die am Ende hier wirklich fracken dürfen, können die Schweine in unseren Boden pumpen, was sie wollen!"

„Und was habt ihr jetzt konkret vor?"

„Aufklärung! Die Leute müssen informiert werden. Morgen an Christi Himmelfahrt sind 'ne Menge unterwegs. Da stellen wir uns mit dem Plakat vor den Alten Gasthof und verteilen Flugblätter!"

23

Mittwochabend

LEG DAS GELD IN EINEN BRIEFUMSCHLAG
HEUTE NACHT
GEH AUF DEN FRIEDHOF
NIMM DEIN HANDY MIT
KOMM ALLEIN!!!

Zum wiederholten Male kontrollierte er die Scheine in dem braunen Umschlag und verstaute ihn wieder in seinem Sekretär. Der erste Brief lag schon ein paar Tage zurück. Mit Nachdruck musste er seinen Kundenberater davon überzeugen, ihm die Summe in einem Betrag auszuhändigen. Dieser arrogante Fatzke in seinem billigen Anzug. Was glaubte der eigentlich, wen er da vor sich hatte! Manchmal müssten gebrauchte Landmaschinen eben in bar bezahlt werden. Am Ende war sein guter Name doch noch was wert. Und der sollte in den Dreck gezogen werden? Nicht mit ihm! Jetzt hieß es abwarten. Bis es dunkel wurde. Zum Glück fand heute Abend kein Italienischkurs statt. Außerdem wanderten auch keine Italiener mit ihrem Eis durch's Dorf. Schließlich lag der Friedhof mittendrin. Ein prüfender Blick auf sein Handy ergab, dass es den vollen Ladezustand erreicht hatte. Was hatte der Erpresser nur vor? Wollte er ihn etwa anrufen? Woher kannte er seine Nummer? Was sollte der überflüssige Hinweis: „Komm allein"? Wen in Gottes Namen hätte er denn mitnehmen sollen? Seine Urgroßmutter?

24

Am selben Abend

„Pia?“

Keine Antwort.

„Piiaaa?“, rief Hildegard von Ziesel ins Treppenhaus. Vor wenigen Augenblicken war sie von einem Konzertabend im Hamburger Michel zurückgekehrt und hatte ihren Mantel noch an. Als sie erneut keine Antwort bekam, entledigte sie sich eilig ihrer Schuhe und stieg die Stufen zu Pias Zimmer im Dachgeschoss hinauf. Ihre Wut wuchs mit jedem Schritt. Schwungvoll öffnete sie die Tür zu dem mit weißen Ikea-Möbeln eingerichteten Raum. Ein mütterlicher Rundumblick ergab umgehend, dass sich ihre Tochter nicht hier aufhielt. Hatte sie ihnen nicht am Mittagstisch noch versichert, den ganzen Abend für die Uni arbeiten zu wollen? Innerlich kochend verließ Hildegard das Zimmer. Eine Chance gab sie ihr noch. Manchmal hinterließ Pia Nachrichten in der Küche. Aber auch hier fand sich kein Hinweis. Am gestrigen Abend war sie wenige Minuten nach ihrer Mutter zu Hause aufgetaucht. Angeblich hatte sie sich noch didaktisches Material bei der Mallehrerin Elke Meyer-Ölke ausgeliehen und war dort auf ein Glas Wein hängengeblieben.

Hildegard wusste keinen Rat. Warum musste ihre einzige Tochter sie dermaßen hintergehen? Es erschien ihr nicht als zu viel verlangt, sich mal eben abzumelden! Hektisch griff sie zu ihrem Handy, das nach dem Konzertbesuch wieder angeschaltet werden musste. Wie am vorherigen Abend meldete sich unter Pias Nummer die Mailbox. Langsam kroch ein beklemmendes Gefühl ihren Nacken hinauf. Und wenn sie nun doch mit diesem Kerl …? Mit diesem

Grünfeld? Ihre Pia?! Sie sah kurz durch das seitliche Fenster zur Bücherstube ihres Mannes hinüber. Dort brannte noch Licht. Hildegard seufzte. Hanno würde ihre Bedenken nicht nachvollziehen können. Auf ihren Mann konnte sie bei der Sache nicht zählen - die alte Familienfehde hatte er noch nie verstanden. Kurz entschlossen zog sie ihre Schuhe wieder an. Zum Glück regnete es in dieser Nacht nicht.

Als würde sie von diesem Ort magisch angezogen, begab sich die Apothekerin umgehend zum Hof der Familie Grünfeld. Oben an der Straße blieb sie unter den fünf großen Linden stehen und dachte nach. Als sie sich endlich dazu durchgerungen hatte, die lange Auffahrt hinunterzugehen, vernahm sie ein näherkommendes Geräusch. Jemand fuhr auf einem Fahrrad die Einfahrt hoch. Hildegard versteckte sich geschwind hinter einem der breiten Bäume. Kaum war das Rad auf der Straße angekommen, nahm sie die Verfolgung auf. Magnus! Er schien zur Kirche zu wollen. Sie keuchte. Einmal die Woche Wirbelsäulengymnastik im Gemeindesaal und regelmäßige Spaziergänge auf dem Marschbahndamm verliehen ihr eine gewisse Grundfitness. Ob er schon am Pastorat vorbei ist? Sie konnte ihn nirgends entdecken. Wo ist er nur abgeblieben? Einen kurzen Moment blieb Hildegard vor dem weißen Fachwerkgebäude stehen, um zu verschnaufen. Zum gefühlt hundertsten Mal las sie die auf dem Querbalken angebrachte Inschrift, die von den beiden schwarzen Laternen über der Eingangstür schwach beleuchtet wurde:

„*Der Mensch lebt und bestehet nur eine kleine Zeit*
und alle Welt vergeht mit ihrer Herrlichkeit. Es ist nur
einer ewig und an allen Enden und wir in seinen Händen“

Sollte sie mehr Gottvertrauen in den Tag beziehungsweise in diese Nacht legen? Machte sie sich zu viele Gedanken? Als sie fast schon wieder umdrehen wollte, ertönte vom oberhalb gelegenen Friedhof ein Geräusch. Wachsam reckte sie ihren Kopf in die Richtung. War er dort oben? Zusammen mit Pia? Was machte ihre Tochter mitten in der Nacht auf dem Friedhof von Ochsenwerder? Die konnte was erleben!

*

Zum wiederholten Mal tastete er prüfend nach dem dicken Umschlag in der Tasche. Zu seiner Nervosität gesellte sich eine ihm wohlbekannte Wut. Am liebsten würde er den miesen Erpresser in den Schwitzkasten nehmen und ihm ein für alle Mal demonstrieren, was er von ihm hielt. Aber er musste sich zusammenreißen. Zu viel stand auf dem Spiel! Hoffentlich ließ der ihn nur einmal zahlen, sonst blieb von seinem kleinen lukrativen Nebenverdienst bald nichts mehr übrig. Wer konnte ihm da auf die Schliche gekommen sein? Wer wollte sich an ihm bereichern?

Mit vorsichtigen Schritten näherte er sich der Kirche und umrundete das alte Backsteingebäude in Richtung des Friedhofportals. Die Zeiger der Kirchturmuhr zeigten auf halb zwölf. Plötzlich waren Schritte zu hören. Hektisch sah er sich um und verharrte in der Nähe einer Engelsstatue. Wenige Augenblicke später vibrierte sein Handy. Eilig zog er es aus der Jackentasche und sah auf das Display. „Anonym" wollte ihn sprechen. Mit einem Seufzen strich er über den grünen Hörer und hielt das Telefon an sein Ohr.

Eine metallisch klingende Stimme krächzte: „Leg das Geld in' Schoß vom dicken Engel. Auf'm Kruthusgrab. Dann haust du sofort ab!"

Wer war das? Musste er die Stimme kennen? Im Schutz der Engelsstatue guckte er sich um. Ihm wurde unheimlich zumute. Und wenn er es mit einer Bande zu tun hatte? Oder wollten sich seine Auftraggeber auf diese Weise ihr Geld zurückholen? Warum hatte er sich bloß darauf eingelassen? Er seufzte einmal tief und begab sich zur angewiesenen Stelle auf der gegenüberliegenden Seite des Weges. Der dicke Engel saß mit verschränkten Beinen auf einem Grab, das mit einer Buchsbaumhecke eingefasst war. In seiner Mitte befand sich eine kleine Mulde. Nicht ohne sich noch einmal gründlich umzublicken, ließ er den Umschlag dort hineingleiten und eilte mit schnellen Schritten davon.

*

Was passiert dort oben auf dem Friedhof? Wo konnte dieser Grünfeld nur hingefahren sein? Nach dem Pastorat kam doch nichts mehr außer dem Wiesenhaus und dem Acker. Sein Fahrrad war nirgendwo zu entdecken. Hildegards anfänglicher Zorn wich einer angespannten Ratlosigkeit. Vorsichtig stieg sie die sieben Stufen zum wuchtigen Friedhofsportal hinauf und huschte mit leisen Schritten hindurch. Zum Glück hatte sie ihre bequemen Wanderschuhe mit den geräuscharmen Kreppsohlen angezogen! Instinktiv drückte sie sich an der rechten Innenwand entlang, die bei einer grauen Säule endete. An beiden Seiten des Portals standen mehrere Rhododendronbüsche. Die Apothekerin hockte sich zwischen die beiden Büsche auf der rechten Seite und sah den breiten gepflasterten Weg hinunter, an dem beiderseits mit niedrigen Buchsbaumhecken eingefasste Gräber lagen. Manchmal schien der Mond durch die Wolkendecke und warf schwaches Licht auf das düstere Gelände. Von Zeit zu Zeit rief ein Käuzchen oder eine Eule.

Da! Vor Aufregung zuckte die sonst so resolute Vorsitzende des Kirchenvorstands kurz zusammen. Von ihrem Beobachtungsposten aus nahm sie eine Person wahr, die sich suchend umschaute. Leider war sie in der Dunkelheit nicht zu erkennen. Außerdem hatte Hildegard in der Hektik ihre Brille vergessen. Dem schwerfälligen Gang nach zu urteilen, handelte es sich um einen älteren Mann. Deutlich älter als Magnus. Welcher normale Mensch wanderte denn zu so später Stunde auf dem Friedhof herum? Als ihr Blick für eine kurze Sekunde auf die rechte Friedhofsseite wanderte, erspähte sie zu ihrem Erstaunen eine weitere Person. Dort hinten bei den hohen Gedenksteinen. Für einen Moment blitzte etwas auf. Ein kurzer Lichtschein. Vermutlich ein Handy. Auf die Entfernung konnte Hildegard jedoch nichts hören. Nun wurde ihr richtig angst und bange. Was machten die beiden um diese Zeit auf dem Friedhof? Hoffentlich entdeckten die sie nicht! Langsam wurde die gehockte Position unbequem - ihre Füße drohten einzuschlafen. Ohne die mysteriösen Friedhofsbesucher aus den Augen zu lassen, sank sie vorsichtig auf die Knie.

Der erste Mann steuerte zielstrebig das letzte Grab auf der rechten Seite des gepflasterten Weges an. Mit einer ungelenken Bewegung begab er sich in die Hocke, holte etwas aus seiner Jacke hervor und ließ es fallen. Äußerst schwerfällig kam er wieder zum Stehen. Er sah sich kurz um und trat den Rückweg an.

Hildegard verharrte einen kurzen Augenblick. In ungläubiger Erstarrung. Das konnte doch nicht! Das war doch … Innerhalb weniger Sekunden fiel die Starre von ihr ab und sie schnellte wie ein Klappmesser in die Höhe. Ohne auch nur eine Sekunde über den weiter hinten stehenden Beobachter nachzudenken, stahl sie sich aus ihrem sicheren Versteck und eilte mit zügigen Schritten auf die ihr äußerst vertraute Stelle zu. Dort hinten ganz in der Nähe des seitlichen Kirchenportals befand sich schon seit vielen Jahren das Familiengrab der Familie Kruthus. Im Tode selig vereint lagen hier ihre lieben Eltern und Großeltern. Die vor wenigen Wochen gepflanzten Stiefmütterchen hatten ihre Köpfe geschlossen. Den sitzenden Engel hatte sie während der Pflanzaktion vom hässlichen Moos befreit. Doch was lag dort in seinem Schoß? Sie beugte sich vor, um es aus der Nähe zu betrachten. Mit spitzen Fingern griff sie danach. Der braune Umschlag war prall gefüllt. Hektisch steckte sie ihn in ihre Manteltasche und verließ diesen unheimlichen Ort. Das leise Fluchen hinter den hohen Gedenksteinen hörte sie nicht mehr.

25

Himmelfahrt

Mit geöffnetem Trenchcoat stand Dirk Spannich in der Nähe der schlichten Backsteinkirche von Ochsenwerder und wartete darauf, dass der diesjährige Himmelfahrtsgottesdienst ein Ende fand. Eigentlich hatte er am heutigen Feiertagsmorgen nur kurz in seinem Büro vorbeischauen wollen, weil sich die Fälle mit den gefälschten Handys in den letzten Tagen häuften. Schon über einen längeren Zeitraum hatten sie kein weiteres Lager mehr ausgehoben, aber die Anzahl der Geschädigten, die über ständig wechselnde Plattformen im Internet ein deutlich vom Originalpreis abweichendes Handy gekauft hatten, stieg stark an. Nach wenigen Wochen oder manchmal nur Tagen, funktionierten die Geräte nicht mehr. Eine Reklamation lief immer ins Leere. Während er sich im Netz auf die Suche nach Hinweisen zu den unterschiedlichen Händler dieser Handys machte, erreichte ihn der Anruf der Apothekerin aus Ochsenwerder. Sie habe seine Visitenkarte noch an ihrer Familienpinnwand gefunden und müsse ihm etwas Unglaubliches zeigen. Zögerlich hattte er schließlich der Verabredung zugestimmt. Vielleicht standen ihre Informationen mit dem mysteriösen Verschwinden und Wiederauftauchen des Polen im Zusammenhang. Sein vor zwei Tagen geführtes Gespräch mit dem eher auskunftsunwilligen Wehrführer der Freiwilligen Feuerwehr von Ochsenwerder hatte diesbezüglich keine neuen Erkenntnisse ergeben.

Auf dem Weg in die Vier- und Marschlande bereute er seine Zusage beinahe schon wieder. Unzählige Fahrradgruppen, bunt geschmückte Trecker mit vollbesetzten Anhängern, Bollerwagen ziehende und stark alkoholisierte Männer ließen ihm auf den teilweise engen und kurvigen Deichstraßen kaum ein Durchkommen. Warum hatten die Väter an ihrem Ehrentag eigentlich fast immer wunderschönes Wetter? Spannich musste blinzeln und steckte umgehend einen Sonnenbrillenaufsatz über seine Nickelbrille.

Er schien nicht der einzige Besucher außerhalb des Kirchgebäudes zu sein. Etwas weiter hinten in Richtung dieses Fachwerkgebäudes bückte sich jemand über ein Grab. Von Zeit zu Zeit war ein Oberkörper zu sehen. Der kräftig gebaute Mann trug eine blaue Schirmmütze. Spannich wand den Blick ab und betrachtete eine hohe Statue auf der rechten Seite der Kirche. Warum sah der Engel zu Boden, obwohl sein linker Zeigefinger nach oben deutete? Macht mal hier so weiter, der da oben wird's schon richten?

Seine Gedankengänge wurden von lauten Orgelklängen unterbrochen, die nun durch die weit geöffneten Türen nach außen drangen. Mit gemessenem Schritt trat ein junger bärtiger Pastor in schwarzem Talar aus dem Gebäude und stellte sich seitlich an den Ausgang. Als er den Kommissar erspähte, nickten sich die Männer kurz zu. Nach und nach verließen die ersten Kirchgänger das Gebäude und reichten Benjamin Florin die Hand. Spannich erkannte die respekteinflößende Apothekerin schon auf den ersten Blick. Bei seinen Befragungen zu dem verschwundenen Polen hatte sie ihm bereitwillig und ausschweifend Auskunft gegeben. Mit ihren hochgesteckten Haaren, der weißen Bluse und dem bis zu den Waden reichenden karierten Wollrock wirkte Hildegard von Ziesel auf ihn wie die strenge Direktorin eines katholischen Mädcheninternats.

„Das war mal wieder eine sehr schöne Predigt, Herr Pastor. Haben Sie vielen Dank! Sie schaffen es doch immer wieder, die Themen anzusprechen, die einem gerade durch den Kopf gehen."

Freundlich lächelnd nahm der Pastor das Lob entgegen. „Der Himmel ist auf Erden. In uns selbst, Frau von Ziesel!"

„Sie haben ja so recht!"

Als die Apothekerin den Kommissar etwas abseits bemerkte, wich ihr süßliches Lächeln einer besorgten Miene. „Herr Kommissar Spannich! Gut, dass Sie gekommen sind!"

„Guten Tag, Frau von Ziesel." Er reichte ihr die Hand. „Haben Sie den Gegenstand dabei, den Sie mir zeigen möchten?"

Mit verschwörerischer Stimme klopfte sie auf ihre voluminöse schwarze Umhängetasche: „Hier drin …" Vorsichtig guckte sie sich nach allen Seiten um und senkte ihre Stimme: „Kommen Sie, wir gehen weiter nach hinten auf den Friedhof. Man muss uns ja nicht unbedingt dabei beobachten."

„Wenn Sie meinen", willigte der Kommissar ein.

Als das ungleiche Paar links um die Kirche herumging, bemerkte es nicht, dass der Friedhofsbesucher mit der Schirmmütze ihnen in sicherem Abstand folgte. Seit der gescheiterten Lösegeldübergabe am gestrigen Abend ließ er die neue Besitzerin seines Umschlags nicht mehr aus den Augen.

Am hinteren Ende des Kirchgebäudes bog Hildegard von Ziesel links ab, peilte zielstrebig einen alles überragenden Baum an und blieb davor stehen. Der Kommissar konzentrierte sich auf ein grünes Metallschild, das an einem Gitter vor der Eiche hing:

„Als Knabe zogst du diesen Baum
Im Kindesspiel dem Schicksal dienend
Nun steht er hier, träumt deinen Traum
Von Deutschlands Ruhm der Zukunft grünend"

„Hat sich ja gut gehalten, typisch deutsche Eiche“, kommentierte er nüchtern.

Zögerlich öffnete die Apothekerin ihre Tasche und überreichte ihm mit feierlicher Geste den dicken Umschlag. Hinter einem hohen Grabstein in der Nähe stockte dem stillen Beobachter der Atem.

Bevor er ihn öffnete, streifte sich der Kommissar zunächst dünne Gummihandschuhe über. Mit hochgezogenen Augenbrauen betrachtete er die gebündelten Scheine.

„Unglaublich, oder?“, plapperte Frau von Ziesel los. „Und das hier bei uns - in Ochsenwerder!“

„Das Verbrechen ist immer und überall.“

„Sie sagen es. Wir leben in schlimmen Zeiten ohne jeglichen Sinn für Moral.“ Missbilligend schüttelte sie den Kopf und sprach nach einer kurzen Pause weiter: „Schutzgeld für diesen Polen kann es schlecht sein. Der ist ja wieder da. Mein Mann hat sich schließlich um dessen Erstversorgung gekümmert.“

Der Kommissar beachtete ihre Einwände nicht. „Wann und wo genau haben Sie den Umschlag entdeckt?“ Er schien Hildegard mit seinen engstehenden Augen durchdringen zu wollen.

„Es war folgendermaßen: Ich habe gestern spät noch einen kleinen Abendspaziergang gemacht ...“

„Wann genau?“

Verlegen guckte sie zu Boden. „Gegen halb zwölf.“

„Unternehmen Sie um diese Zeit regelmäßig Spaziergänge?“

Hildegard fühlte sich erkennbar unbehaglich. Konnte sie dem Kommissar von der Suche nach ihrer Tochter erzählen? Dass sie Magnus Grünfeld gefolgt war? Plötzlich kam ihr ein ungeheuerlicher Gedanke, mit dem sich all ihre Sorgen bestätigen und zugleich in Luft auflösen könnten. Sie richtete sich auf und blickte ihrem Gegenüber fest in die kleinen Augen. „Herr Kommissar Spannich, ich will hier niemanden unschuldig verdächtigen. Aber es ist so: An dem Abend war ich auf der Suche nach meiner Tochter. Sie ist nicht nach Hause gekommen. Da bin ich zu einem Nachbarn gegangen, mit dem sie … äh ... in letzter Zeit, etwas näheren Umgang pflegt."

„Name?" Er zückte sein schwarzes Notizbuch.

„Grünfeld. Magnus Grünfeld."

„Gut. Weiter."

„Als ich oben an der Zufahrt seines Hauses stand, hörte ich eine Tür zuschlagen und jemand fuhr wie der Blitz mit dem Fahrrad an mir vorbei."

„Hat er Sie bemerkt?"

„Nein, ich hatte mich hinter einem Baum versteckt."

„Und dann?"

„So schnell und unauffällig wie ich konnte, bin ich ihm gefolgt. Er ist in Richtung Kirche geradelt. Als ich durch das Friedhofsportal gehen wollte, wurde es unheimlich: Dort hinten ...", sie zeigte auf die linke Seite der Kirche, „... schlich ein Mann umher und - Sie werden es kaum glauben - ein Zweiter hat ihn dabei beobachtet."

„Könnten Sie die Männer beschreiben? Sah vielleicht einer so aus wie dieser Grünfeld?"

„In seinen Bewegungen wirkte der erste deutlich älter als Magnus. Aber den Beobachter habe ich in der Dunkelheit nicht gut erkennen können." Hildegard setzte eine Miene des Bedauerns auf. „Wie gesagt, ich will hier niemanden zu Unrecht verdächtigen."

„Wie ging es weiter?"

„Instinktiv wusste ich sofort, an welchem Grab er sich da zu schaffen macht. Schließlich war das die letzte Ruhestätte meiner Familie!"

„Haben Sie mit irgendjemandem über den Umschlag gesprochen?“

Hildegard dachte an ihren in den letzten Tagen äußerst schweigsamen Mann, der sogar an einem Feiertag wie heute nur die Mahlzeiten mit der Familie verbrachte und sich ansonsten in seine Bücherstube zurückzog. „Nein, mit niemandem.“

„Können Sie mir die Adresse von diesem Grünfeld geben?“

„Natürlich.“ Sie diktierte ihm in sein schwarzes Notizbuch.

„Ist sie denn wieder aufgetaucht?“, fragte er unvermittelt.

„Wer?“

„Ihre Tochter.“

„Als ich heute morgen zur Messe bin, lag sie schlafend in ihrem Bett.“

26

Vatertag

Auf dem Parkplatz der Ochsenwerder Schützen öffneten sich mehrere dunkle Autotüren. Die Aussteigenden blinzelten in die warme Sonne. Glücklich lächelnd wartete Magnus Grünfeld auf die äußerst kurzfristig angemeldeten Gäste. Schweren Herzens hatte er sich früh am Morgen im Wiesenhaus von Pia getrennt. In seiner Hosentasche konnte er den Schlüssel fühlen, den er dem Pastor später zurückgeben musste.

Aus der ersten Limousine stiegen der Präsident des Hamburger Landesruderverbands Roger Repenbrook, der Sportamtsleiter Johannes Cornelsen und die Leiterin des Olympiastützpunktes Annegret Winkel. Am heutigen Feiertag hatten die Herren lockeren Freizeitdress gewählt. Beide trugen hellbraune Hosen zu weißen Polohemden. Frau Winkel gönnte ihren Kostümen eine Auszeit und erschien in Jeans und weißer Bluse. Der Fahrer der zweiten Limousine schritt um den Wagen herum und öffnete seinem obersten Dienstherrn die hintere Tür. Die langen Beine des Ersten Bürgermeisters Veit Relin steckten ebenfalls in gebügelten Jeans und endeten in braunen Segelschuhen - Größe neunundvierzig. Kaum stand der Bürgermeister auf dem staubigen Parkplatz, positionierten sich auch schon zwei muskulöse Männer in sicherem Abstand hinter ihrem Chef.

Bevor Nina van Haff aus ihrem schwarz glänzenden Audi Cabrio steigen konnte, wurde ihre Beifahrertür hastig aufgestoßen. Ein Mann mit schütterem Haar eilte mit seinen kurzen Beinen um den Wagen herum und öffnete ihre Tür mit einer galanten Bewegung.

„Gentleman alter Schule!“, freute sich Nina beim Aussteigen. Immer darauf bedacht, dass ihr flatteriges Sommerkleid keine ungewollten Einblicke erlaubte. „Vielen Dank, Herr Dr. Klein!“ Freundlich lächelte sie ihren Beifahrer an.

„Isch muss doch bitte, Frau van Haff, wann hab isch denn mal die Gelegenheit einer ebenso attraktiven wie erfolgreischen jungen Dame ausch dem Audo zu helfe!“

„Sie machen mich ganz verlegen.“

„Außerdem war esch sehr freundlisch von Ihne, dass Sie misch am Flughafen ei'g'sammelt habe.“

„Keine Ursache!“, wiegelte Nina ab. Der Bürgermeister hatte sie darum gebeten, den Präsidenten des Deutschen Olympischen Sportbundes während der Fahrt vom Flughafen mit ein paar Hintergrundinformationen zu versorgen.

Auf dem Weg zu den anderen hielt Herr Dr. Klein ihr galant den Arm hin. Als der Funktionär den informellen Charakter der Veranstaltung bemerkte, krempelte er sich die Hemdsärmel bis in die Armbeuge hoch.

„Isch grüße Sie, Herr Relin!“

„Herr Dr. Klein!“, entgegnete der Erste Bürgermeister. „Ich hoffe, Sie sind gut angekommen?“

„Ganz wunderbar!“ Während er den übrigen Herrschaften die Hand schüttelte, sah er sich interessiert um. „Oh, ei' Schießstand! In so eine Anlage hab isch auch damals ag'fange!“

Vor zwanzig Jahren hatte Rainer Klein zweimal hintereinander die Goldmedaille bei den Sportschützen gewonnen. Sein Auftritt nach dem entscheidenden Sieg im Skeetwettbewerb galt bis heute als legendär, weil er schon damals kein Blatt vor den Mund nahm und beim Olympischen Komitee umgehend eine Besserung sowohl des von ihm so betitelten „Sportlerfraßes“ als auch der kasernenmäßigen Unterbringung gefordert hatte. Neben seinem Jurastudium hatte er sich stets in verschiedenen sportlichen Gremien eingebracht. Nicht immer zur Freude einiger älterer Funktionäre. Erstaunlicherweise hatte man ihn vor einem Jahr zum obersten Chef des Nationalen Olympischen Sportbundes gewählt.

„Die Ochsenwerder Schützen lassen Sie bestimmt mal ran!“, sagte Magnus Grünfeld.

„Dasch klingt verlockend, aber isch glaube, wir habe heut Wischtigeres vor.“

*

Vor dem geschlossenen Alten Gasthof bauten Dörthe und Tobias einen altersschwachen Tapeziertisch zusammen. Anevke saß auf einem Regiestuhl und guckte skeptisch zu dem Grüppchen auf dem gegenüberliegenden Parkplatz hinüber. „Was’n da los?“, fragte sie die anderen.

„Ich weiß auch nicht. Wie ’ne Vatertagstour sieht das irgendwie nicht aus“, mutmaßte Dörthe, die mit dem Klappmechanismus haderte.

„Gibt auch noch intelligente Menschen, die bei so ’nem Scheiß nicht mitmachen!“, ereiferte sich Anevke noch im Nachhinein über den mit angeheiterten jungen Männern gefüllten Wagen, der kurz zuvor von einem Trecker an ihnen vorbei gezogen worden war. Ihr Mann hatte sich von den Feiernden zahlreiche Sprüche anhören müssen. „Na Alter, darfst nich los? ... steig auf, is genuch da ... so jung kommen wir nich mehr ...“

„Da steht Nina”, rief Anevke. „Guckt mal, unser Bürgermeister mit seinen Bodyguards - und die Leute, die mit ihm letztens auf der Bühne saßen!“

Tobias sah ebenfalls zur anderen Straßenseite und runzelte die Stirn: „Der kleinere Typ da kommt mir auch irgendwie bekannt vor.“

„Was wollen die denn hier? War das angemeldet? Haben wir was verpasst?“, überlegte Dörthe.

„Merkwürdig, dass die hier so einen Aufwand für eine italienische Rudermannschaft betreiben“, dachte Tobias laut.

Anevkes Schwangerschaftslethargie schien plötzlich wie weggeblasen. Voller Tatendrang erhob sie sich aus ihrem Stuhl. „Leute, das Plakat muss schnell her! Ich kümmer mich um den Tisch und die Flugblätter.“

*

Nachdem sie wiederholt einem Trecker mit einem Anhänger voll betrunkener Männer ausgewichen war, parkte Veruschka Bogomil ihren kleinen schwarzen Golf oberhalb eines großzügigen Parkplatzes. Gestern Abend hatte Thorsten ihr einen Hinweis gegeben, woraufhin sie kurz entschlossen ihre Kamera eingepackt hatte. Sie war immer froh, an diesen viel zu ruhigen Feiertagen arbeiten zu können. Auf gemeinsame Stunden mit ihrem Senator konnte sie nicht setzen. Der traf sich heute mal wieder mit seinen Kindern. Durch ihr Objektiv beobachtete die Journalistin, wie die Entourage des Hamburger Ersten Bürgermeisters die Auffahrt des großzügigen Parkplatzes hochspazierte. Als die Damen und Herren sich ein paar Meter entfernt hatten, stieg sie aus und folgte ihnen unauffällig. Zum Glück waren genug Menschen mit Fahrrädern, Treckern und Bollerwagen auf den Straßen unterwegs, da dürfte eine einzelne Spaziergängerin nicht weiter auffallen.

*

Als er die Phallussymbole vor Elkes Malschule erblickte, musste Herr Dr. Klein schmunzeln. „Wenn dasch die vor

Teschtoschteron strotzende Ruderer net zu Höchschtleischtunge animiert ...“

„Deshalb wohnt hier auch der Frauendoppelvierer!“, bemerkte Nina trocken.

„Die Damen haben sich bei uns sehr wohlgefühlt!“ Michael Meyer-Ölke hatte sich unbemerkt zu ihnen gesellt. Er trug ein Tablett mit kleinen Schnapsgläsern, die er auf dem langen Tisch neben den Buchsbäumen abstellte, wo schon kleine Käsewürfel, Gewürzgurken, Weißbrotscheiben, Frikadellen und drei volle Flaschen mit Hochprozentigem auf hungrige und durstige Gäste warteten.

Der Präsident des Olympischen Sportbundes griff beherzt zu einer Frikadelle. „Großartisch. Ganz großartisch! Wie bei unsch daheim. Isch kann diese ständige Sushihäppsche und Satéspießsche escht nimmer sehe.“ Auch die anderen Besucher bedienten sich am Buffet.

„Kleinen Schnaps dazu?“ Michael drehte bereits den Deckel einer grünen Flasche ab.

„Da sach isch net nein, Herr ...?“

„Meyer-Ölke. Michael Meyer-Ölke. Oberstudienrat.“ Bis auf Nina ließen sich alle Gäste aus der Stadt einen Kurzen einschenken. Der strahlende Sonnenschein trug zur positiven Grundstimmung bei. „Den Sportlerinnen bieten wir hier allerdings auch eine sehr ausgewogene Sportlernahrung“, setzte Michael an. „Wissen Sie, in meiner Funktion als Sportlehrer wurde bei uns an der Schule das sogenannte probiotische healthy ...“

„Sehr beeindruckend, Herr Meyer-Ölke, aber isch befürschte, wir dürfe ihre Gaschtfreundschaft net länger in Anspruch nehme. Ihre Kollegen wolle mer a noch kurz besuche. Weiter so!“

Beschwingt von einem weiteren Schnaps trotteten die sichtlich gelösten Funktionäre die Ochsenwerder Geschäftsstraße entlang.

Weder vor der Apotheke noch vor der Arztpraxis von Dr. Hanno von Ziesel fanden die Besucher einen Stand mit Häppchen oder Schnäpsen vor. Hildegard begegnete dem Treiben am Vatertag mit großer Skepsis. In ihren Augen wurde es von Jahr zu Jahr immer schlimmer. Als die Apothekerin auf Ninas Klingeln die seitliche Haustür öffnete und hinter ihr Magnus Grünfeld erspähte, zuckte sie zusammen. Erst vor wenigen Minuten hatte sie sich von dem Kommissar verabschiedet.

„Frau von Ziesel, wir würden den Herrschaften nur kurz die Unterkünfte der Sportler zeigen“, informierte sie Nina freundlich.

„Ach so, ja. Ich wollte sowieso gerade einmal durchgucken, weil die ja heute Nacht wieder kommen.“ Mit fahrigen Bewegungen fuhr sie sich über ihre Hochsteckfrisur. „Ich hol mal eben den Schlüssel. Einen Moment!“

Kaum befand sie wieder allein im Flur, drückte die Apothekerin die Wahlwiederholung auf ihrem Handy.

„Herr Kommissar?“, flüsterte sie. „Er ist hier bei mir!“

*

Umgehend machte sich Dirk Spannich auf den Weg zur Arztpraxis. Während er die Straße entlanglief, beschlich ihn das unbestimmte Gefühl, als würde ihm jemand folgen. Von Zeit zu Zeit sah er sich verstohlen um. Bis auf regelmäßig vorbeifahrende Radfahrer oder Trecker mit bunten Anhängern fiel ihm jedoch nichts Verdächtiges auf. Es wurde Zeit, dass er diesen ominösen Umschlag in seiner Manteltasche loswurde!

Im Vergleich zu den kleinen hübschen Nachbarhäusern befand sich die Arztpraxis in einem eher nüchternen weißen

Gebäude. Kurz bevor der Kommissar die Klingel betätigen konnte, öffnete sich die Haustür und mehrere Personen traten heraus.

„Guten Tag zusammen“, sagte der Polizeibeamte in bestimmendem Tonfall. „Wer von Ihnen ist Magnus Grünfeld?“

Magnus trat hervor und erkundigte sich erkennbar irritiert: „Was kann ich für Sie tun?“

*

Nachdem die Delegation bei den *Emmatanten* von der stets fröhlichen Kathrin und ihren drei Kindern fürstlich mit Bioschnäpsen und vegetarischer Quiche bewirtet worden war, wankten die Teilnehmer weiter zur Gaststätte *Zum Wolf*.

Hier herrschte reges Treiben. Der zeitgleiche Einzug des Junggesellenvereins *Gaudeamus* sorgte für ausgelassene Stimmung. Auf den beiden überdimensionierten Bänken, die Rücken an Rücken auf einen Anhänger montiert worden waren, lümmelten sich zwanzig lautstark singende Männer. Ihre weißen Mützen mit grüner Krempe ließen sie wie Mitglieder einer schlagenden Studentenverbindung oder wie Statisten aus der Feuerzangenbowle aussehen.

„Wir lieben das Leben, die Liebe und die Lust …“, grölten die vermeintlichen Väter. Nina erkannte Sven Töner, dessen T-Shirt an diesem Tag die Aufschrift zierte:

„Nicht heute Mädels – ich bin nur zum Saufen hier!“

Sie verdrehte die Augen und führte ihre belustigten Gäste an den jungen Männern vorbei, um Manfreds Unterkünfte zu besichtigen. Aber der oberste deutsche Olympionike ließ sich sofort nieder. Seine Mitstreiter taten es ihm gleich.

„Ssehr schön, Frau van Haff! Ssie machen desch ganz toll! Wenn die noch Fleischpflanzerl ham … desch wär ssupa ...“, lallte Herr Dr. Klein. Sein linkes Auge zuckte besorgniserregend.

Während Nina am vollen Tresen auf Schnäpse und Frikadellen für ihre Gäste wartete, hörte sie Sven Töner mit schwerer Stimme in die Runde fragen: „Sacht ma’, ihr kennt doch alle den Pastor von Curslack, oder?“

„Jo.“

„Ich sach euch, unser kleiner Moralapostel Florinchen hier is ja dagegen ’n echter Heiliger!“

Nina wurde hellhörig.

„Ihr werdet’s nich glauben, ey! Klei mi an Mors! Letztens treff’ ich ihn zufällig im Pegelposten.“

„Dascha gediegen!“

„Geschäftsessen!“, klärte er seine Runde weltmännisch auf. „Wat sehen meine entzündeten Augen? Sitzt der Dösbaddel da mit unser’n Nackedei. Mit der van Haff.“

Die Umstehenden lachten wissend. Nina hob entsetzt die Augenbrauen.

„Da will ich ihm dat gute Stück mal in natura zeigen ... wisst ihr ... wat dieser Schattenparker da macht?“

„Na?“

„Er wollt dat Heft gar nich haben! Nich mal reinluschern! Da geht er lecker essen und will sich noch nich mal auf’n Nachtisch vorbereiten ...“

Die Umstehenden lachten schallend.

„Sein Gesicht ey, als ich dat Teil in dem seine Tasche gesteckt hab! Voll die Härte!“ Sven wollte sich ausschütten vor Lachen, als ihn ein Kollege in die Seite stieß und hinter ihn deutete. Entgeistert sah er in Ninas wütendes Gesicht.

„Oh, tut mich echt sorry.“ Beschwichtigend hob der Alleinunterhalter die Hände.

Mit dem gefüllten Tablett drehte sie sich abrupt um und eilte zu ihrem Tisch, an dem Herr Dr. Klein vor Kurzem damit begonnen hatte, Sportlerwitze der letzten Jahrzehnte zum Besten zu geben. Hoffentlich war Benjamin gleich zu Hause, wenn sie mit ihrer Gruppe zur Begehung vorbeikam!

*

Nach mindestens drei Runden Bier, Schnaps, Frikadellen, Schmalzbroten und Gewürzgurken musste Nina all ihre Überredungskünste aufbieten, um ihre Gäste zum Verlassen der Gaststätte zu überreden. Aufgrund der letzten Enthüllungen Sven Töners hatte sie es plötzlich ziemlich eilig, das Pastorat samt Pastor zu besuchen. Außerdem mussten auch noch die Räumlichkeiten von Magnus Grünfeld begutachtet werden, der nach seinem Gespräch mit dem Kommissar endlich wieder zu ihnen gestoßen war. Der Jungbauer schien erleichtert, nachdem er Kommissar Spannich gestanden hatte, die Nacht mit Pia von Ziesel im Wiesenhaus und nicht mit dubiosen Umschlägen auf dem Friedhof verbracht zu haben.

Als alle gemeinsam auf der Deichstraße denselben Weg zurückwankten, prasselten Lobeshymnen auf Nina ein: „Ganz wunnerbar hier in Ossendorf!“, freute sich Herr Repenbrook.

„Ossenwerder, Roger!“, berichtigte ihn der schwankende Johannes Cornelsen.

„Richtich!“

„Desch Wichtigschte für an Sportler isch doch des Swischenmenschlische! Der muss sisch wohl fühle! Entspanne! Desch kann er hier allemal!“, pflichtete ihm Herr Dr. Klein augenzuckend bei.

Der Bürgermeister nickte Frau van Haff und Herrn Grünfeld anerkennend zu.

„Wie Coubertin esch imma g’wollt hätt!“, entgegnete der sichtlich gerührte Präsident des Deutschen Olympischen

Sportbundes, der als einer der ersten ein großes Plakat am alten Gasthof entdeckte. Aufgrund seines Augenzuckens fiel Herrn Dr. Klein das Lesen sichtlich schwer. „Kein Facking?“ Ungläubig deutete er hinter Dörthe, Tobias und Anevke. „Dasch isch aba falscheschrieb’n.“ Er wollte sich ausschütten vor Lachen.

Die drei Umweltaktivisten sahen sich stirnrunzelnd an. Dörthe atmete tief durch und ergriff als Erste das Wort: „Guten Tag, Herr Bürgermeister, wir wollen hier die Mitbürgerinnen über das wichtige Thema Fracking informieren. Lesen Sie sich gerne mal unser Flugblatt durch.“ Sie reichte ihm einen gefalteten Zettel mit einem durchgestrichenen Totenkopf, der über einer grünen Wiese schwebte.

Mit nicht mehr allzu koordinierten Bewegungen nahm Veit Relin das Flugblatt entgegen und reichte es einem seiner Bewacher hinter sich. „Danke, ich werde es mir ansehen.“

Herr Dr. Klein zog Veit Relin ein wenig beiseite: „Isch verschteh die Leut net! Soll desch hier an Puff werde oder was?“ Der Bürgermeister sah ihn verständnislos an. „Na, wegen diesem ‚No Facking’! Wisse Sie, der Schtar der italienische Ruderer, dieser Paradiso, hätte sisch über so an Plakat net sehr gfreut!“ Er senkte seine Stimme: „Eben in der Wirtschaft, da habe zwei Männer g’wusst, dasch der Italiener wohl zum Schuss ’komma isch, versteh’ns?“ Dr. Stein versuchte vergeblich, mit dem zuckenden Auge zu zwinkern. „Schön, dasch man sisch hier so um dasch persönlische Wohl der italienische’ Gäschte kümmert!“

Trotz der Flüsterversuche hatte Dörthe die pikanten Enthüllungen des obersten Sportfunktionärs deutlich vernommen. Ihre Gefühle schwankten zwischen Trauer und Empörung. Zum Schuss gekommen? Das persönliche Wohl ihrer italienischen Gäste? Sie diente doch nicht als Mittel zum Zweck! Wütend sah sie der Delegation hinterher, die zur weiteren Besichtigung zum Hof der Familie Grünfeld schlenderte.

Auf dem Weg machte sich der Bürgermeister die Mühe, Herrn Dr. Klein in drei Sätzen die umweltpolitische Brisanz des Themas Fracking zu erklären.

„Desch hört sisch net gud an! Wo desch so a schöne Landschaft isch hier! Verschpreschn's mir, das schie dagege'halte'!“, ereiferte sich der Sportfunktionär.

„Wir setzen ja jetzt auf Bio-Produktion“, schaltete sich Magnus in das Gespräch ein, als sie vor den fünf Linden auf seinen Hof einbogen. Weiter hinten fuhr ein großer Trecker einen langen Weg hinunter. An mehreren Gewächshäusern vorbei. Ansonsten herrschte Ruhe auf dem großzügigen Betriebsgelände. Zügig führte Magnus die Besucher durch das noch von seiner Mutter stilvoll mit antiken Möbeln eingerichtete Gästehaus mit vier Schlaf- und einem modernen Badezimmer, das sowohl Herr Repenbrook als auch sein Kollege Johannes Cornelsen umgehend aufsuchten.

Sichtlich ungeduldig drängte Nina kurz darauf zum letzten Besichtigungsort. „Gut, meine Herrschaften, dann fehlt hier im Dorf nur noch das Pastorat. Wenn Sie mir bitte folgen möchten.“

Flankiert von mehreren Radfahrern spazierte die Gruppe zwischen der oberhalb gelegenen Kirche und dem Alten Gasthof entlang. Herr Dr. Klein klatschte beglückt in die Hände, als er die prall gefüllten Tische vor dem alten Fachwerkgebäude erblickte. Kurz vor ihnen war eine gemischte Radgruppe eingetroffen, deren Mitglieder dankbar in die Schüsseln mit Salzgebäck und zu den vielen Blechen Butterkuchen griffen. Alle Besucher wurden von der Gemeindesekretärin Gisela Jürgens und drei weiteren Mitgliedern der Kirchengemeinde mit einem freundlichen Lächeln empfangen. Als der Pastor die Delegation erblickte, stellte er fest, dass ihr äußeres Erscheinungsbild beim letzten Zusammentreffen deutlich offizieller wirkte. Der Bürgermeister hatte rotfleckige Wangen und ein Zipfel seines Hemdes hing aus der Hose. Die beiden älteren Sportfunktionäre flirteten eingehakt mit zwei nicht mehr ganz taufrischen Radfahrerinnen. Albern kichernd inspizierte die drahtige Frau Winkel die beeindruckenden Armmuskeln der beiden ein wenig abseits stehenden Personenschützer. Am meisten erstaunte ihn jedoch, dass Nina van Haff sofort auf ihn zukam und ihm das erste Mal seit langem ein Lächeln schenkte.

„Ich hoffe, wir stören nicht. Die fröhlichen Menschen hier wollen sich ganz spontan mal die Unterkünfte für die Sportler ansehen."

Bevor er einwilligen konnte, erklangen die ersten Töne einer kleinen Musikgruppe. Auf dem Anhänger eines Fischhändlers saßen ein rotgesichtiger Schlagzeuger, ein langhaariger Gitarrist, eine hagere Frau am Keyboard und ein pickliger Teenager, der ein Saxophon in den schlaksigen Armen hielt. Auf ihren grünen T-Shirts stand:

Harrys Deichgranaten

„Ach, wie schön!" Herr Dr. Klein zeigte sich begeistert über die Band, die im Moment „*Griechischer Wein*" spielte. „Frau van Haff, darf isch bitte?"

„Sehr gerne!"

Kaum drehten die beiden auf dem sandigen Untergrund ihre Runden, ermunterte der oberste Sportfunktionär seine Mitstreiter, es ihm gleich zu tun. Nach einigem Zögern forderte der Sportamtsleiter Frau Winkel zum Tanz auf. Herr Repenbrook fühlte sich unter Zugzwang und bat die Gemeindesekretärin auf die improvisierte Tanzfläche. Als plötzlich Kathrin Sommer zusammen mit Pia von Ziesel herübergelaufen kam, wurde die attraktive *Emmatante* unter den wachsamen Blicken seiner Leibwächter vom Bürgermeister aufgefordert. Magnus zog Pia mit einem zärtlichen Kuss an seine karierte Brust und drehte sich mit ihr zu Udo Jürgens' Solidaritätsbekundungen für das einsame Schicksal griechischer Gastarbeiter.

Am Ende des Liedes nickte Herr Dr. Klein Benjamin Florin aufmunternd zu: „Junger Mann, isch muss misch ei'mal kurz stärke, darf isch Ihne' diese bezaubernde junge Dame übergebe?“

„Oh, aber ja, natürlich.“

Vollkommen überrumpelt standen sich Benjamin und Nina gegenüber. Zögerlich umfasste der Pastor Ninas schmale Taille und sie begannen, sich im Dreivierteltakt zu „*An der Nordseeküste*“ zu bewegen.

„Tanzkurs?“, fragte Nina nach einer Weile.

„Mit fünfzehn.“

„Geht immer noch ganz gut.“

Neben ihnen drehten der Bürgermeister und Kathrin weiterhin ihre gemeinsamen Runden. Die Bioladeninhaberin traute sich nicht, dem obersten Stadtherrn einen Tanz abzuschlagen und ihm schien es sichtlich Spaß zu machen.

Aus sicherer Entfernung wurde unbemerkt eine Kamera auf die ausgelassen tanzenden Paare gerichtet.

27

Am selben Abend

„Wenn die Bewerbung durchgehen sollte, dann baut meine Firma das olympische Dorf! Das haben Sie mir zugesagt, Herr Senator!“ Der kleine Mann mit dem grauen Haarkranz bewegte seinen massigen Oberkörper aus dem hohen Polstersessel und beugte sich über den breiten Schreibtisch. Dabei sah er seinem Gesprächspartner fest in die Augen. „Wer weiß denn schon, wie lange so eine Rathauskarriere geht? Danach wollen Sie ja bestimmt auch gut versorgt dastehen!“

„Machen Sie sich keine Sorgen, Herr Schreck. Alles im grünen Bereich.“

„Aus vertraulicher Quelle habe ich vernommen, dass sich die Italiener in diesem Dorf da draußen ganz wohl gefühlt haben sollen.“

„Das wird sich noch ändern, versprochen! Ich hab da meine Methoden. In ein paar Tagen kommen die wieder. Da werden die Herrschaften ihr blaues Wunder erleben.“ Thorsten Schmidt redete sich in Fahrt. „Schnapsidee: ‚Olympia zu den Menschen, Olympia in Ochsenwerder‘ - die haben den Schuss nicht gehört!“

*

Der schummrige Raum stank nach abgestandenem Rauch und schalem Bier. Zwei Cola mit Schuss und ein kleines Bier standen vor den drei Männern auf einem Tisch, der schon lange nicht mehr abgewischt worden war.

„Ihr wisst, was ihr zu tun habt?“

„Klar, Chef!"
„Kann schon ein bisschen heftiger sein als Strom und Wasser abstellen. Und der Sandhaufen war anscheinend auch kein größeres Problem für die Dorftrottel." Ungläubig schüttelte er den Kopf. „Dieser durchgeknallte Dorfdoc hat sogar ein Mittel gegen die Überdosis Abführmittel gefunden!"

Die beiden kahlköpfigen Männer Ceng und Kalle, die sich sonst um den Einlass von zwei derzeit angesagten Clubs auf dem Kiez kümmerten, hörten aufmerksam zu. Ihr Auftraggeber maß zwar einen Kopf kleiner und machte um Fitnessstudios eher einen großen Bogen, aber seine Entschlossenheit verlieh ihm den nötigen Respekt. Außerdem war er 'n hohes Tier in der Politik und der ehemalige Finanzberater vom Chef.

Ceng hatte seinen Bart zu vier feinen Strichen gestutzt, die zusammen ein Quadrat um das kantige Kinn bildeten. Mit der großflächig tätowierten Faust schlug er in seine flache Hand und grinste. „Keine Panik, Meister! Uns wird schon was einfallen!" Verschwörerisch nickte er dem von Kopf bis Fuß tätowierten Kalle zu, der mit verschränkten Armen und ausdrucksloser Miene neben ihm stand.

„Keine sinnlose Gewalt!", mahnte der Mann mit dem schütteren Haar. Seine beiden Gesprächspartner sahen nicht gerade kompromissbereit aus.

„Selbstredend!", versicherte ihm Kalle.

„Aber trotzdem muss eines klar sein: Die Schonfrist ist vorbei. Am Ende müssen allesamt sagen: Das ganze dämliche Projekt ist gescheitert!"

„Geht klar!"

„Dann mal los und 'n bisschen Landluft schnuppern! Wenn ihr vor Ort Hilfe braucht, könnt ihr diese Nummer anrufen. Die wissen Bescheid."

*

„Bogomil?“

„Dein Lieblingssenator am Apparat.“

„Na, mein kleines Schmidtchen? Wie stehen die Aktien?“

„Gut, gut. Wie sieht’s denn bei deinen Recherchen aus? Schon fündig geworden?“

„Schaun mer mal. Auf deinen Tipp hin war ich gestern auf Besuch in diesem Ochsenwerder.“

„Und?“

Sie schien nachzudenken. „Tja, der Knüller lässt noch ein wenig auf sich warten, befürchte ich. Die lieben Menschen dort machen irgendwie nur Ringelpiez mit Anfassen.“ Ein feines Lächeln umspielte ihre Lippen. „Warum guckt alle Welt noch ‚Bauer sucht Frau’, frag ich mich? Himmelfahrt in Ochsenwerder und die Hütte brennt!“

„Wenn ich es dir doch sage: vollkommen unprofessionell!“

„Das mein ich nicht. Da fliegen die Vibrations durch die Luft! Die gediegenen Herrschaften aus der Stadt amüsieren sich bestens mit den Dörflern. Ich hab sogar Fotos vom Relin beim Tanz!“

„Mit ’ner Frau?“

„Nach ’nem Ochsen sah seine Tanzpartnerin nicht aus. Außerdem wollen wir nicht schon wieder mit dieser unbefriedigenden Gerüchteküche anfangen. Das hatten wir bereits.“

„Und, machst du da ’ne Story draus?“

„Bisschen dünn, oder? War ja draußen und öffentlich - irgendwie süß.“ Ihr Lächeln wurde breiter.

„Jetzt werd mal nicht sentimental, Frau Skandalreporterin. So kenn ich dich ja gar nicht!“

Sie seufzte leise in sich hinein. Die Anteilnahme an der

Unbeschwertheit des gestrigen Nachmittags hatte lange verloren geglaubte Sehnsüchte in ihr ausgelöst. An diesem Abend wollte sie nicht schon wieder allein sein.

„Hast du heute schon was vor?“

„Nein.“

„Dann komm vorbei!“

28

Freitagvormittag

Auch wenn der bei Radfahrern beliebte Marschbahndamm gut ausgebaut war, kamen die beiden Männer nur langsam voran.

Karlo hatte sich gefreut, als Frau Ruppke an diesem Morgen bei ihm anrief. Jederzeit könne er ihren Mann abholen, um sich von ihm das Feld mit dem Flugzeug zeigen zu lassen. Innerhalb kürzester Zeit hatte er Herrn Ruppke in seinen weißen Lieferwagen verfrachtet. Zusammen waren sie zum Oortkatenweg gefahren, um von dort aus nach dem Fundort des im letzten Weltkrieg abgestürzten Flugzeugs zu suchen.

Das Aussteigen aus dem Wagen kostete den alten Mann ähnlich große Mühe wie das Laufen einer längeren Strecke. Wenigstens hatte er zur Unterstützung einen glänzenden Stock aus edlem Holz dabei. Schon nach wenigen Metern bildeten sich kleine Schweißperlen auf seiner hohen Stirn. Seit dem gestrigen Vatertag war das schöne Wetter in den Norden zurückgekehrt. Ohne den ernsten Anlass hätte Karlo diesen Spaziergang durch die Felder der Vier- und Marschlande entspannt genossen. Es roch nach spätem Frühling und beginnendem Sommer. Nachher wollte Gianna mit ihm noch eine Radtour nach Bergedorf machen und dort vielleicht ein Eis essen.

Als sie ungefähr zwanzig Minuten schweigend nebeneinander hergeschlichen waren – Karlo hatte längst aufgegeben, wortkarge Landbewohner wie ihn zum Smalltalk zu nötigen – beschleunigte Herr Ruppke seinen Schritt. Entschlossen fuchtelte er mit dem Stock.

„Komm ran hier! Da hinten! Da hat dat gelegen! So 'ne Metallstange hat do ümmer aus'm Acker gekiekt."

Karlos Augen folgten der angezeigten Richtung, in der dicht nebeneinander wachsende Pflanzen mit spitzen Blättchen kniehoch standen. Die lila Blüten erinnerten ihn an aufrechte Trauben.

Herr Ruppke schien nachzudenken. Nach einer Weile sagte er: „Dascha sünnerbar. Früher hab ich noch oft dran 'dacht. Den Piloten konnt keiner find'n."

Karlo erinnerte sich kurz an seinen Besuch bei der alten Frau Ehrmann. Dann schob er den Gedanken beiseite und sah sich ebenfalls suchend um. „Und wo ist die Stange jetzt?"

„Wohl afsackt." Er deutete mit seinem Stock in die Richtung des lila blühenden Feldes. „Ümmer gradezu. Ich schaff dat nich mehr."

Karlo zögerte kurz und fragte nach: „Mach ich da auch nicht die Ernte kaputt?"

Herr Ruppke schüttelte entschieden den Kopf. „Nee nee, dat liecht brach. Dafür gift dat Taler vonne EU."

„Aber da wächst doch was."

„Gründünger. Lupinen. Dat is nur für'n Boden."

Nach kurzen unsicheren Blicken in alle Richtungen stakste der Hobbyermittler geradewegs ins Feld hinein. Als er sich nach ungefähr hundert Metern noch einmal nach dem alten Mann umsah, schickte der ihn mit einer aufmunternden Geste immer weiter geradeaus. Trotz der zwei Regentage am Anfang der Woche war der Boden hart und Karlo kam gut voran. Zum Glück hatte er auf Anraten von Gianna seine festen Wanderstiefel und nicht wie sonst Segelschuhe angezogen.

Als er sich vorhin von ihr verabschiedet hatte, zeigten sich ein paar Sorgen in ihrem Gesicht. Vollkommen unberechtigt - schließlich ging es hier nur um ein altes Flugzeug, das da schon ewig lag!

Nach wenigen weiteren Schritten stellte Karlo fest, dass sich der Untergrund veränderte. In unregelmäßigen Abständen lagen aufgeworfene Erdhaufen zwischen den Pflanzen. An manchen Stellen waren die grünen Stängel oder auch die Blüten umgeknickt. Plötzlich machte er eine erstaunliche Entdeckung: Wie aus dem Nichts tauchte eine Schneise im Feld auf. Verblüfft blieb er stehen. Auf einer Fläche, die nach seinem Empfinden so groß schien wie ein halbes Fußballfeld, musste der Boden relativ frisch umgepflügt worden sein. Beim Näherkommen bemerkte er Reifenspuren von schweren Fahrzeugen und auch Fußabdrücke. Auf der linken Seite schienen landwirtschaftliche Maschinen in Richtung des Ortskerns gefahren zu sein. Karlo blinzelte. Der auf einer Anhöhe gelegene Kirchturm von Ochsenwerder war auf die Entfernung gut zu erkennen. Unschlüssig stemmte er die Hände in die Hüften und sah sich um. Eine Metallstange oder etwas, das nur ansatzweise an ein Flugzeug erinnerte, konnte er hier weit und breit nicht entdecken. Behutsam setzte er nun einen Fuß vor den anderen, um die gepflügte Stelle zu untersuchen. Dabei sah er sich regelmäßig um. Auf der gegenüberliegenden Seite der Schneise angekommen, wartete eine weitere Überraschung auf ihn: In regelmäßigen Abständen waren hier mehrere Löcher in den Boden gebohrt worden. Neugierig trat er an die armdicken Öffnungen heran, bückte sich und schaute hinein. An manchen Bohrungen schimmerte die Erde rötlich, an anderen eher weiß-grünlich. Am meisten erstaunten Karlo die an einem Metallstab befestigten Schilder, die vor jedem Erdloch steckten. Die Symbole darauf sahen aus wie chinesische Schriftzeichen. Ein wachsendes Unbehagen kroch seinen Nacken hoch. Mit diesem Fund steigerte sich das Gefühl, beobachtet zu werden, ins Unerträgliche. Eilig richtete er sich wieder auf und blickte sich hektisch um. Weit und breit niemand zu entdecken. Auf der entfernt verlaufenden Straße bemerkte er nur zwei fahrende Autos. Flugs drehte er sich um und lief mit schnellen Schritten in Richtung Marschbahndamm, wo Herr Ruppke auf ihn wartete.

Ein wenig außer Atem stellte er ihm noch eine letzte Frage: „Wem gehört das Feld?"

„Dat hat oft mal gewechselt." Der alte Mann kratzte sich am Kopf. „Mutt nu zur Pacht der Grünfeld gehör'n."

*

„Wo is Irek?"

„Das wissen wir nicht, Herr Olczyk." Dirk Spannich rückte sich die Brille zurecht. „Können Sie sich nicht an irgendetwas erinnern? Wann haben Sie das letzte Mal Ihren Kollegen Irek gesehen? Was haben Sie da gemacht?"

Erst seit wenigen Stunden war Pawel aus dem Koma erwacht. Nach wie vor umgab ihn ein leichter Nebel. Er blinzelte in das grelle Licht seines Krankenzimmers. „Wir waren auf Feld. Haben gegraben. Dann schnell weglaufen und Explosion."

„Wo haben Sie gegraben?"

„Weiß nich genau. Auf Feld in die Nähe von Kirche. Ich höre Glocke. War dunkel."

„Warum haben Sie im Dunkeln gearbeitet?"

Pawel versuchte angestrengt, sich an die unheilvolle Nacht zu erinnern. Da war noch etwas zwischen Graben und dem Knall - etwas Wichtiges!

Von draußen drang unvermittelt ohrenbetäubender Lärm durch das geöffnete Fenster. Spannich machte Anstalten, es zu schließen. „Da landet wohl mal wieder der Rettungshubschrauber.“

„Samolot!“ Pawel war ganz aufgeregt. „Flugzeug! Da war ein Flugzeug. Ganz alt und kaputt!“

Ungläubig kniff der Kommissar die kleinen Augen zusammen. „Sie haben an dem Abend ein Flugzeug ausgegraben? Und wo ist das jetzt?“

„Explodiert. Chef schreien: Bombe! Wir ganz schnell auf Trecker und weg.“

„Wo waren Sie nach der Explosion?“

„In mein Zimmer. Aber nich lange. In die Nacht Chef mich holen.“

„Wo hat er Sie hingebracht?“

„In Zimmer auf Hof. Kommt Doktor. Chef hat Essen und Trinken gegeben. Ich Angst.“

„Sind Sie weggelaufen?“

Er nickte und verzog sofort schmerzhaft das Gesicht. Der Kommissar schwieg einen Moment und dachte nach. „Wissen Sie, warum Sie das Flugzeug ausgraben sollten?“

„Chef sagt, sein Chef will Feld schier.“ Verständnislos sah er den Kommissar an.

Spannich zückte seinen Stift. „Können Sie mir den Namen und die Adresse des Chefs nennen?“

„Nein. An See nur fragen: Arbeit? Kein Name sagen.“ Pawel dachte weiter angestrengt nach. Die bleierne Müdigkeit kehrte zurück. „Da waren auch Knochen … und Uniform!“

„Was haben Sie damit gemacht?“

„Auf Hänger laden … da waren auch Papiere … alte Papiere von deutsche Soldat. In mein Zimmer.“

„Wir haben dort keine Papiere entdeckt. Nur Ihre eigenen.“

29

Freitagnachmittag

Eine ohnmächtige Wut breitete sich in Magnus aus. Wer hatte das Gründüngerfeld umgepflügt? Was sollen das für Löcher im Boden sein, von denen Karlo bei seinem kurzen Besuch erzählt hatte. Und was hatte es mit diesen angeblich chinesischen Schildern auf sich? Seinen Vater konnte er nicht fragen – der war mal wieder nicht da. Ihm blieb nur eine Möglichkeit: Sein Arbeitszimmer!

Das Büro des Seniorchefs lag am Ende des langen mit breiten Holzdielen verlegten Flurs, der links vom Eingangsflur abging. Als auf dem Hof noch Viehzucht betrieben wurde, waren in diesem Bereich die Tiere untergebracht gewesen. Vor über zwanzig Jahren hatte Horst Grünfeld die ehemaligen Ställe auf der linken Seite des Hauses zu einem großzügigen Wohnzimmer mit Blick auf die Felder umbauen lassen. Außerdem waren hier noch zwei weitere Zimmer und ein modernes Bad entstanden. Den größeren Raum, in dem ein alter schwerer Eichenschreibtisch stand, beanspruchte der Seniorchef für sich. Nach seiner Rückkehr aus Kanada hatte sich Magnus im ehemaligen Gästezimmer nebenan einen deutlich bescheideneren Arbeitsplatz eingerichtet. Ohne ausdrückliche Erlaubnis durfte das heilige Büro des Vaters zu keiner Zeit betreten werden. Auf dieses ungeschriebene Familiengesetz konnte der Sohn am heutigen Tag keine Rücksicht nehmen. Da die beiden Männer im Moment nur das Nötigste miteinander besprachen, wunderte Magnus die wiederholt unangekündigte Abwesenheit seines Vaters nicht sonderlich. Dieser Umstand gab ihm die Möglichkeit, sich einmal in Ruhe umzusehen.

Zunächst etwas zögerlich trat er an den aufgeräumten Tisch und setzte sich auf den schweren schwarzen Bürosessel. Auch wenn sein Vater auf ärztlichen Rat hin vor drei Jahren das Rauchen aufgegeben hatte, dünsteten die alten Möbel nach wie vor abgestandenes Nikotin aus, das ihm in der empfindlichen Nase kitzelte. Er drehte den Stuhl um hundertachtzig Grad und begann, die Ordner im Wandregal systematisch durchzugehen. Bilanzen, Rechnungen, Bestellungen und dergleichen. Kurz darauf wandte er sich wieder dem Tisch zu. Unterhalb der Schreibtischplatte befanden sich beiderseits abschließbare Schränke, deren Schlüssel dankenswerterweise in einer Messingschale im Regal lagen. Vater schien fest an seinen unantastbaren Status als Seniorchef zu glauben und hielt es offenbar nicht für notwendig, sie zu verstecken. Der rechte Schrank enthielt eine Bargeldkasse für den Großmarkt und mehrere Kassenbücher. Außerdem fand Magnus ein Fotoalbum aus den Zeiten, als seine Mutter noch lebte. Während er mit einem deutlichen Kloß im Hals durch das Album blätterte, musste er an seinen stets beherrschten Vater denken. Derartig nostalgische Gefühle hätte er ihm, der fast nie über den plötzlichen Tod seiner Frau sprach, gar nicht zugetraut. Auch nach Magnus‘ Rückkehr aus Kanada hatte sich an dem gefühlsarmen Verhältnis zwischen ihnen beiden nicht viel geändert. Vielmehr hatte Magnus' Vorhaben, den Familienbetrieb auf Bio umzustellen, zu einer deutlichen Abkühlung der Vater-Sohn-Beziehung geführt. Horst Grünfeld wollte sich weiterhin dem konventionellen Anbau von Tomaten und Blumen widmen. Magnus erinnerte sich an ihr letztes Streitgespräch vor der großen Gemeindesitzung, als er seinem Vater einen fertigen Businessplan präsentiert hatte.

„Bio ist die Zukunft! Wir produzieren in Deutschland viel zu teuer. Da muss man sich spezialisieren, um auf dem

Weltmarkt mithalten zu können. Du weißt doch selber, dass die Blumen in Fliegern aus Afrika oder Südamerika hergeschafft werden. In den Gewächshäusern will ich Kräuter anbauen - Biokräuter. Im Feld sollten wir auf Dinkel setzen. Bei den vielen Weizenallergikern heutzutage kann man da gar nichts falsch machen! Außerdem ist das eine sehr robuste Getreidesorte und man braucht so gut wie keinen Dünger. Während meines Studiums in Kanada ..."

„Du mit deinem Bio-Tüdelkram!", lautete die vernichtende Reaktion des Seniorchefs.

Immerhin hatten sie sich bei der Gelegenheit auf die Hälfte der Gewächshäuser als Startfläche für die Biokräuterproduktion geeinigt. Über die nachhaltige Bewirtschaftung der Felder wollte sein Vater zu dem Zeitpunkt auf gar keinen Fall verhandeln. „De lieg'n ersma brach."

Magnus seufzte, schloss das Album und legte es zurück. Dann öffnete er die linke Seite des Schreibtisches. Im oberen Fach lagen mehrere verschieden farbige Dokumentenmappen. Neben Pachtverträgen, Sonderabkommen mit Saatgut- und Düngerlieferanten, Leasingvereinbarungen für landwirtschaftliche Maschinen erregte ein weiter hinten liegender grauer Hefter seine Aufmerksamkeit. Die ersten Seiten waren auf Englisch verfasst. Über mehrere Paragraphen hinweg wurden hier zahlreiche Haftungsausschlüsse aufgelistet. Auf der letzten Seite befanden sich die Unterschriften von Horst Grünfeld und zwei Repräsentanten der Firma Dengchong Chemistry International. Magnus atmete laut aus, als er den unglaublichen Betrag las, den die Firma Dengchong seinem Vater über eine Laufzeit von drei Jahren zur Verfügung stellte. Siebenhundertfünfzigtausend Euro sollte der Hof allein für die Nutzung eines nicht einmal besonders großen Feldes erhalten! In dem Zeitraum durfte die Firma beliebig viele Testreihen mit Chemikalien durchführen, von denen Karlo noch nie gehört hatte. Drei Bezeichnungen erregten sein Interesse: Frack 21, Frack 23, Frack 333. Was konnte das sein? Er wusste aus der Presse, dass ein Energiekonzern in den letzten Wochen eine Aufsuchungserlaubnis für Fracking erhalten hatte. Aber von Ochsenwerder war dabei nie die Rede gewesen! Er wollte auf Bio umstellen und sein Alter verscherbelte einen Acker an einen Chemiekonzern, der darauf frackte? Kompletter Wahnsinn! Magnus reckte die Arme in die Höhe und verschränkte sie hinter dem Kopf. Er holte mehrfach tief Luft und starrte ungläubig an die Decke. Als er seinen Oberkörper kurze Zeit später wieder in Richtung Schreibtischplatte bewegte, um seine Ellenbogen auf dem Tisch abzulegen, verrutschte die grüne Unterlage. Am unteren Rand lugte die Ecke eines weißen Zettels hervor. Neugierig zog Magnus daran und hielt plötzlich zwei zerknitterte Blätter in den Händen, die er ungläubig las:

WIR WISSEN WAS DU VORHAST
ZAHLE 150.000 €
KEINER WIRD WAS ERFAHREN!
WARTE AUF WEITERE INSTRUKTIONEN!

LEG DAS GELD IN EINEN BRIEFUMSCHLAG
HEUTE NACHT
GEH AUF DEN FRIEDHOF
NIMM DEIN HANDY MIT
KOMM ALLEIN!!!

Ihm stockte der Atem. Noch nie hatte er sich dermaßen in seiner Existenz bedroht gefühlt. Wo war Vater da hineingeraten? Wer wollte ihn erpressen? Stand er womöglich als Mitinhaber des Hofes selbst mit einem Bein im Gefängnis? Musste er Angst vor einem Angriff des organisierten Verbrechens haben? Wozu konnte ein unzufriedener Chemiekonzern in der Lage sein? Gab es da nicht diese roten Brigaden? Die chinesische Mafia! Was wurde nun aus seinen Plänen? Entschlossen ballte Magnus die Fäuste. Von irgendwelchen dubiosen Machenschaften seines Vaters wollte er sich sein Vorhaben nicht kaputtmachen lassen!

Er musste ihn unbedingt finden! Wo konnte sein Senior jetzt sein? Magnus überlegte angestrengt, wann er ihn das letzte Mal gesehen hatte. Ohne diese Entdeckung hätte er sich das nie gefragt. Zu häufig kamen Vaters unangekündigten Abwesenheiten vor. Die Geschicke des Hofes übertrug er dann stets Peter. Peter! Ob der Hofarbeiter von den Machenschaften wusste? Magnus hat den grobschlächtigen Mann, der seit über fünf Jahren bei ihnen arbeitete, noch nie gemocht. Der tätowierte Kahlkopf war ihm immer unheimlich. Als er nach dem plötzlichen Herztod seiner Mutter nach Kanada zog, war Magnus trotzdem froh, dass sein Vater den Betrieb nicht allein aufrechterhalten musste. Peter agierte als dessen rechte Hand. Sein Wort hatte bei den Arbeitern auf dem Hof Gewicht. Trotzdem traute Magnus ihm nicht. Im Gegensatz zu seinem Vater. Beide Männer glaubten an starke Hierarchien. Horst befahl. Peter gehorchte. Wie in der Ehe seiner Eltern. Vater war der uneingeschränkte Chef im Haus, während Mutter nie viel zu melden hatte. Magnus hingegen bevorzugte Teamwork. Beruflich wie privat.

Auf dem Weg zu den Gewächshäusern wählte Magnus die Handynummer seines Vaters. Wie immer meldete sich nur die Mailbox. Der alte Herr nutzte die neue Technik äußerst ungern. In den ersten beiden Glashäusern, wo dank der vielen warmen Tage bereits die Tomatenpflanzen blühten, gab es von Peter keine Spur. Auch bei den Rosen daneben konnte er ihn nicht entdecken. Magnus beschloss, in der Nähe der hinteren Schuppen nachzusehen. Als Kind hatte er dort oft mit seinen Freunden gespielt. Räuber und Gendarm. Oder Verstecken. Er hatte dabei immer das beste Versteck gehabt. Seit seine Mutter vor sechs Jahren ganz in der Nähe der alten Bretterbuden mit einem Herzanfall zusammengebrochen war, hatte er diesen Bereich gemieden. Das verwilderte Gelände hinter dem akkurat gepflegten Hof war immer ihr Zufluchtsort gewesen. Hier war sie mit dem Hund Felix spazieren gegangen, wenn sie Abstand zum Alltag finden musste. Manchmal hatte er sie dabei begleitet. Kurz nach ihr war auch Felix gestorben.

Vor dem ersten Schuppen parkte Peters Traktor. Also konnte Vaters rechte Hand nicht weit sein. Magnus stellte fest, dass die Schuppen allesamt ziemlich baufällig aussahen. Ihnen fehlte ein neuer Anstrich und ein paar Latten gehörten ausgebessert. Als auf dem Hof früher noch Vieh gehalten wurde, befanden sich hier vor allem die Strohlager. Nach dem Verkauf der letzten Rinder hatte man die Verschläge sich selbst überlassen. Spätestens seit Mutters Tod führte dieser Teil des Hofs ein Schattendasein.

Magnus ging langsam um die drei Schuppen herum. Von der Hinterseite des letzten Gebäudes guckte er zum gegenüberliegenden Wäldchen hinüber. Sein früherer Lieblingsspielplatz. Verschiedene ausrangierte Gerätschaften lagen hinter den Schuppen. Stark verrostete Kanister und weitere ebenso rostige Blechteile erregten seine Aufmerksamkeit. Das musste doch alles mal entsorgt werden! Sobald er Peter gefunden hatte, würde er ihn darauf ansprechen.

Am Ende seines Rundgangs stand er wieder vor dem ersten Holzverschlag. Von Peter fehlte nach wie vor jede Spur. Als er die Tür aufzog, ertönte ein unangenehmes Quietschen. Vorsichtig trat Magnus ein und rief: „Peter?“ Durch die offene Tür fiel Licht in den fensterlosen Raum. Er machte zwei Schritte und sah sich erstaunt um. In der hinteren Ecke stand ein Bett. Das Kopfkissen hatte Flecken. Rote Flecken. Neben dem Bett stand ein klappriger Nachttisch mit zwei Schüsseln darauf.

„Magnus? Wat machst du …?“ Peter war unbemerkt im Schuppen aufgetaucht und sah den Juniorchef feindselig an.

„Kannst du mir sagen, was das hier soll?“ Magnus verlangte für seine Entdeckung eine Erklärung. „Wem gehört das Bett?“

Peter verzog keine Miene. „Da hat wohl mal einer der Polskis gepennt.“

„Und woher kommen diese roten Flecken? Ich nehm mal an, das ist Blut?“ Magnus deutete auf das Kopfkissen.

Peter reckte den kurzen Hals. „Flecken? Keine Ahnung. Da hat er sich wohl verletzt. Dat geiht bannig schnell auf’m Hof!“

„Schlafen hier öfters Arbeiter?“

„Nee. War ’ne Ausnahme.“

Schweigend starrten die Männer auf das Bett.

Magnus sprach als Erster: „Was machst du eigentlich hier hinten?“

„Spaziergang.“ Peter verschränkte die kräftigen Arme vor der Brust.

„Spaziergang? Hier?“ Magnus wollte nicht glauben, dass Peter extra mit seinem Trecker zu den alten Schuppen fuhr, um sich die stämmigen Beine zu vertreten.

„Jo.“

„Nun gut. Andere Frage: Weißt du zufällig, wo mein

Vater ist?"

„Nee."

„Was waren denn seine letzten Anweisungen?"

„Dat Übliche. Blumen schneiden. Nachts zum Großmarkt. Düngen. Unkraut."

„Mehr nicht?"

„Nee."

Magnus überlegte fieberhaft, ob er den langjährigen Vorarbeiter nach den geheimen Verträgen fragen sollte. Nach dem Feld. Oder nach den Erpresserbriefen. Schweigend sahen sie sich an. Peter machte keinen besonders auskunftsfreudigen Eindruck. Magnus verwarf den Gedanken. Er beschloss stattdessen, die rechte Hand seines Vaters in den nächsten Tagen genau zu beobachten. Später musste er sich auf jeden Fall einmal das Feld ansehen. Was passierte da auf seinem Grund und Boden?

30

Freitagabend

„*No! No!*“

Sie wehrte sich mit all ihrer Kraft. Sie zappelte. Sie stöhnte durch den gewaltsam zugehaltenen Mund. Ein Stück Stoff wurde ihr auf Mund und Nase gepresst. Es roch widerlich süß! Warum bloß konnte sie ihre durchtrainierten Arme nicht aus dem harten Griff des Mannes befreien? Warum half ihr das regelmäßige Krafttraining in diesem Moment nicht? Trotz aller Anstrengungen war es ihr unmöglich, sich von dem Angreifer zu lösen. Innerhalb kürzester Zeit breitete sich ein stechendes und gleichzeitig lähmendes Gefühl in ihren Atemwegen aus. Wie ein Motor, dessen Drehzahl allmählich nachließ, verlangsamten sich ihre Bewegungen. Durch einen inneren Nebelschleier vernahm sie entfernt ein leises Stöhnen und Wimmern. Kam das etwa von Anna? Was hatten sie mit ihr gemacht? Sie wollten doch nur kurz spazieren gehen und dabei Manfredos leckeres Eis essen - am zweiten Abend ihrer Rückkehr in das schöne Hamburger Dorf. Mit Roberto und Luca hatten sie sich verabredet. Nach dem Abendessen wollten ihre Mannschaftskollegen aus dem Männer-Vierer auch zum großen Feld hinter dem Friedhof kommen. Nur kurz. Morgen mussten die Jungs in den Vorlauf. Das Achter-Rennen fand erst am Sonntag statt. Wo blieben die beiden nur? Dann wurde ihr schwarz vor Augen.

*

Zwei Eistüten lagen zerbrochen vor dem Gatter zum Feld

und hinterließen braune und rosa Flecken auf dem Rasen. Kommissar Spannich bückte sich, um die Lebensmittelreste genauer zu untersuchen. Hinter ihm schlug die Kirchturmuhr zehn mal. Er seufzte. Innerhalb kürzester Zeit war an diesem späten Abend eine kleine behördeninterne Lawine losgerollt. Ihm war die ehrenvolle Aufgabe übertragen worden, fast mitten in der Nacht auf einem Acker in Ochsenwerder nach zwei verschwundenen italienischen Ruderinnen zu suchen.

„Mit höchster Diskretion!“, hatte ihn sein Chef durchs Handy ermahnt. „Das Verschwinden der beiden Italienerinnen darf auf keinen Fall in der Presse auftauchen!“

„So.“ Mühsam richtete sich Spannich wieder auf und drehte sich zu Magnus Grünfeld um, der gedankenverloren hinter ihm stand. „Wie war das jetzt genau?“

Abwesend starrte der Jungbauer zu Boden. Vor wenigen Stunden hatte er sich jenseits der Häuserzeile „Beim Avenberg“ auf seinem Feld umgesehen und dort, wie von Karlo geschildert, einen frisch umgepflügten Bereich vorgefunden. Als er die Erdlöcher mit den chinesischen Schildern entdeckt hatte, hätte er am liebsten alles herausgerissen, untergebuddelt und nie wieder etwas von der Geschichte gehört. Aber eine wachsame innere Stimme hatte ihm geraten, besser abzuwarten. Zuerst wollte er mit seinem Vater darüber reden.

„Herr Grünfeld?“

„Ja, entschuldigen Sie.“ Er verdrängte die düsteren Gedanken, um neuen Platz zu machen. „Ich kann Ihnen nur so viel sagen, dass meine Gäste Roberto Gallo und Luca Cresta ...“ Die beiden Italiener standen neben ihm und nickten dem streng blickenden Kommissar unsicher zu. „„… vor ungefähr einer Stunde aufgeregt bei mir geklingelt haben, weil ihre beiden Mannschaftskolleginnen Anna und Carla nicht zu ihrer Verabredung erschienen sind.“

Der Kommissar griff zu seiner Brille. „Und weiter?“

„Als sie beim vereinbarten Treffpunkt eintrafen, wunderte sich Roberto sofort über diese beiden Eistüten auf dem Boden.“

„And the car?“ Einer der Italiener, etwas kleiner aber genauso breitschultrig wie sein Kollege, deutete nach links unten. Obwohl es noch einigermaßen hell war, schaltete er die Taschenlampe seines überdimensionalen Mobiltelefons an.

Spannich und Magnus folgten dem Lichtstrahl und bemerkten frische Reifenspuren, die auf dem schmalen Streifen zwischen Feld und Friedhof verliefen. Dabei fielen dem Kommissar zwei Stofffetzen ins Auge, die einige Meter entfernt auf dem Boden lagen. Er setzte sich sofort in Bewegung und zog sich beim Laufen routinemäßig Einweghandschuhe über. Er bückte sich, hob den ersten Fetzen auf und hielt ihn hoch. Aus sicherer Entfernung fächelte er sich die Ausdünstungen des Stoffes zu. Der süßlich stechende Geruch war ihm noch von der Ausbildung vertraut.

„Was ist los, Herr Spannich?“, erkundigte sich Magnus alarmiert.

„Chloroform.“

„Chloroform?“, wiederholte er ungläubig. Verdammt! Magnus schüttelte den Kopf. Bis eben hatte er noch auf eine einfache Erklärung gehofft. Vor allem für Nina, die am Telefon aus allen Wolken gefallen war. Eine entführte Sportlerin wäre ein herber Rückschlag für ihr Projekt. Für die Reformen des IOC. Für die Chancen auf eine erfolgreiche Bewerbung Hamburgs! Sie hatten viel Arbeit in die bestmögliche Betreuung ihrer italienischen Gäste gesteckt, hatten sich angefreundet - teilweise verliebt - und jetzt sollte alles umsonst gewesen sein? Entschlossen ballte Magnus die Fäuste. In ihm stieg schon wieder die Wut hoch. Was war hier passiert? Wollte ein Unbekannter Hamburgs Chancen zunichtemachen? Während er noch überlegte, holte der Kommissar sein Handy hervor und erteilte Anweisungen: Alle näheren Straßen sollten abgesperrt werden. Jeder in der Umgebung verfügbare Streifenwagen wurde dazu aufgefordert, nach einem Auto zu suchen, in dem sich zwei offenbar narkotisierte junge Frauen befanden.

„Haben Sie ein Foto der Vermissten?", fragte Spannich die Italiener.

*

Veruschka Bogomil parkte ihren kleinen BMW auf dem großzügigen Parkplatz gegenüber des Alten Gasthofs. Thorsten hatte sie erneut angerufen. „Von mir hast du den Tipp aber nicht!"

Auch wenn dies erst ihr zweiter Besuch in Ochsenwerder war, hatte sie das idyllische Dorf mit dem still daliegenden kleinen Ententeich zwischen Geschäftsstraße, Pastorat und Gasthof bereits in ihr Herz geschlossen. Vor allem das fröhliche gemeinsame Tanzen vor dem heimeligen Fachwerkgebäude des Pastorats hatte eine vergessen geglaubte Sehnsucht nach unbeschwertem „Bullerbü" in der Hamburger Skandalreporterin geweckt.

Auf der schmalen Straße kamen ihr vereinzelt Menschen entgegen, die in den noch relativ warmen Abendstunden unbeschwert ein Eis aßen. In der Nähe des Bioladens fiel Veruschka ein ungewöhnlich gutaussehender Mann auf, der nervös umherschlich. Er hielt einen Blumenstrauß in den Händen. Die Reporterin versteckte sich instinktiv hinter einem geparkten Lieferwagen und beobachtete ihn. Im Moment schienen keine weiteren Spaziergänger unterwegs zu sein. Der Rosenkavalier atmete einige Male tief durch und lief auf den Nebeneingang der *Emmatanten* zu. Als er für einen Moment den Kopf in die Richtung des Lieferwagens drehte, klickte der Auslöser ihrer Kamera und hielt ein sehnsuchtsvolles dunkles Augenpaar auf der Speicherkarte fest. Die anschließende Blumenübergabe blieb undokumentiert, da sich die Tür blitzschnell wieder hinter ihm schloss.

Um ein echtes Happy End betrogen gab Veruschka ihren Beobachtungsposten auf und schlenderte die gegenüberliegende Auffahrt zur Gaststätte *Zum Wolf* hinunter. Ein kurzer Blick durchs Fenster ergab, dass zwei ältere Männer am Tresen saßen und der wohlbeleibte Gastwirt dahinter. Ihre langjährig geschulte Intuition sagte ihr, dass sie hier nur wenig von den Dingen erfahren würde, auf die Thorsten vorhin am Telefon angespielt hatte. Auf dem Rückweg zur Straße kam ihr ein hochgewachsener junger Mann entgegen, der zielstrebig die Gaststätte ansteuerte. Plötzlich öffnete sich die Eingangstür zum Gastraum und ein blondgelocktes Mädchen trat auf die Schwelle. „Giacomo!“, rief sie fröhlich und drückte sich an seine breiten Schultern.

„Ciao bella!“, konnte er gerade noch hervorbringen, bevor sie sich innig küssten.

Ein warmes Gefühl breitete sich in Veruschkas Magengegend aus, als sie auf den Auslöser drückte.

*

„Gianna!“ Erleichtert begrüßte Magnus seine Lehrerin, die den weißen Lieferwagen des Vierländer Hofs in der Nähe geparkt hatte und zu ihnen herübergelaufen kam.

„Gut, dass du so schnell kommen konntest! Für eine Vermisstenmeldung reicht mein Italienisch noch nicht aus!“

Gianna übersetzte, dass Roberto und Luca nach dem

Fund der Eistüten umgehend zum Haus von Sven Töner gerannt sind, dem Gastgeber des Frauen-Achters. „Die Trainerin hat dann überall nach den beiden gesucht, sie aber nicht gefunden.“

„Und dann?“, hakte der Kommissar bei Gianna nach.

„Dann sind sie zu Magnus Grünfeld gelaufen, der mich sofort angerufen und gebeten hat zu kommen.“

„Von dem Verschwinden der Frauen und den näheren Umständen darf auf keinen Fall etwas an die Öffentlichkeit gelangen!“, sagte Magnus eindringlich an den Kommissar gerichtet. „Der Hamburger Senat begleitet dieses einmalige Projekt von oberster Stelle. Sollte auch nur irgendwie durchsickern, dass ausländische Sportler auf Hamburger Stadtgebiet nicht sicher sind, hätte das verheerende Auswirkungen!“

„Davon wurde ich bereits in Kenntnis gesetzt. Ebenfalls von oberster Stelle.“ Der Kommissar setzte eine bedeutsame Miene auf und räusperte sich kurz. „Ich für meinen Teil werde sehen, was ich machen kann. Viel wichtiger erscheint mir aber, dass Sie erst einmal Ihre italienischen Gäste beruhigen. Nicht, dass da einer aus Panik und Verzweiflung die örtliche Presse informiert!“

*

Nachdem das deutsch-italienische Liebespaar eng umschlungen in Richtung des Dorfteichs verschwunden war, trat Veruschka den Rückweg an. An diesem sternenklaren Abend konnte sie im idyllischen Ochsenwerder keine Skandale entdecken. Für einen Moment betrachtete sie die glatte Oberfläche des Teichs, die von einem warmen Mond beschienen wurde. Wie magisch angezogen machte sie ein paar Schritte die kleine Anhöhe hinunter. Kurz tauchte sie eine Hand in das kühle dunkle Wasser und drehte sich kurz darauf wieder um in Richtung Straße. Dort fiel ihr eine schlanke Männergestalt auf, die zaghaft an die seitliche Eingangstür der Dorfapotheke klopfte. Sofort wurde ihm von einer jungen Frau geöffnet. Ihr eingeflochtener Haarkranz verlieh ihr auf die Entfernung die Aura einer Elfe. Währen des innigen Begrüßungskusses streichelte sie durch seine blonden Wellen. Intuitiv griff die Reporterin wieder zu ihrem Fotoapparat. Was war hier los? Hatte jemand einen Liebestrank ins dörfliche Essen gemischt? Wo man auch hinschaute, gerieten die Hormone in Wallung.

Als sie hinter dem Alten Gasthof um die Ecke bog, rauschte ein kleiner schwarzer Sportwagen an ihr vorbei. Der Fahrer schien es eilig zu haben. Wie eine unauffällige Abendspaziergängerin schlenderte Veruschka betont langsam den kurzen Weg entlang. Sie beobachtete, wie der Sportwagen hielt, eine Frau ausstieg und mit schnellen Schritten die wenigen Meter zum Pastoratsgebäude hinüberlief. Veruschka beschleunigte ihren Gang und zückte die Kamera. Unauffällig hockte sie sich neben das parkende Auto. Hoffentlich reichte das Tele aus! In der Tür stand ein großer dunkelhaariger Mann mit Vollbart. Er schien die Frau schon zu erwarten. Veruschka fiel auf, dass die Sportwagenfahrerin ihren Schritt verlangsamte. Als sie schließlich vor ihm stand, sahen sich die beiden unsicher in die Augen. Nach einem Moment des Zögerns schloss er sie in seine Arme. Das klickende Geräusch im Hintergrund nahmen sie nicht wahr.

Zufrieden betrachtete Veruschka ihre Aufnahmen auf dem Display ihrer Kamera. Welchen Italiener hatte sich die van Haff denn da an Land gezogen? Von dem Pfeil Amors hatte die alleinlebende Journalistin auch gerne einen Splitter abbekommen!

*

Nach einer halben Ewigkeit lösten sie sich aus ihrer Umarmung. Warum nur musste etwas Schreckliches passieren, damit sie sich endlich näher kamen?, dachte Benjamin.

„Gibt es Neuigkeiten?“, fragte Nina.

„Magnus hat gerade bei mir geklingelt und alles erzählt.“

„Wie irre ist das denn? Wer entführt unschuldige Sportlerinnen? Wenn das an die Öffentlichkeit gelangt, können wir einpacken!“ Verzweifelt nagte sie an ihrer Unterlippe.

„Jetzt machen wir uns mal nicht verrückt, Nina! Die anderen sind gerade dabei, eine spontane Versammlung mit den Betreuern der italienischen Mannschaft einzuberufen.“

Sie sah sich um. Bis auf einen nächtlichen Spaziergänger, der gerade beim Alten Gasthof um die Ecke bog, konnte sie niemanden entdecken. „Lass uns reingehen.“

*

Innerhalb einer halben Stunde sind die meisten Betreuer der italienischen Ruderer im Gemeindesaal eingetroffen. Benjamin und Nina hatten zuvor alle Tische an den Rand geschoben. Neben Gianna saßen Magnus, Nina und Massimo in einer Reihe. Der Pastor ließ sich wie Pia am Rand nieder. Die späten Besucher nahmen auf den zwanzig Stühlen Platz. Alle machten besorgte Gesichter. Der Teamsprecher der italienischen Ruderer, Massimo Paradiso, wirkte ebenso bedrückt. Auf dem Weg zu diesem Treffen hatte Magnus ihn kurz über den abendlichen Vorfall unterrichtet. Auch wenn ihm das Schicksal seiner Teamkameradinnen sehr am Herzen lag, wanderten Massimos Gedanken immer wieder zu Dörthe. Warum verhielt sie sich seit seiner Rückkehr so abweisend? Wieso konnte sie sich nicht richtig über den Blumenstrauß freuen? Spätestens nach dem Finale am Sonntag musste er mit ihr reden.

Die strenge Betreuerin des Frauen-Achters redete ununterbrochen auf Peppino Croce ein, der gestenreich antwortete. Die übrigen Trainer und Physiotherapeuten warteten schweigend auf weitere Erklärungen.

„Liebe Gäste“, begrüßte Magnus die kleine Versammlung. Gianna stand neben ihm und übersetzte. „Leider hat sich am heutigen Abend ein besorgniserregender Zwischenfall ereignet. Ihre beiden Mannschaftskameradinnen Anna und Carla sind verschwunden. Erst vor kurzem haben die Sportler Roberto und Luca ihr Verschwinden bemerkt.“

Ein Raunen ging durch die versammelten Zuhörer.

„*E la polizia? Avete chiamato la polizia?*“ Peppino Croce ruderte mit seinen kurzen Armen, als Kommissar Spannich den Raum betrat.

„Natürlich ist umgehend die Polizei eingeschaltet worden.“ Magnus machte eine ausholende Armbewegung in Richtung der Tür. „Darf ich Ihnen Herrn Kommissar Spannich vorstellen?“

Der Kommissar rückte seine Brille zurecht. „Guten Abend, die Herrschaften.“

Gianna bekam mit, wie sich zwei bullige Trainer in ihrer Nähe flüsternd unterhielten.

„*Il fratello di Derrick!*“

„*Derrick?*“

„*Il commissario!*“

Eingehend besah sich der Italiener das schmale Vogelgesicht, die Brille und den akkuraten Seitenscheitel des Polizisten in Zivil. Er nickte zustimmend.

Gianna flüsterte Magnus zu: „Wenn der Kommissar für Derricks Bruder gehalten wird, dann dürften sie ihm vertrauen."

„Wieso?"

„Derrick war sehr beliebt in Italien! Zumindest bei den Älteren."

„Herr Kommissar Spannich hat bereits eine Fahndung veranlasst", berichtete Magnus weiter. „Er wird so schnell wie möglich eine Sonderkommission zusammenstellen. Seien Sie versichert, dass wir alles Menschenmögliche tun werden, um Ihre Mannschaftskolleginnen wieder zu finden!"

Das Gerede im Saal wurde lauter. Gestenreich tauschten sich die italienischen Gäste untereinander aus.

„Dürfte ich noch einmal um Ihre Aufmerksamkeit bitten?", versuchte Magnus, sich Gehör zu verschaffen. Jedoch schienen sich die Italiener weiter in Rage zu reden und beachteten ihn nicht.

Schließlich rief ein älterer Trainer laut in den Raum: „Zuerst funktioniert das Wasser nicht, dann der Strom!" Gianna übersetzte umgehend.

„Und der Sandhaufen!", warf Peppino mit den Armen rudernd ein.

„Die Magenschmerzen!", gab der Betreuer des Vierers zu bedenken.

„Sie müssen die Regatta absagen!", forderte die Trainerin des Frauen-Achters mit Nachdruck. „Unter diesen Umständen können wir auf gar keinen Fall daran teilnehmen!"

Während des allgemeinen Aufruhrs flüsterte der Kommissar eindringlich auf Magnus ein, als sich plötzlich Massimo Paradiso von seinem Platz erhob. Er sagte nur ein Wort: „*Basta!*"

Alle verstummten.

„Würdet Ihr bitte unserem Gastgeber zuhören?"

Magnus räusperte sich und sprach mit fester Stimme: „Liebe Freunde! Herr Kommissar Spannich und wir haben eine große Bitte an Sie und Ihre Mannschaft: Auch wenn es Ihnen sicherlich schwerfallen wird, tragen Sie zu einer erfolgreichen Aufklärung bei, wenn die Regatta wie geplant stattfindet. Die Hamburger Polizei wird Sie und Ihre Mannschaft selbstverständlich schützen. Außerdem ist es sehr wichtig, dass über diese Angelegenheit zunächst Stillschweigen bewahrt wird. Wir möchten das Leben der beiden vermissten Sportlerinnen auf gar keinen Fall gefährden!“

31

Finalsonntag

„Der Wettergott meint es gut mit uns."

„Wenigstens der."

Nacheinander stiegen der Erste Bürgermeister und der Leiter des Hamburger Sportamts aus dem großzügigen Dienstwagen. Sie hatten direkt neben dem rotgeklinkerten Hauptgebäude des Regattazentrums Hamburg Allermöhe geparkt.

Nina van Haff erwartete den hohen Besuch bereits. Mit ernster Miene begrüßten sie sich.

„Gibt es Neuigkeiten von den Italienerinnen?" Veit Relin schien sich große Sorgen zu machen.

„Leider nicht. Die Polizei arbeitet unter Hochdruck. Der Leiter der Sonderkommission, Herr Kommissar Spannich, ermittelt heute vor Ort."

„Befürchtet er etwa weitere Zwischenfälle?" Der Sportamtsleiter sah ebenfalls besorgt aus.

„Nein, aber er will sich ein Bild von der Regatta verschaffen und die Sportler beobachten. Außerdem haben wir mehrere Personenschützer in Zivil beauftragt. Sie haben auch ein Auge auf die anderen Mannschaften."

„Diskretion ist alles!"

„Selbstverständlich, Herr Relin!" Schweigsam starrten sie eine Weile zu Boden. Dann schien sich der erste Mann der Stadt auf seine heutige Aufgabe zu besinnen.

„Was liegt als Erstes an?"

Nina fixierte ihr schwarzes Klemmbrett mit dem aktuellen Tagesplan. „Zunächst ein kleiner Rundgang und kurze Gespräche mit den freiwilligen Helfern. Zur Mittagspause möchten wir Sie auf das VIP-Schiff im Zielbereich bitten. Danach folgen die Finalläufe im Einer. Sie haben die Ehre, die Medaillen für den Männer-Einer zu überreichen."

„Gibt es aussichtsreiche deutsche Boote?"

„Es könnte eine Überraschung geben, wenn der Einer-Fahrer Max Kraft mental fit sein sollte. Ansonsten wird es ein Kopf-an-Kopfrennen zwischen dem italienischen Star-Ruderer Massimo Paradiso und dem Amerikaner Mike Storm werden."

Gemeinsam schritten sie über die an diesem Finalsonntag gut besuchte Regattastrecke. Flankiert wurden sie wie immer von zwei Männern in dunklen Anzügen, die äußerst wachsam die bunte Menschenmenge sondierten. Außerdem trat noch Roger Repenbrook zu ihnen, um als Chef des Organisationskomitees den Rundgang zu begleiten.

Auf den Zuschauerrängen schwenkten größere Familiengruppen und befreundete Fans begeistert Flaggen aus unterschiedlichen Ländern. Ein paar Italiener trugen Perücken in ihren Landesfarben und scherzten mit mehreren Amerikanern, die sich in Stars and Stripes gehüllt hatten. Unzählige deutsche Familien in praktischer Outdoorbekleidung ließen ihre Fahnen noch im Rucksack. Eine Ansammlung älterer Herren mit gestreiften Krawatten und typisch englischen Clubsakkos, die seit dem viele Jahre zurückliegenden Kauf traditionell nie eine Reinigung gesehen hatten, steuerte zielstrebig einen der Bierstände an.

*

Seit dem frühen Morgen hielt sich Kommissar Spannich - neuer Chef der Sonderkommission *Deich Secret* - zusammen mit Gianna Moretti auf dem Regattagelände auf. Leider hatte sich in den vergangenen zwei Tagen keine heiße Spur ergeben. Immerhin konnte durch die genaue Untersuchung der Reifenspuren ermittelt werden, dass es sich bei dem Fahrzeug der Entführer höchstwahrscheinlich um einen Kombi handelte. Die Tiefe der Spuren, der Radstand, sowie der spezifische Achsabstand deuteten auf einen VW hin, den sie zur Fahndung ausgeschrieben hatten. Durch die verhängte Informationssperre konnten sie leider nicht auf wertvolle Hinweise aus der Bevölkerung bauen. Lediglich ein Landwirt aus Ochsenwerder hatte die Zerstörung von einem Teil seiner Zäune gemeldet. Eine Begehung legte nahe, dass die mutmaßlichen Entführer dort entlang gefahren sein mussten.

Spannich war froh, heil im Pavillon der italienischen Mannschaft angekommen zu sein, wo sich der Frauen-Achter zur finalen Renneinstimmung zusammengefunden hatte. Auf dem Weg dorthin hatte er mehrfach Booten ausweichen müssen, die die Ruderer auf ihren Schultern durch die Gegend trugen. Gianna schien da mehr Erfahrung zu haben. Sie wurde sogar freudig von einer kräftigen Ruderin begrüßt. „Das ist Karlos Schwester! Die war letztes Jahr Vizeweltmeisterin!“, klärte sie ihn stolz auf.

Trotz seiner nicht vorhandenen Italienischkenntnisse fiel ihm während der Zusammenkunft auf, dass die beiden Ruderinnen, die für die Vermissten eingesprungen waren, von den übrigen sechs Frauen nicht besonders freundlich empfangen wurden. Das gemeinsame Abklatschen wirkte eher verhalten. Stirnrunzelnd bat er Gianna, sich im Laufe des Tages möglichst unauffällig ein wenig unter die Sportlerinnen zu mischen und auf verdächtige Bemerkungen zu achten – vor allem auf die Zwischentöne!

„Glauben Sie etwa, dass ...“, fragte sie überrascht.

„Ich glaube gar nichts! Wie immer gehen meine Ermittlungen in alle erdenklichen Richtungen.“

*

„Hest em bi di?“

Auf dem Weg zu seinem Tribünenplatz wurde Deutschlands ehemaliger Vorzeige-Ruderer von Manfred Wolf, Sven Töner und zwei weiteren Mitgliedern des Ochsenwerder Korkenclubs lautstark begrüßt. Wie ertappt zuckte Peter-Michael Kolbe kurz zusammen und nestelte in der Tasche seines eleganten Jacketts. Nachdem er beim Besuch der letzten norddeutschen Meisterschaft nicht an die Mitnahme des kleinen durchgeschnittenen Korkens gedacht hatte und daraufhin mehrere Runden hatte schmeißen müssen, lag das Ding immer mitnahmebereit auf seiner Flurgarderobe. Keine Regatta im Norden ohne Korken! Wie er sich zur Ehrenmitgliedschaft in diesem Dorfverein hatte überreden lassen können, war ihm bis heute ein Rätsel.

Zufrieden registrierten die vier Männer die erledigte Pflichtübung.

„Wat mutt, dat mutt!“, sagte Manfred.

„Firma dankt!“, grinste Sven Töner.

Kolbe sah auf das Grüppchen herunter. „Und? Alles gut?“

„Latürnich!“, entgegnete Sven. „Wir sind jetzt auch unner die Ruderer gegangen. Meine Frauen hau'n gleich 'n Schlach rein.“

„Ach so?“ Erstaunt hob er eine Augenbraue.

„Ganz Ochsenwerder is nu Italien“, klärte ihn Manfred auf. „Bei mir gibt's Eis und 'nen 1a- Cappuccino!“

„Das ist ja interessant. Davon wusste ich gar nichts.“

„Da boxt der Papst im Kettenhemd, sach ich. Aber jetzt sind ja leider … aua!“ Sven sah irritiert nach rechts. Manfred hatte ihm in die Seite gestoßen und sah ihn beschwörend an. Absolute Diskretion lautete Ninas und Magnus' Devise, als sie am gestrigen Abend noch einmal alle Gastgeber besucht hatten.

In dem Moment trippelte eine unscheinbare Frau auf Herrn Kolbe zu. Sie trug den Einheitsdress aller Mitarbeiter des Ruderweltverbands – dunkelblaues Polohemd, enge Jeans, professionell-vorwurfsvoller Gesichtsausdruck. Ihr Blick schien wie magnetisch von seiner um den Hals hängenden Akkreditierung angezogen zu werden. „*Mister Kolbe*?“ Sie sprach Englisch mit stark französischem Akzent und zeigte noch nicht einmal die Andeutung eines Lächelns.

„*Yes*?“

„Könnten Sie uns bitte helfen? Da ist ein Herr ohne gültige Akkreditierung. Er scheint eine wichtige Funktion auszuüben. Mit dem goldenen Punkt auf Ihrer Akkreditierung sind Sie befugt, ihn hineinzubegleiten.“

Der ehemalige Weltklasse-Athlet zögerte keine Sekunde und verabschiedete sich umgehend von seinen Clubmitgliedern. „Die Pflicht ruft. Viel Spaß noch!“

„Kannst uns ja mal zuwinken. Wir sitzen drüben auf’m Rasen!“, dröhnte Manfred.

Vor dem Tribüneneingang stand ein kompakt gebauter Mann mit schütterem Haar. Seine graue Anzughose und das dunkelblaue Jackett - mit bunten Emblemen geschmückt - spannten sich leicht. Mit monotoner Entschlossenheit wiederholte er gegenüber den kräftigen Ordnern auf Englisch: „Ich bin der Präsident des italienischen Ruderverbands und möchte umgehend zu meinem Platz!“

„Giuseppe!“, begrüßte der dreimalige Olympiazweite den zweifachen Olympiasieger aus Italien. „Darf ich dich mitnehmen?“

Nach einem kurzen Blick auf den goldenen Punkt wurden die beiden Herren ohne weitere Diskussionen eingelassen.

*

Seitlich der Regattabahn kreiste eine Drohne in der Luft, die das spannende Rennen im Einer aufzeichnete. Nach wenigen Startschlägen lag der deutsche Ruderer Max Kraft, wie so oft in der vergangenen Saison, eine Länge vorn. Die lauten Anfeuerungsrufe der euphorischen deutschen Fans mochte er aufgrund der zwei Kilometer Entfernung bis zur Startanlage nur erahnen. Wenige Meter hinter dem Lokalmatadoren lieferten sich Massimo Paradiso und der Amerikaner Mike Storm ein packendes Duell, wobei der Athlet aus Übersee regelmäßig zu dem Italiener hinübersah. Massimo schien sich nicht für die Konkurrenten zu interessieren, sondern fuhr sein eigenes Rennen. Routiniert setzte er die grün-weiß-roten Blätter ins Wasser und zog sie kraftvoll durch. Zu ihrem Leidwesen konnten die unermüdlich anfeuernden Zuschauer auf der großen Videoleinwand im Zielbereich live mitverfolgen, dass sich der Italiener auf diese Weise beharrlich an den Führenden heranarbeitete. Den Deutschen schienen nach den ersten tausend Metern die Kräfte zu verlassen.

„Super, Massimo!“, feuerte Nina den Italiener von der Tribüne aus an. Vor wenigen Augenblicken hatte sie den Bürgermeister in die vertrauensvollen Hände des jungen britischen Zeremonienmeisters übergeben. Umringt von italienischen Perücken und Fahnen saß sie zusammen mit Dörthe auf der Tribüne und verfolgte das Rennen. Auch wenn die italienischen Fans einen Riesenlärm veranstalteten, feuerte der Großteil der Zuschauer natürlich Max Kraft an, der sich bemühte, mit seinem Idol der letzten Jahre mitzuhalten.

„Ma-hax! Ma-hax! Ma-hax!“

„Massimo! Massimo! Massimo!“, hielten die Italiener

dagegen. „U-S-A! U-S-A!", skandierten die amerikanischen Fans begeistert. Mike Storm lag vor den letzten fünfhundert Metern noch gut im Rennen. Die Stimmung glich einem brodelnden Hexenkessel. Auf der Leinwand war vor allem dem deutschen Ruderer die Anstrengung deutlich anzusehen. Kurz vor dem Zieleinlauf hatte der noch junge Einer-Fahrer aus Castrop-Rauxel seinem erfahrenen Konkurrenten nichts mehr entgegenzusetzen. Der Star der italienischen Mannschaft wurde den Erwartungen mehr als gerecht. Mit über einer Länge Vorsprung vor dem Amerikaner und einer weiteren vor dem Deutschen glitt sein schmaler Einer über die Ziellinie.

Nina klatschte begeistert und strahlte ihre Sitznachbarin an: „Du scheinst ihn echt zu beflügeln!"

Der Frust der letzten Tage brach nun aus Dörthe heraus: „Das habt ihr voll geschickt eingefädelt, was? Bringen wir den Star-Ruderer doch bei dieser frustrierten Alleinerziehenden unter. Hauptsache der große Held kann mal wieder entspannt siegen!"

Nina verstand nicht, was ihre Sprachschulkollegin da von sich gab. „Was ist denn hier los? Hab ich was verpasst?"

„Ich hab euren Obermufti doch selbst gehört, als er die gute Versorgung vor allem in Bezug auf Massimo so gelobt hat!" Bitterkeit schwang in ihrer Stimme mit. Sie konnte gerade noch die aufkommenden Tränen zurückhalten.

Langsam dämmerte es Nina. Sie erinnerte sich an die Worte von Herrn Dr. Klein, dem Präsidenten des Deutschen Olympischen Sportbundes. „Sag mal Dörthe, meinst du wirklich, irgendjemand hat auch nur einen Gedanken an womögliche amouröse Konstellationen verschwendet?" Fassungslos schüttelte sie den Kopf. „Also, Fakt ist: Du hattest dich für die Aufnahme eines Sportlers mit maximal einem Betreuer gemeldet. Der liebe Massimo wiederum wollte auf keinen Fall in eine Massenunterkunft. Das war der einzige Grund für diese spezielle Einteilung! Dass ihr euch dabei nähergekommen seid, war von keiner Seite Teil des Plans."

„Oh." Dörthe wischte sich verstohlen eine kleine Träne aus dem Augenwinkel. „Und ich dachte ..." Sie nestelte an ihrem neuesten Kleid. Eine Mischung aus bunten Blumen.

Nina zwinkerte ihr aufmunternd zu: „Dann hast du jetzt ja einen guten Grund, ihm zu seinem ersten Platz zu gratulieren!"

*

„Und nun das vorletzte Rennen des Tages: Der Frauen-Achter. Auf Bahn eins: Tschechien, daneben Polen, Bahn drei: das deutsche Boot, Bahn vier: die Italienerinnen, bei denen es eine Umbesetzung an zwei Positionen gegeben hat. Die schon im letzten Jahr erfolgreichen Anna Savinia und Carla Lombardi scheinen sich verletzt zu haben. An ihrer Stelle absolvieren Stefania Antoni und Vittoria Bergui aus dem Zweier ohne ihr bereits zweites Rennen auf diesem Weltcup. Gestern erreichten sie im B-Finale den zweiten ..."

Spannich saß auf der Tribüne und lauschte dem euphorischen Regattasprecher, der noch nichts von dem Verschwinden der beiden Sportlerinnen mitbekommen haben dürfte. Noch schienen alle Beteiligten dichtzuhalten. Auch wenn es nur noch eine Frage der Zeit sein konnte, vor allem wenn er an Giannas Beobachtungen im Frauen-Achter dachte. Die resolute Trainerin wirkte äußerst ungeduldig und schien mit der verhängten Informationssperre durch die Polizei wenig einverstanden zu sein. Außerdem hatte Gianna durch mehrere Bemerkungen einzelner Ruderinnen den Eindruck gewonnen, als verdächtigten sie die Ersatzfrauen, irgendetwas mit dem Verschwinden ihrer Mannschaftskolleginnen zu tun zu haben. Offenbar galt der Achter nach wie vor als das prestigeträchtigste Boot im Rudersport. Wie weit würden ehrgeizige Sportlerinnen gehen, um einen Platz zu ergattern?

Auf der Leinwand wurde nun der Start der Finalisten im Frauen-Achter übertragen. Die jeweils acht Riemen der sechs Boote wurden ebenso kraftvoll wie synchron ins Wasser gesetzt, mit gestreckten Armen durchgezogen und schnell wieder herausgehoben. Lautstark bellten die tief geduckt sitzenden Steuerfrauen militärisch anmutende Anweisungen in ein Mikrofon. Die Ruderinnen gaben ihr Bestes und atmeten vor allem am Ende des kräftezehrenden Durchzugs stöhnend aus. Wie in allen vorangegangenen Rennen begleitete ein Schiedsrichter die Boote in einem motorisierten Katamaran und achtete auf die ordnungsgemäße Durchführung des Finales. Der in einem weiteren Motorboot außerhalb der Bojenketten fahrende Regattasprecher gab über Lautsprecher an den Zielbereich weiter, dass sich das favorisierte Boot aus Großbritannien nach zweihundertfünfzig Metern eine halbe Länge vor dem dichten Feld absetzen konnte. „Das deutsche Boot liegt ebenfalls auf aussichtsreicher Position dahinter. Da ist noch alles drin! Und was machen die Italienerinnen? Sie kommen! Nach einem schlechten Start rauschen sie mit einer fulminanten Aufholjagd ans Feld heran. Da ist sie wieder, die Synchronität der letzten Rennen! Trotz der spontanen Umbesetzung scheint das italienische Boot wieder zueinandergefunden zu haben ...“

32

Am selben Tag

Unermüdlich drückte Veruschka Bogomil auf ihren Auslöser. Zusammen mit internationalen Sportjournalisten hielt sich die Boulevardreporterin den gesamten Finaltag in der *Interview-Zone* im Zielbereich auf. Thorsten hatte ihr eine Akkreditierung bereitlegen lassen. Sie müsse sich die Regatta unbedingt ansehen: „Da passiert heute noch was! Halte Augen und Ohren offen!"

Unter den Argusaugen der schmallippigen Mitarbeiterinnen des Weltverbands durften in der Wartezone für die Medaillenübergabe Kurzinterviews und Fotos von siegreichen Ruderern gemacht werden. Bei dem durchaus verlockenden Anblick der groß gewachsenen, breitschultrigen Männer in ihren engen Renneinteilern ärgerte sie sich schon ein wenig, diesen Sport erst in ihrem fortgeschrittenen Alter näher kennenlernen zu dürfen. Vor allem die positive Ausstrahlung der hinter coolen Sonnenbrillen überlegen lächelnden US-Boys und der australischen Surfertypen hatte es ihr angetan. Die kräftigen Beine und das muskelbepackte Kreuz einiger Frauen aus dem Ostblock gefielen ihr dagegen eher weniger.

Einige der Gesichter hatte sie bereits bei ihren Besuchen in Ochsenwerder fotografiert. Zuerst fiel ihr die blondgelockte Bedienung aus der Dorfkneipe auf, die einem verschwitzten italienischen Ruderer aus dem siegreichen Doppel-Vierer in die Arme sprang. Fast ein wenig neidisch beäugten seine Mannschaftskollegen die innigen Küsse ihres Kollegen Giacomo mit seiner neuen deutschen Flamme.

Als nach ein paar weiteren Rennen der italienische Einer-

Fahrer mit seinem Boot am Siegersteg anlegte, hielt Veruschka ihre Kamera wieder einsatzbereit. Sie erkannte in ihm sofort den nächtlichen Rosenkavalier. Als er mit erhobenen Armen und erleichtertem Gesichtsausdruck in der Wartezone angekommen war, fiel ihm eine zierliche Rothaarige in einem individuellen Blümchenkleid um den Hals.

„*Muy bien!*“, rief sie ihm fröhlich zu.

„*Muchas gracias, mi amor!*“, antwortete er sichtlich überrascht. Glücklich lachend zog er sie sofort an seinen verschwitzten Körper, der in einem engen blau-weißen Einteiler steckte.

Alle deutsch-italienischen Küsse landeten auf derselben Speicherkarte. Auch wenn ein handfester Skandal weiter auf sich warten ließ, packte Veruschka ihre Ausrüstung dennoch zufrieden in die Tasche. Ihr Senator schien sich auf eine eher unzuverlässige Quelle zu verlassen. Er war ja noch nicht lange im Geschäft, dachte die erfahrene Journalistin auf ihrem Weg zum Ausgang. Plötzlich hielt sie einen Moment inne und holte ihre Kamera für eine letzte Aufnahme noch einmal hervor. In der Nähe des Zielturms hatte sie die society-erprobte Weitspringerin Nina van Haff entdeckt. Händchenhaltend mit diesem bärtigen Italotypen. Die beiden schienen das klickende Geräusch hinter sich nicht zu bemerken. Gebannt starrten sie auf die Videoleinwand und bejubelten den zweiten Platz des italienischen Frauen-Achters.

Wenige Zuschauer verirrten sich bei den Wurstbuden, den Getränkeständen, Händlern für Ruderbekleidung und Eiswagen. Nach dem Achter der Frauen folgte das spektakulärste Rennen des Tages: der Männer-Achter. Veruschka Bogomil wollte jedoch früh nach Hause, um noch ein wenig die Abendsonne auf ihrem Pöseldorfer Balkon zu genießen. Außerdem musste der Artikel fertig werden. Beim Losfahren leuchtete die Tankanzeige unerbittlich auf. Bis in die Stadt konnte es knapp werden, kalkulierte sie. Ihr Navi zeigte eine wenige hundert Meter entfernt gelegene Tankstelle an, die sie gezielt ansteuerte.

Während des Tankvorgangs hielt schräg gegenüber ein schwarzer VW-Kombi. Ein bulliger Glatzkopf stieg aus der Beifahrertür und eilte auf den Shop zu. Vier zurechtgestutzte Bartstriche umrandeten seine schmalen Lippen. Veruschka bekam mit, wie sich der ebenfalls kahlköpfige Fahrer auf seinem Sitz nervös nach hinten umdrehte. Im selben Moment schnellten zwei Füße nach vorn und trafen ihn mit voller Wucht am Kopf. Sofort sackte er aufs Lenkrad. Überrascht bemerkte Veruschka, dass die Füße gefesselt waren! Hektisch sah sie sich auf der Tankstelle um. Hinter ihr standen vier osteuropäisch aussehende Männer in lila Trainingsanzügen. Kaugummikauend warteten sie darauf, dass ihr Tank gefüllt war. Ohne eine weitere Sekunde zu verlieren, lief sie auf die Gruppe zu, deutete auf den Kombi und schrie: „Hilfe! Da ist jemand gefesselt!“

Die Männer begriffen schnell. Sofort stürmten sie zu dem Wagen, rissen alle Türen auf, setzten den Fahrer außer Gefecht und zogen zwei an Händen und Füßen gefesselte junge Frauen heraus. Ihre Münder waren zusätzlich mit Klebeband geknebelt worden. Behutsam trugen sie die beiden zu einer Bank vor dem Tankstellenshop. Bei der Aktion entging den Rettern und Veruschka leider, wie der schmalbärtige Glatzkopf unbemerkt an ihnen vorbeigeschlüpft und wieder ins Auto gestiegen ist. Nachdem er seinen noch immer benebelten Komplizen auf den Beifahrersitz befördert hatte, fuhr er mit quietschenden Reifen davon. Geistesgegenwärtig gelang es Veruschka gerade noch, die Autonummer auf einem alten Kassenbon zu notieren.

„*Grazie! Grazie mille!*“, sagte die Dunkelhaarige, als sie endlich von dem Klebestreifen über ihrem Mund befreit worden war.

„*Finalmente!*“, sagte die andere. „Endlich!“ Hektisch guckte sich die sichtlich erschöpfte Leidensgenossin um. „Wie spät ist es?“, fragte sie auf Deutsch.

Irritiert sah Veruschka auf die Uhr: „15.20 Uhr. Wieso?“

„Unser Rennen ...“

„Gehören Sie etwa zur Ruderregatta?“ Das klang vielversprechend. Der Balkon musste erst mal warten! „Darf ich Sie zu einem Kaffee einladen?“

Resigniert stimmten die beiden Frauen zu. Als drei dampfende Kaffee mit aufgeschäumter Milch und mehrere Stücke Kuchen vor ihnen standen, entspannten sich die Gesichter der Entführungsopfer zum ersten Mal. Veruschka lauschte ihrer Geschichte mit aufmerksamen Ohren und schreibbereitem Stift. Es war schier unglaublich! Bis auf die gewaltsame Entführung und die Fesseln schienen die Italienerinnen einigermaßen anständig behandelt worden zu sein. Das Chloroform sei ziemlich eklig gewesen. Und das hektische Hin- und Hergefahre habe ihnen angst gemacht.

„Trotzdem ist dieses Projekt eine ganz tolle Idee!“, ereiferte sich die Ruderin aus Südtirol. „Leider sehen das nicht alle in dieser Stadt so ...“

„Ach ja?“, horchte Veruschka auf.

„Ich habe Gespräche der Entführer mitgehört. Wenn das alles stimmt, dann ...“

Der Skandal, nach dem sie in dieser Olympia-auf's-Dorf-Geschichte gesucht hatte, fiel der Klatschreporterin in den nächsten Minuten ganz von alleine in den Schoß. Jedoch vollkommen anders als gedacht!

33

Sonntagabend

„*Fraaate-e-lli d'Ita ...*

„*No, no ... ragazzi!*“

Die Mannschaftskolleginnen des Achters stoppten den Gesang der italienischen Nationalhymne, die zum wiederholten Male auf der großzügigen Natursteinterrasse des Hofs Grünfeld angestimmt worden war. Magnus hatte die gesamte Mannschaft samt Gastgebern zum Abschlussfest eingeladen.

„*So-re-e-lle d'Italiaaa ...*“

Spontan dichteten die Frauen den Text ihrer Hymne „Brüder Italiens“ auf „Schwestern Italiens“ um. Ihre nach zwei Tagen endlich freigelassenen Mannschaftskameradinnen Carla und Anna hielten sie dabei eng untergehakt. Die beiden trugen jeweils eine silberne Medaille um den Hals, die ihr die Ersatzruderinnen vorhin auf der Regattastrecke großzügig umgehängt hatten.

Vor wenigen Stunden erst hatte Veruschka Bogomil die beiden zu ihrer Mannschaft nach Allermöhe gebracht, wo sie mit großem Hallo empfangen worden waren. Da die Reporterin befürchtete, als Retterin der beiden langwierig gefeiert und befragt zu werden, verabschiedete sie sich schnell, als sie ihre beiden Schützlinge in Sicherheit wusste. Auf der Fahrt in die Hamburger Innenstadt gab sie das Autokennzeichen der Entführer telefonisch an die Polizei weiter. Der noch anwesende Regatta-Arzt hatte die Entführungsopfer nach einem kurzen gesundheitlichen Check-up in ihr Quartier fahren lassen.

Die innere Lähmung der italienischen Mannschaft hatte sich im Laufe des Abends in unbändige Feierfreude verwandelt. Immer wieder wurden die glücklich Heimgekehrten umarmt, schallend auf die Wangen geküsst und von ihren sechs Mannschaftskolleginnen in die Luft gehoben. Die beiden Vierer-Ruderer, mit denen Anna und Carla sich am Abend ihres Verschwindens auf ein Eis verabredet hatten, hielten sich wie Leibwächter ständig in ihrer Nähe auf.

*

Wie alle Gastgeber war Magnus erleichtert über den glücklichen Ausgang der Entführung. Trotzdem konnte er sein Fest nicht entspannt genießen. Irgendetwas würde noch passieren. Nur wie und wann? Während Michael Meyer-Ölke auf dem original amerikanischen Gasgrill eifrig Fleisch und Würstchen wendete, lief der Hausherr immer wieder zwischen der großzügigen Terrasse und der nur durch ein paar Rhododendronbüsche abgetrennten Auffahrt hin und her. Wo steckte Peter? Er wollte den Vorarbeiter unbedingt im Auge behalten. Aus dem Grund war er am heutigen Tag der Regatta ferngeblieben. Außerdem blieb sein Vater nach wie vor verschwunden. Deshalb hatte er am Morgen der enttäuschten Pia erklären müssen, dass seine Anwesenheit auf dem Hof unerlässlich sei.

„Wo ist er denn?", fragte sie, als sie an seiner Haustür geklingelt hatte, um ihn abzuholen.

„Weg."

„Und er hat dir nichts gesagt?"

„Nein."

Auch wenn Pia bereits aufgefallen war, dass ihren neuen Freund irgendwelche Sorgen plagten, bohrte sie nicht weiter nach. Wenn wieder ein wenig Ruhe eingekehrt war, würde sie ihn danach fragen. Um den wortkargen Horst Grünfeld hatte sie schon immer einen Bogen gemacht. Das lag nicht nur an ihrer Mutter. Die meisten Kinder im Dorf taten es ihr gleich. „Der Grünfeld“ duldete auf seinen Ländereien keinen Lärm, keine Fußbälle, kein Verstecken. Als Sohn hatte es Magnus bestimmt nicht leicht gehabt.

Auf der Suche nach weiteren Gewürzen in seiner Küche vernahm Pia die Klingel an der Haustür. Zögerlich begab sie sich zur schweren Eichentür und blickte nach dem Öffnen in ein bekanntes Vogelgesicht mit Seitenscheitel und Brille.

„Ich wollte zu Herrn Magnus Grünfeld. Ist er da?“, fragte der Kommissar kurz angebunden. „Ich müsste umgehend die beiden Italienerinnen befragen.“

*

Die Musik schallte laut in die Nacht. Einer der italienischen Betreuer hatte seinen iPod samt Dockingstation auf einen Tisch gestellt. Mit vereinten Kräften schoben sie die extra herbei geschafften Bierbankgarnituren und die schweren Teakholzmöbel zur Seite, um mehr Platz zum Tanzen zu haben. Der wiedervereinte Frauen-Achter nahm die Fläche sofort ein und bewegte sich so synchron wie möglich zu Pharell Williams' *Happy*. Als Kathrin Sommer nach wenigen Takten ebenfalls begeistert mithüpfte, forderten die Italienerinnen ihre übrigen deutschen Gastgeber dazu auf, es ihr gleichzutun. Unter großem Applaus stieß der Achter-Gastgeber Sven Töner zu ihnen. Sein dunkelblaues T-Shirt verkündete heute passend: *‚Wer tanzt - hat kein Geld zum Saufen'*.

Eine kräftige Italienerin mit dunklem Pferdeschwanz zeigte ihm geduldig den richtigen Hüftschwung. Sven winkte seinem Kollegen von der Freiwilligen Feuerwehr zu, woraufhin sich Gastwirt Manfred mit zuckenden Körpermassen zu den für den Anlass top gestylten Ruderinnen gesellte. Auch Nina griff nach Benjamins Hand und begab sich wie Karlo und Gianna auf die improvisierte Tanzfläche. Sogar die werdenden Eltern Tobias und Anevke folgten der Gruppendynamik und wippten mit. Sportlehrer Michael verließ für einen Moment den Grill, weil er die Kirchensekretärin Gisela Jürgens um ein Tänzchen bitten wollte. Seine Frau Elke saß wie immer etwas abseits und beobachtete fasziniert die vielen Füße, die sie kurz darauf auf einem Skizzenblock festhielt. Lediglich das Ehepaar von Ziesel und Kathrins Tochter Pauline waren der Feier fern geblieben. Die Apothekerin hatte sich standhaft geweigert, das Grundstück der Grünfelds zu betreten. Pauline hingegen wollte den letzten Abend lieber in trauter Zweisamkeit mit ihrem Giacomo verbringen. Der Sprecher der italienischen Mannschaft, Massimo Paradiso, und Dörthe hatten sich in den am äußersten Terrassenrand stehenden Strandkorb verzogen und holten eng umschlungen nach, was sie während der Tage des einseitigen Schmollens verpasst hatten.

Als Magnus von seinem Beobachtungsposten über die Auffahrt mal wieder zu den Gästen stieß, tanzte fast der komplette Sprachkurs zu dem koreanischen Youtube-Hit *Gangnam Style*. Svens Gesicht hatte sich vor Anstrengung rot verfärbt. Lehrer Michael beeindruckte durch beachtliche Koordinations-Leistungen. Selbst Gisela bekam den Tanz trotz ihres Rentenalters gut hin. Mitten in die ausgelassene Stimmung platzten Pia und Kommissar Spannich, der nachdrücklich darum bat, die beiden Entführungsopfer in einem separaten Zimmer befragen zu können.

Die Tanzlustigen ließen sich von der plötzlichen Abwesenheit der beiden Ruderinnen nicht die Stimmung verderben. Als Magnus wieder auf die Terrasse trat, hatte sich auch Pia dazugesellt und tanzte in Formation die Buchstaben *Y-M-C-A*.

Für die Befragung hatte er Spannich in das kleinere Büro geführt. Das Arbeitszimmer seines Vaters galt für ihn trotz der neuen Erkenntnisse nach wie vor als Tabuzone. Die Anwesenheit des Kommissars steigerte seine innere Anspannung. Pias auffordernde Blicke und Gesten wies er mit einem bedauernden Lächeln ab. Im Moment war ihm ganz und gar nicht danach, mit den anderen ausgelassen zu feiern. Mechanisch begann er, das benutzte Geschirr aufeinanderzustapeln. Irgendwie musste er sich beschäftigen. Als das Lied der *Village People* in den spanischen Ohrwurm *Macarena* überging, vernahm Magnus ein vertrautes Motorengeräusch von der Auffahrt. Flugs ließ er die letzten Teller stehen und huschte so unauffällig wie möglich zu den Rhododendronbüschen am Ende der Terrasse. Im selben Moment fuhr Peter mit seinem großen Trecker an ihm vorbei.

*

Von der Tanzfläche aus bekam Pia mit, wie Magnus ohne ein Wort die Terrasse verlassen hatte. Beunruhigt lief sie zu dem schmalen Abgang neben den Rhododendronbüschen und beobachtete, wie ihr Freund mit seinem Fahrrad hinter einem Trecker herfuhr. Wo wollte er nur hin? Warum war er den gesamten Abend so wortkarg und unnahbar? Musste sie sich ernsthafte Sorgen um ihn machen? Kalte Angst breitete sich in ihrem Körper aus. Gerade erst hatten sie eine Entführung ihrer Gäste überstanden! Dann durchzuckte es sie: Die Entführer waren noch nicht gefasst! Unvermittelt stand Karlo neben ihr und folgte Pias ernstem Blick. Auch ihm ist Magnus' Unruhe aufgefallen. Hing diese etwa mit den dubiosen Vorkommnissen auf dem Acker zusammen?

„Was ist los?“, fragte er Pia besorgt.

Sie schilderte kurz Magnus' Treckerverfolgung.

„Weißt du, ob es hier noch ein Fahrrad gibt?"

„Klar, da vorne." Sie deutete auf einen Fahrradständer am Haus. „Das Rote ist nicht abgeschlossen."

Ohne weiter nachzudenken, stieg Karlo auf das Damenrad. Mal sehen, was Magnus vorhatte! Er konnte gerade noch erkennen, dass Grünfeld junior rechts zum Pastorat abbog und trat im höchsten Gang in die Pedalen. Schnell passierte er das Pastoratsgebäude und das dahinter liegenden Wiesenhaus. Am Ende des Wendehammers fiel ihm auf, dass das Gatter zum Feld offen stand. Etwas weiter entfernt waren die Rücklichter des Treckers zu erkennen, der über den holprigen Feldweg auf zwei Gewächshausreihen und ein paar Häuser zufuhr. Vor den Treibhäusern bog er links ab. Magnus war ihm dicht auf den Fersen. Karlo zögerte nicht lang und preschte ihnen hinterher. Was wollten die um diese Zeit auf dem Acker? Bis auf wenige Wolken war die Nacht sternenklar. Ein zunehmender Mond schien am funkelnden Himmel. Vor den Gewächshäusern fuhr er ebenfalls nach links an einer langgezogenen Reihe glänzender Folientunnel entlang. Der Weg wurde noch holpriger. Er keuchte vor Anstrengung. Wo mochte Magnus abgeblieben sein? Das monotone Geräusch des Treckers war noch entfernt zu vernehmen. Durch eine Lücke zwischen dem ersten und zweiten Tunnel beobachtete Karlo etwas weiter hinten, wie der schwere Trecker über ein offenes Feld fuhr. Mitten in der Nacht! Nachdem er sich weitere ungefähr hundert Meter mit Pias extrem geländeungängigem Damenrad abgemüht hatte, endete der befahrbare Weg und das Feld begann. Plötzlich entdeckte Karlo ein achtlos auf den Boden geworfenes Fahrrad. Umgehend legte er seins dazu und sprang behände über die kniehoch stehenden Pflanzen. Wie eine Maschine setzte er einen Fuß vor den anderen. Dabei erinnerte er sich an die zu früheren Trainingszeiten verhassten Waldläufe um den Ratzeburger See. Er musste Magnus finden! Karlo beschleunigte seine Schritte. Nach einer gefühlten halben Ewigkeit fiel ihm auf, dass auf dem Boden schlagartig keine Pflanzen mehr wuchsen. Nach wenigen Metern machte er eine weitere äußerst ungewöhnliche Entdeckung: In der Mitte dieses Marschländer Ackers stand urplötzlich eine schwarze Wand! Beim langsamen Näherkommen entpuppte sie sich als eine Verbindung mehrerer Einzelteile, die irgendetwas blickdicht umgaben. Nur was? Ahnungsvoll schaute er sich um. Ihm dämmerte etwas. Trotz der Dunkelheit erkannte er die umgepflügte Stelle wieder, zu der ihn vor wenigen Tagen Herr Ruppke geschickt hatte!

In ungefähr zwanzig Metern Entfernung bewegte sich etwas in den vereinzelt stehengebliebenen Pflanzen. Das musste Magnus sein! Der junge Landwirt schien die Szenerie zu beobachten. Bis auf wenige Meter schlich Karlo an ihn heran und legte sich ebenfalls flach hin.

„Ich bin's ... Karlo!", flüsterte er außer Atem.

Mit unmissverständlicher Geste legte Magnus seinen rechten Zeigefinger an die Lippen.

Karlo nickte. Nur der Treckermotor und eine andere Maschine waren noch zu hören. Der Trecker schien auf der den Beobachtern abgewandten Seite angehalten zu haben. Nach wenigen Augenblicken sahen sie die Umrisse eines kräftigen Mannes, der um die Wand herumlief. Er nahm einen letzten Zug aus seiner Zigarette, die rot aufglühte. Die Glut fiel zu Boden. Kurz darauf ertönte ein leichtes Klopfgeräusch. Nach wenigen Augenblicken öffnete sich in der dichten Wand so etwas wie eine Tür. Magnus reckte seinen Hals. Durch den offenen Spalt war deutlich zu erkennen, wie zwei Männer in schwarzen Overalls ein Loch in den Boden bohrten. Zwei weitere trugen einen Ständer mit gefüllten Reagenzgläsern auf einen Tisch.

Magnus ballte die Fäuste. Wer machte sich da an seinem Acker zu schaffen? Er wollte hier Biodinkel anbauen! Bio! Welche chemische Schweinerei steckte da in den Reagenzgläsern? Was hatten die damit vor? Außer sich vor blinder Wut schnellte er aus der liegenden Position in die Höhe. Ohne auch nur einen Moment über seine Erfolgsaussichten nachzudenken, stürzte er im Stechschritt auf die Öffnung in der Wand zu.

„Magnus!“ Leise rufend versuchte Karlo, ihn zurückzuhalten. „Hey, bleib hier! Die sehen dich doch!“

Unbeirrt stampfte der junge Landwirt über den klumpigen Boden.

Karlo hob seine Stimme: „Lass das! Bleib hier, verdammt nochmal!“

Unvermittelt blieb Magnus stehen und drehte sich irritiert um. In dem Moment hat Peter ihn bemerkt und starrte den Juniorchef erschrocken an. Schlagartig löste sich Magnus aus seiner Erstarrung - ihm war klar, dass er sich in akuter Gefahr befand.

„Komm, schnell!“ Karlo sprang hoch und riss ihn mit sich. Zusammen rannten die beiden über den unebenen Acker.

Zum Glück ließ Peters Reaktion einige wertvolle Momente auf sich warten. Außerdem hatte er Mühe, die anderen Arbeiter von seiner Entdeckung ungewollter Zeugen zu überzeugen. Die in der Firmenhierarchie weit unten angesiedelten Overallträger verwiesen ihn pflichtschuldig an ihren Chef, dem Peter gestenreich die brenzlige Situation schilderte. Kurz darauf ertönten scharfe Befehle und zwei der Arbeiter nahmen zu Fuß die Verfolgung auf.

Nach einem gefühlten Marathon hatten Karlo und Magnus das Feldende erreicht. Hektisch schnappten sie sich ihre wartenden Fahrräder und traten, so schnell sie konnten, in die Pedalen. Aus - noch - sicherer Entfernung vernahmen sie das bedrohliche Geräusch eines herannahenden Treckers. So schnell wie möglich fuhren die beiden an den langen Gewächshaustunneln vorbei und bogen am Ende rechts ab in Richtung Kirche.

„Wir fahren zu meinem Hof!“, rief Magnus krächzend.

„Okay“, keuchte Karlo.

Nach dem unwegsamen Feldweg fiel ihnen das Treten auf dem asphaltierten Alten Kirchendeich deutlich leichter. Als gäbe es weder mysteriöse Vorkommnisse auf dem Acker noch wütende Verfolger, wurden sie stumm vom monumentalen Friedhofsportal, dem Wiesenhaus, dem alten Fachwerkgebäude des Pastorats und der höher gelegenen Backsteinkirche empfangen.

Ohne sich weiter mit Karlo zu verständigen, fuhr Magnus instinktiv an seinem Wohnhaus, der zum Glück von der langen Auffahrt abgewandten Terrasse und den Gewächshäusern vorbei. Er wollte sich hinten bei den Schuppen vor ihren Verfolgern verstecken. Außerdem sollten seine Gäste nicht in diese Angelegenheit mit hineingezogen werden. Die hatten mit der Entführung wahrlich schon genug Aufregung erlebt! Die Fahrräder ließen sie vor dem hintersten Schuppen fallen. Zielstrebig steuerte Magnus die Tür an und öffnete sie einen Spalt. „Komm, hier rein!“

Ein vertrautes Motorengeräusch näherte sich ihnen. Verdammt! Karlo ließ sich nicht lange bitten und stürzte auf den dunklen Schuppen zu, in dem Magnus vor wenigen Augenblicken verschwunden war. Ihm stieg ein äußerst unangenehmer Geruch in die Nase. Was konnte das sein? Kompost? Tote Tiere? Chemie?

„Magnus?“, flüsterte er in die raschelnde Dunkelheit hinein. „Wo bist du?“

„Hier hinten, komm!“, ertönte seine Stimme von rechts.

Vorsichtig schlich Karlo an mehreren Haufen alter Heuballen vorbei. Dann stolperte er über etwas auf dem Boden und verlor das Gleichgewicht. Dabei riss er eine große Abdeckplane mit sich, die über einem Haufen Pappkartons gelegen hatte. Ein Karton fiel um und der Inhalt verteilte sich auf dem Boden. „Mist!“, stieß Karlo hervor. Schmerzhaft rieb er sich beide Knie.

„Was machst du?“, rief Magnus ihm zu. „Du musst mir helfen!“

Langsam rappelte Karlo sich wieder auf. „Ich bin gestolpert.“

„Egal, komm schnell!“

„Was suchst du denn da?“ Karlo stand jetzt direkt neben dem knienden Magnus und sah ihm über die Schultern.

Sein Leidensgenosse tastete fieberhaft den Fußboden ab und schob dabei immer wieder Stroh zur Seite. „Ich suche das Versteck!“

„Auf der Erde?“, fragte Karlo ungläubig nach.

„Da ist es! Wir haben es!“ Triumphierend öffnete Magnus die Klappe im Boden und machte eine einladende Handbewegung. „Los, wir müssen hier rein!“

Von außen drangen beunruhigende Geräusche zu ihnen. Sie vernahmen, wie die Handbremse des Treckers lautstark angezogen wurde. Unverständliche Befehle erschallten in der Nacht. Dazwischen hörten sie Peter rufen: „Alles durchsuchen!“

Innerhalb weniger Sekunden sprangen Magnus und Karlo in die Öffnung und schlossen die Luke. Wie durch Watte vernahmen sie stampfende Schritte über sich. Nach einer Weile kehrte wieder Ruhe ein.

„Meinst du, die sind weg?“, fragte Magnus flüsternd.

„Hört sich fast so an“, entgegnete Karlo ebenso leise.

Sie lauschten.

„Der Trecker ist noch da."

„Dann suchen die in den anderen Hütten!"

„Meinst du, die kommen hierhin zurück?"

„Keine Ahnung."

„Und wenn ...?"

„Psst!"

Schleichende Schritte näherten sich. Ein dünner Lichtstrahl fiel durch die feinen Ritzen in ihr Bodenloch. Die beiden Männer erstarrten vor Schreck. Mit einem Ruck öffnete sich die Bodenklappe und Peters wütendes Gesicht erschien vor ihren Augen. Neben ihm standen drei Arbeiter in schwarzen Overalls. Auch sie guckten finster.

„Hab ich doch richtig gehört!", stieß Peter aus. „De lütte Junior steckt sein feines Näschen in Sachen, die ihn nix angehn!"

Wie vorhin auf dem Feld übermannte Magnus eine ohnmächtige Wut. „Von wegen Dinge, die mich nix angehen - das ist mein Acker, mein Feld! Was machen die Leute da? Was is das für'n Zeug, das die da auskippen?"

„Frach dein' Vadder!"

Mit einem Satz sprang Magnus aus dem Bodenverschlag, um sich mit all seinem Zorn auf den Kahlkopf zu stürzen. Zwei der Chinesen hielten ihn energisch davon ab. Schmerzhaft drehten sie seine Arme auf den Rücken. Karlo eilte ihm zu Hilfe und ging ebenfalls auf die Männer los. Sein aussichtsloses Vorhaben wurde von dem dritten Arbeiter und Peter selbst erfolgreich verhindert.

„So, Jungs, Feierabend!", dröhnte der kräftige Vorarbeiter und riss Karlos Arme ebenfalls nach hinten.

In Windeseile spielte Karlo ihre Optionen durch. Was hatten die Kerle jetzt mit ihnen vor? Worum ging es bei dieser ganzen Angelegenheit? Ehe er sich's versah, wurden ihre Hände und Füße mit Kabelbindern gefesselt. Peter knebelte ihre Münder mit Klebeband. Fertig zu Paketen verschnürt wurden sie zurück in die Öffnung gestoßen, die Klappe über ihnen geschlossen und etwas Schweres darüber geschoben.

*

„Wir müssen uns beeilen!“ Im Stechschritt lief Pia zusammen mit Gianna vorneweg. „Da stimmt was nicht! Den Trecker hat Magnus vorhin verfolgt, dem ist er hintergefahren!“

Hinter ihnen stakste Kommissar Spannich und sein italienischer Kollege, *Carabiniere* Massimo Paradiso. Als Pia die noch ahnungslose Gianna auf das Fernbleiben ihrer beiden Freunde angesprochen hatte, beobachteten sie - von den übrigen Gästen unbemerkt - abwechselnd die Auffahrt. Irgendwann hatten sie das Geräusch eines fahrenden Treckers gehört. Kurz entschlossen alarmierte Pia den Kommissar. Gianna holte Massimo zur Unterstützung.

Der Weg an den Gewächshäusern vorbei zog sich in die Länge. Bis auf den trainierten Star-Ruderer keuchten sie innerhalb kürzester Zeit. Auf der kleinen Lichtung mit den drei Holzhütten stand der Trecker. Mit noch laufendem Motor. Auf Weisung der beiden Polizisten versteckten sie sich dahinter. Ein dicker glatzköpfiger Mann rannte aufgeregt von Schuppen zu Schuppen und schien etwas zu suchen. Drei Personen in schwarzen Overalls folgten ihm in einen der Holzverschläge. Als sie nach einer Weile nicht wieder herauskamen, gab Massimo seiner kleinen Gruppe ein unmissverständliches Zeichen. Gemeinsam schlichen die Vier sich an den Schuppen heran, aus dem Wortgefechte und auch Handgreiflichkeiten zu hören waren. Dann ertönte ein lauter Knall - als würde ein schwerer Gegenstand auf den Boden fallen. Dirk Spannich und Massimo Paradiso tauschten alarmierte Blicke. Den Frauen signalisierten sie, sich ruhig zu verhalten. Per Zeichensprache gab der deutsche Kommissar seinem italienischen Kollegen zu verstehen, dass er eine Pistole bei sich trug. Sie nickten einander zu und näherten sich der offenstehenden Tür. Von ihrem Beobachtungsposten aus bemerkten sie, wie die drei Arbeiter mehrere Kisten verrückten. Der kahlköpfige Mann leuchtete ihnen mit der Taschenlampe seines Handys. Kurz entschlossen stürzte der Kommissar in den Schuppen.

„Keiner rührt sich, Polizei!" Spannich richtete seinen Revolver auf die vier erstarrten Männer. Direkt hinter ihm stand sein italienischer Kollege und guckte grimmig. Der einzige Fluchtweg führte an den beiden Polizisten vorbei. In lässiger Entschlossenheit näherte sich Massimo der Gruppe und hob seelenruhig ein paar herumliegende Kabelbinder vom Boden auf. Während er einem nach dem anderen die Hände und Füße zusammenband, ließ sein deutscher Kollege sie nicht aus den Augen.

Plötzlich ertönten Klopfgeräusche. Spannich sah sich suchend um. Mittlerweile hatte Massimo alle Männer gefesselt und ging ebenfalls dem Geräusch nach.

„Unter den Kisten! Da ist jemand unter den Kisten!", stieß Spannich hervor und deutete auf die Stelle, an der das Klopfen heftiger wurde.

Kaum hatte Massimo den Boden freigeräumt, kniete er sich hin, steckte seinen Finger in die kleine Öffnung und zog die Klappe mit einem Schwung hoch. Erstaunt guckten der Kommissar und der *Carabiniere* in zwei geknebelte Gesichter.

„Na, Herr Kolberg, Schuppenrettung wird wohl so langsam meine Spezialität ...", spottete Dirk Spannich.

„Danke, aber wer ahnt denn schon ...“, stammelte Karlo, nachdem ihm Massimo mit einem Ruck das Klebeband abgerissen hatte.

Neugierig sah sich der Kommissar in der Halle um. Ein vertraut unangenehmer Geruch stieg ihm in die Nase. Ganz in der Nähe erregten kleine verpackte Schachteln, die vor einer umgekippten Kiste lagen, seine Aufmerksamkeit. Er nahm eine in die Hand und besah sich den Aufdruck mit Hilfe seiner Handylampe. Ihm entfuhr ein Pfeifen. „Eieiei, wenn das mal nicht mein Handylager ist!“

Intuitiv unternahm er ein paar Schritte in Richtung des unangenehm-fauligen Geruchs. Über einem flachen Haufen am Ende des Schuppens lag eine weitere Plane. Vorsichtig hob er diese an, sah darunter und ließ sie sofort wieder fallen. Mit einem vor Mund und Nase gehaltenen Stofftaschentuch schlug er die Abdeckung erneut zurück.

Magnus, Karlo, Pia und Gianna stockte der Atem: Auf dem Boden lag in gekrümmter Haltung eine stark verweste Leiche. Sie steckte in einem verdreckten ehemals grünen Arbeitsanzug. Daneben befanden sich mehrere Knochenteile, Stofffetzen und ein Schädel.

34

Montagmorgen

„GRANDE AMORE IN OCHSENWERDER – OLYMPIA SEI DANK!

v.b. Unser schönes Hamburg will sich mit einem einzigartigen Coup um die nächsten Olympischen Spiele bewerben. Der neue schwedische Präsident des IOC, Erik Gustafsson, hatte die potenziellen Bewerberstädte darum gebeten, verstärkt den zwischenmenschlichen Aspekt dieser weltweit größten Sportveranstaltung zu fördern. Das olympische Dorf wird abgeschafft. In Zukunft sollen die Sportler auf bereitwillige und extra geschulte Privathaushalte verteilt werden. Vor der breiten Öffentlichkeit verborgen wurde diese Idee in einem einzigartigen Pilotprojekt unter Leitung der Hamburger Olympiasiegerin Nina van Haff von der italienischen Rudernationalmannschaft erprobt. Mit vollem Erfolg: Über mehrere Wochen kamen sich die italienischen Ruderer und ihre Gastgeber aus dem Hamburger Dorf Ochsenwerder zum Teil äußerst nahe. So sieht wahre Völkerverständigung aus. Weiter so Hamburg: Wir sind Feuer und Flamme!"

*

„Herr Bürgermeister?", tönte Veruschka Bogomils raue Stimme in Veit Relins Ohr. Die jüngsten Schlagzeilen ihrer

Zeitung lagen im bereits durchgearbeiteten Pressespiegel auf seinem aufgeräumten Schreibtisch.

„Frau Bogomil!“ Seine Sekretärin hätte den Namen der stadtbekannten Skandalreporterin nicht nennen müssen. Ihre markante Stimme war unverwechselbar. Er räusperte sich. „Schönen Artikel haben Sie da geschrieben. Von den vielen glücklichen Paaren habe ich erst durch Ihre Fotos erfahren.“

Sie zögerte. „Haben Sie eine Minute für mich?“

„Wenn Sie keinen Exklusivbericht aus meinem langweiligen Privatleben erwarten und es bei der Minute bleibt, Frau Bogomil!“

Am Ende hörte Veit Relin ihr sogar deutlich länger zu. Die unglaublichen Enthüllungen machten ihn zunächst sprachlos. Dieses Gespräch würde einige Konsequenzen nach sich ziehen müssen! „Eine Frage hätte ich …“ Seine langjährige Erfahrung als Politiker hatte ihn gelehrt, Journalisten gegenüber auf der Hut zu sein. „Warum erzählen Sie mir die ganze Geschichte unter vier Augen? Das wäre doch *die* Story für Ihr Blatt!“

Veruschka dachte einen Moment über ihre Antwort nach. An ihre Enttäuschung über Thorstens unrühmliche Rolle in der ganzen Angelegenheit. Diese italienische Ruderin aus Südtirol hatte während ihrer Entführung eine Menge mitbekommen und konnte sich sogar an Namen erinnern, die ihre Entführer erwähnt hatten. Wenn sich eine Veruschka Bogomil schon auf eine Affäre mit einem Politiker einließ, dann erwartete sie von ihm vor allem weltmännische Grandezza - und keine unwürdigen schmierigen Intrigen, nur damit die Kungelei mit einem Bauriesen nicht rauskommt! Das hatte sie wirklich nicht nötig. Sollte dieser Emporkömmling schleunigst dorthin zurück, wo er hergekommen war!

„Lieber Herr Bürgermeister, warum sollte die Bewerbung für etwas derart Großartiges wie die Olympischen Spiele in unserem wunderbaren Hamburg an einem einzigen korrupten Politiker scheitern?“ Sie klimperte mit ihren voluminösen Wimpern. „Außerdem ist dieses Ochsenwerder einfach zu entzückend. Dort würde sich jeder Sportler wohlfühlen!“

*

Der Wecker zeigte 8:30. An normalen Tagen wäre er längst aufgestanden. Bevor sich Magnus aus seinem Schlafzimmer stahl, warf er noch einen kurzen bedauernden Blick auf die schlafende Pia. Nach den Aufregungen der gestrigen Nacht war sie bei ihm geblieben. Gerne hätte er sich noch weiter an ihren warmen Körper geschmiegt, aber seit unzähligen Minuten ließen ihn die Gedanken an seinen Vater, der trotz der Turbulenzen auf dem Hof verschwunden blieb, nicht mehr los.

Am Ende des langen Flurs verharrte er auf dem weichen Teppichboden. Vor der verschlossenen Schlafzimmertür seines Vaters hatte er noch größeren Respekt als vor dessen Büro. Zuletzt hatte er diesen Raum offiziell betreten, als seine Mutter gestorben war und sie Kleidungsstücke heraussuchen mussten. Er fasste sich ein Herz und drückte die glänzende Messingklinke herunter. Beim Eintreten fiel ihm auf, dass nach wie vor zwei ordentlich ausgebreitete Decken und Kopfkissen auf dem breiten Bett aus Kirschbaumholz lagen. Die dicken rosafarbenen Vorhänge waren zur Seite gezogen, so dass die Morgensonne den weiß gestrichenen Raum erhellen konnte. Zielstrebig öffnete Magnus die erste Tür des Kleiderschranks. Zu seinem Erstaunen waren die Fächer und Bügel auf dieser Seite fast leer. Hinter den anderen Türen verbarg sich nach wie vor die Kleidung seiner Mutter. Magnus schluckte und schloss den Schrank behutsam. Dann drehte er sich um. Standen die beiden großen Reisekoffer seiner Eltern nicht immer in einer Nische zwischen Schrank und Fenster? Weder dort noch unter dem Bett konnte er einen Koffer entdecken.

Eilig stürmte er nach unten ins Büro seines Vaters. Zielsicher griff er nach der Bankakte mit den Kontoauszügen. Der zuletzt abgeheftete Auszug von vor über einer Woche wies eine Barentnahme von hundertfünfzigtausend Euro aus. Ungläubig pfiff er leise durch die Zähne und ließ sich auf den hohen Drehstuhl fallen. Sein Vater hat sich also tatsächlich erpressen lassen! Hoffentlich konnte der Kommissar etwas mit den Erpresserbriefen anfangen, die er ihm gestern Nacht noch ausgehändigt hatte.

Ausdruckslos starrte er auf den Schreibtisch. Unter der durchsichtigen Schutzhülle steckten verschiedene Visitenkarten untereinander. Ihm fiel die Karte ihrer Hausbank ins Auge. Ohne zu zögern, wählte er die Telefonnummer und ließ sich zum Kundenberater seines Vaters durchstellen.

„Meier?"

„Sebastian Meier?", fragte Magnus erfreut nach.

„Ja, warum?"

„Magnus hier. Magnus Grünfeld."

„Mensch Magnus! Zurück aus Kanada?"

„Seit ein paar Monaten."

„Was kann ich für dich tun?"

„Hattest du in den letzten Tagen Kontakt zu meinem Vater?"

„Das darf ich dir eigentlich nicht sagen. Bankgeheimnis."

„Wir sind aber Geschäftspartner, mein Vater und ich. Ich wollte nur wissen, was es mit der letzten Auszahlung auf sich hat. Es ist wirklich sehr wichtig für mich."

Der Bankmitarbeiter zögerte. „Du meinst ... die Hundertfünfzigtausend?"

„Genau die."

„Wir haben uns auch gewundert. Sonst hat er nie so hohe Summen abgehoben. Er wollte wohl eine Maschine kaufen. In bar."

„Ja, richtig ..." Magnus gab vor, als wüsste er Bescheid.

„Beim ersten Mal war das überhaupt kein Problem, weil das Konto ja auch ganz gut gedeckt ist, aber ..." Sebastian Meier zögerte abermals. „Als er dann einen Tag nach Himmelfahrt den gleichen Betrag nochmal abheben wollte, musste ich mir das Okay von ganz oben einholen."

„Er hat nochmal hundertfünfzigtausend abgehoben?" Magnus wurde übel. Mit ein paar krampfhaften Floskeln und dem lapidaren Versprechen, demnächst mal wieder einen trinken zu gehen, verabschiedete er sich eilig von seinem alten Schulfreund.

Raus! Er musste hier raus! Wie ein gefangenes Tier auf dem Weg in die Freiheit stürzte Magnus aus dem Büro ins nahegelegene Wohnzimmer. Mit einem heftigen Stoß öffnete er die Flügeltüren zur Terrasse. Inmitten der unübersehbaren Spuren ihrer nächtlichen Feier mit den Italienern holte er ein paar tiefe Atemzüge. Was hatte sich sein Vater bloß dabei gedacht? Warum hatte er ihn nie ins Vertrauen gezogen? Warum hatte er den Acker chemisch vergiften lassen? Was hatte es mit den Handys im hinteren Schuppen auf sich und wie um Himmels willen waren die Leiche und die alten Knochen dorthin gelangt?

*

„Herr Trumm, noch einmal für mich zum Mitschreiben: Warum haben Sie Ihren Juniorchef, Herrn Magnus Grünfeld, und Herrn Karl Kolberg in der gestrigen Nacht mit Ihrem Traktor verfolgt und die beiden anschließend gefesselt und geknebelt in diese Bodenkammer geworfen?"

Peter saß breitbeinig auf dem unbequemen Holzstuhl und schwieg beharrlich. Noch nie hatte er mit der Polizei kooperiert. Daran sollte sich auch an diesem Tag nichts ändern.

„Alle Indizien und Zeugenbefragungen sprechen eindeutig gegen Sie. Neben meiner, der Aussage meines italienischen Kollegen sowie der beiden zuvor genannten Herren haben wir auch die Angaben des lange vermissten polnischen Landarbeiters Pawel Olczyk." Spannich ruckelte ungeduldig an seiner Brille. „Der junge Mann hat Sie eindeutig als den Mann identifiziert, der in der Nacht vom 25. April die Arbeiten auf dem Pachtgrundstück des Hofs Grünfeld beaufsichtigt hat. Dabei soll es zu einer Explosion gekommen sein, infolgedessen sich zwei Männer schwere Verletzungen zugezogen haben." Der Kommissar sah den Verdächtigen durchdringend an. Peter starrte zu Boden. „Herrn Olczyk sollen Sie laut seiner Aussage über mehrere Wochen gepflegt haben. Die im Schuppen aufgefundene Leiche wird im Moment noch in der Gerichtsmedizin untersucht, aber wir gehen davon aus, dass es sich dabei um den nach wie vor vermissten Irek Nowak handelt." Spannich bemerkte, dass der Verdächtige unruhig wurde und fuhr fort: „Wir sind noch lange nicht am Ende, Herr Trumm. Mich würde des Weiteren interessieren, was es mit den Knochen auf sich hat? Zu wem gehören die? Ist der Schuppen Ihr üblicher Leichenabladeplatz?"

„Mit der hab ich nix zu tun!" Peters Kopf verfärbte sich rot. Seine Adern pochten. "Den ham die Polen ausgebuddelt!"

„Aber mit der anderen dann schon eher?"

„Mann, Scheiße, ey - da war 'ne Bombe!

„Wo war eine Bombe?"

„Im Flieger auf'm Acker! Wir sin schnell wech und dann

is dat olle Teil hochgegang'n."

„Und dann?"

„Die Polen sind vom Trecker geflogen. War ne heftige Druckwelle. Der eine hat sich nich mehr gerührt. Der andere hat 'n büschen geblutet und war ziemlich beduselt." Peter guckte betreten auf den Boden. „Dat wollt doch keiner! Wer ahnt denn, dat da 'ne Bombe ..."

„Warum Sie überhaupt nachts Flugzeuge aus dem Zweiten Weltkrieg ausgraben, werden wir noch zu klären haben, Herr Trumm! Was war denn nun mit den alten Knochen?"

„Keine Ahnung, wie die da hingekommen sind. Muss wohl der Pilot gewesen sein."

„Die Gerichtsmedizin wird uns diesbezüglich bald wichtige Erkenntnisse liefern." Kommissar Spannich wippte auf und ab. Er musste den Glatzkopf am Reden halten. „Vielleicht haben wir es ja auch mit einem Mitwisser Ihrer lukrativen Handygeschäfte zu tun. Über zehn Kisten mit jeweils zweihundert gefälschten iPhones haben wir sichergestellt. Das ist 'ne Menge Holz. Ob ich den Verdienst mit anderen teilen würde ...?"

„Dat war doch nur 'n Zwischenlager!", stieß Peter hervor und lehnte sich anschließend wieder zurück.

„Interessant. Das heißt: Sie haben auf die kleinen Teile aufgepasst und bei Bedarf verschickt?"

„Verschickt ham die dat. Die kamen immer mal und ham so'n paar Kisten abgeholt."

„Und Sie haben eine kleine Provision erhalten?"

„Ich sach nix mehr!" Er verschränkte die Arme.

Vollkommen ungerührt holte Spannich zwei zerknitterte Zettel hervor, die jeweils in einer Klarsichthülle steckten. „Kommen Ihnen diese Briefe irgendwie bekannt vor?"

Peter schwieg beharrlich.

„Freundlicherweise hat Herr Grünfeld junior mir diese Schriftstücke noch in der gestrigen Nacht übergeben. Augenscheinlich waren sie an den Senior gerichtet.“ Er ließ den Verdächtigen nicht aus seinen kleinen Augen. „Meine Kollegen haben Ihre Fingerabdrücke auf den Briefen gefunden!“

„Den Umschlach mit der Kohle hat Ihnen doch die alte Hexe gegeben!“ Peter hielt es nicht mehr auf seinem Stuhl. Bevor er sich auf den Kommissar stürzen konnte, brachte ihn ein weiterer uniformierter Polizeibeamter mit sanfter Gewalt zum Sitzen.

„Also, Herr Trumm! Sie spionieren mir nach?“ Spannich ließ sich von dem heftigen Gefühlsausbruch nicht beirren und lachte leise in sich hinein. „Dann wissen wir jetzt wenigstens, wem wir das hübsche Sümmchen zurückgeben dürfen.“

Von Peters bulliger Erscheinung war zu diesem Zeitpunkt nicht mehr viel übrig geblieben. Zusammengesunken saß er auf seinem Stuhl und starrte resigniert zu Boden.

„Sie können von Glück sagen, dass wir Ihnen nicht auch noch die Entführung der italienischen Ruderinnen zur Last legen. Da haben schon andere ganz laut hier gerufen.“ Der Kommissar dachte dankbar an die Anruferin und an die aufschlussreichen Aussagen des deutschsprachigen Entführungsopfers, woraufhin sie zwei alte Bekannte mal wieder für längere Zeit festsetzen konnten. Er ging fest davon aus, dass sie den Namen ihres potenziellen Auftraggebers bald ausspucken würden! „Mich und vor allem Herrn Grünfeld junior, der höchstwahrscheinlich an der gesamten Angelegenheit nicht beteiligt war, würden jetzt noch mehrere Details interessieren: Was sollte die nächtliche Aktion auf dem Acker? Warum haben Sie Herrn Olczyk so lange gepflegt? Wer war eingeweiht? Was wissen Sie von der

Arbeit dieser chinesischen Firma? Und zu guter Letzt: Wo ist Herr Horst Grünfeld?“ Er sprach direkt in Peters Ohr: „Früher oder später finden wir jede Leiche!“

„Nein! Ich hab kein’ blassen Schimmer, wo der Chef is! Der is wech, einfach wech! Dat müssen Sie mir glauben!“

*

Nach seinem morgendlichen Bad im warmen Mittelmeer setzte sich der ältere Herr, der auf der Insel unter dem Namen Horst Hagemann bekannt war, nur mit einem um die nassen Badeshorts geschlungenen Handtuch auf seine weitläufige Terrasse. Vor ihm standen eine Thermoskanne mit frisch aufgebrühtem Filterkaffee und eine leere Tasse. Sein Tablet-PC lag daneben. Zeit für die Nachrichten aus der Heimat:

+Eilmeldung+++Eilmeldung+++Eilmeldung+

„HAMBURG-JETZT PARTEIGRÜNDER LEGT ALLE ÄMTER NIEDER

t.f. Auf der heutigen Pressekonferenz im Hamburger Rathaus gab Thorsten Schmidt, Gründer der Partei „Hamburg-Jetzt!“, bekannt, dass er seine Ämter als Senator für Stadtentwicklung und als Zweiter Bürgermeister der Stadt Hamburg aus persönlichen Gründen mit sofortiger Wirkung niederlegen wird.“

Kopfschüttelnd und leise grinsend schaute Horst in die langsam aufgehende Sonne. Möge ihm der Mädchenname seiner Frau und das Geld der Chinesen auf der Insel noch lange Glück bringen!

*

Karlo atmete noch einmal tief durch, bevor er erneut zum Telefon griff. Kurz zuvor hatte Kommissar Spannich ihm berichtet, dass eine erste Analyse der sterblichen Überreste der im Schuppen aufgefundenen Knochen auf eine Leiche aus der Zeit vor 1945 hindeutete. Etwas kleinlaut hatte Karlo ihm daraufhin von dem Portemonnaie des Piloten und seinem anschließenden Besuch bei der Witwe gebeichtet.

„Das ist ja mal wieder typisch für Sie, Herr Kolberg!“, hatte Spannich hörbar genervt erwidert. „Ein drittes Mal werde ich Sie bestimmt nicht aus einem alten Schuppen befreien!“ Am Ende des Gesprächs hatte er sich den Namen und die Adresse der Fliegerwitwe notiert.

Nach mehrmaligem Klingeln meldete sich eine bekannte Stimme. „Ehrmann?“

„Kolberg hier. Karl Kolberg. Erinnern Sie sich?“

„Ja, natürlich.“

„Man hat die sterblichen Überreste Ihres Mannes gefunden, Frau Ehrmann.“

Am anderen Ende herrschte Stille.

„Frau Ehrmann?“

„... danke, Herr Kolberg. Jetzt kann ich ihn endlich beerdigen. Jetzt ist es gut.“

*

Es klopfte. Pawel saß auf seinem Bett und guckte erwartungsvoll zur Tür. Ella hatte sich neben ihm niedergelassen. Wadek war nach der Arbeit ebenfalls vorbeigekommen und hockte auf einem Stuhl am Fenster.

„Ja?“

Die Tür öffnete sich langsam. Unsicher blickte ein älterer Mann mit wirr abstehenden Haaren und Bart herein. „Herr Pawel Olczyk?“, fragte er.

„Ja?“ Pawel betrachtete ihn genauer und erkannte seinen Doktor - den Arzt im Schuppen!

„Ich freue mich, dass es Ihnen besser geht!“ Hanno von Ziesel trat ein und schloss die Tür hinter sich. Zögernd näherte er sich dem Bett. „Meine Tochter hat mir erzählt, dass Ihr Freund leider verstorben ist. Das tut mir sehr leid.“ Mit umständlichen Bewegungen öffnete er seine abgewetzte Ledertasche und holte einen braunen Umschlag hervor. „Sie sagte mir auch, dass der Tote Familie hat. In Polen.“

„Ja ...“ Pawel wusste nicht, worauf dieser Mann hinauswollte.

„Könnten Sie der Familie bitte diesen Umschlag geben?“ Der Arzt trat nah an das Bett heran. „Versprechen Sie es mir?“

Pawel guckte irritiert auf das braune Kuvert und wieder zu seinem Arzt. Dann nickte er und entgegnete mit entschlossener Stimme: „Ich verspreche!“

Wadek erhob sich von seinem Platz am Fenster und ergriff dankbar die Hand von Herrn Dr. Ziesel.

Ein paar Wochen später

„Unser Bürgermeister macht schon wat her!“

„Da sachst wat, Gisela.“

„Immer in so gediegene Plünnen.“

Vor der im Pastorat aufgebauten Leinwand hatten sich über hundert Anwohner aus Ochsenwerder versammelt. Die Pressekonferenz wurde im gut besuchten Kaisersaal des Hamburger Rathauses auf einer deutlich größeren Leinwand übertragen als hier.

„Kiek mol, unser Pastörchen! Im feinen Zwirn!“, brüllte Sven Töner, als er Benjamin Florin entdeckte. „Als schmucke Begleitung von Nina!“

„Wat'n schoines Paar!“, begeisterten sich mehrere ältere Damen.

„Nu seid mal leise!“, zischte Michael Meyer-Ölke.

Umringt von fünf Männern und zwei Frauen ergriff der Vorsitzende des Deutschen Olympischen Sportbundes, Herr Dr. Klein, ohne mit den Augen zu zucken, das Wort:

„Meine Damen und Herren, nach langen und intensiven Beratungen in unseren unterschiedlichsten Gremien möchten wir heute eine richtungsweisende Entscheidung bekannt geben: Aufgrund ihres bestechenden Konzepts, das den besonderen Fokus auf menschliche Olympische Spiele legt, haben wir uns einstimmig für folgende Bewerberstadt entschieden: ...“ Er machte eine bedeutsame Pause und ließ seinen Blick kurz über den im Saal anwesenden Journalisten kreisen, bevor er das Ergebnis freudig verkündete: „... Hamburg!“

„Jaaaaaaahhhhh!“

Wie beim Gewinn der Weltmeisterschaft wurden sowohl im Gemeindesaal als auch im Rathaus begeistert die Arme hochgerissen.

„Du ahnst es nich!“

„Olympia bi uns vor de Tür!“

„Komm’ die Italiener dann wedder nach uns?“

„Wir nehm’ auch welche auf!“, boten sich zuvor äußerst skeptische Dorfbewohner an. „Dat war’n ja wohl anständige Lüt!“

„Ick heb och Platz – ’ne ganze Etage!“

„Dann gift dat auch noch mehr Sorten Eis, sach ich euch!“, kündigte Manfred an.

„Dein Cappuccino is super, Manfredo!“

„Ruhe! Der Bürgermeister spricht!“, mahnte Michael erneut.

Mit einem hanseatisch erleichterten Lächeln sprach Veit Relin in die unzähligen Mikrofone, die ihm hingehalten wurden: „Liebe Hamburger und Hamburgerinnen, wir fühlen uns sehr geehrt, dass sich unsere schöne Stadt für das größte internationale Sportereignis bewerben darf. Wir wollen der Welt ein guter Gastgeber sein! Vor uns liegt noch ein langer Weg, den wir gemeinsam mit Ihnen gehen wollen.“ Im Kaisersaal hallte donnernder Applaus von den hohen Decken wider. „Der Erfolg hat wie immer viele Mütter und Väter. Mein Dank gilt vor allem meinem Team unter Herrn Cornelsen, Frau van Haff und Frau Winkel. Auch Herrn Repenbrook möchte ich an dieser Stelle nicht unerwähnt lassen.“ Seine Mitstreiter strahlten glücklich in die Kameras. Die sonst stets beherrschte Frau Winkel wischte sich sogar eine Freudenträne aus den Augen. „An diesem denkwürdigen Abend geht mein besonderer Dank nach Ochsenwerder - ohne euch wäre dieses tolle Ergebnis nicht möglich gewesen!“

Der Jubel im Gemeindesaal fand kein Halten mehr. Alle Anwesenden wurden von einer Welle der Begeisterung übermannt und lagen sich glücklich in den Armen. Geistesgegenwärtig drehte Sven die Musikanlage auf, aus der gerade Hans Albers sang: „Auf der Reeperbahn nachts um halb eins“.

Spätestens beim Refrain bewegte sich der gesamte Saal im glückseligen Dreivierteltakt. Michael forderte seine Frau Elke zum Tanz auf. Tobias griff sich Anevke. Die vor wenigen Wochen zur Welt gekommene Tochter Ronja Malou schlief in einem bunten Tuch vor seiner Brust. Während sie mit Karlo tanzte, warf Ochsenwerders Italienischlehrerin Gianna immer wieder verzückte Blicke auf das schlafende Baby. Kathrin Sommer ließ sich von Sven Töner herumwirbeln. Ihre Kollegin Dörthe schmiegte sich eng an Massimo Paradiso, der als frisch gekürter Weltmeister seine Sommerpause in Ochsenwerder einlegen wollte. Gemeindesekretärin Gisela Jürgens ließ sich von Gastwirt Manfred nicht lange bitten.

Unter erkennbar wohlwollender Beobachtung durch das Ehepaar von Ziesel tanzte Pia mit Magnus. Nach einer Weile flüsterte er ihr ins Ohr: „Du entschuldigst, Pia?“ Freundlich lächelnd näherte er sich ihrer Mutter. „Darf ich bitten, Frau von Ziesel?“

Nach einem kurzen Moment des Zögerns willigte sie ein. „Hildegard. Nenn mich gern Hildegard.“

Bei den folgenden Drehungen ließ Magnus’ Anspannung der letzten Wochen deutlich nach. Glücklicherweise hatten die eingeleiteten Chemikalien aufgrund der kurzen Verweildauer in der Erde keinen langfristigen Schaden auf dem Feld angerichtet. Sein Vater blieb nach wie vor verschwunden. Von der Firma Dengchong hatte sich bis zum heutigen Tag niemand bei ihm gemeldet. Nachdem die zunächst festgenommenen chinesischen Arbeiter auf Kaution freigelassen worden waren, wurden sie nie wieder gesehen. Die

Vorkommnisse hatten zu einem vernehmbaren Medienecho geführt, weshalb die Hamburger Umweltbehörde das Thema Fracking und seine Begleiterscheinungen neu verhandeln wollte.

„Wer ist das denn?“, holte ihn Hildegard abrupt wieder in den Gemeindesaal zurück. Sie deutete zur Türschwelle, auf der Frau Ruppke zusammen mit sechs dunkelhaarigen Männern stand.

„Entschuldige Hildegard, ich werde mich mal darum kümmern.“ Mühsam bahnte sich Magnus einen Weg durch die Tanzenden. „Frau Ruppke!“, begrüßte er die alte Frau, die sehr aufgebracht wirkte. „Was kann ich für Sie tun?“

„Herr Grünfeld, ich will Ihre schoine Feier gar nich stör’n. Aber langsam wird dat allens ’n beten to veel für uns.“

„Was denn?“

„Unser Umar hat Besuch von sein’ Bruder gekriecht.“

Ein ungefähr Mittdreißiger in schwarzer Anzughose und braunem Pullover trat vor. Er streckte Magnus seine Hand entgegen: „Guten Abend der Herr. Ich bin Umar aus Syrien. Das ist mein Bruder Yassir und seine Freunde: Amir, Hasan, Ferhad und Khaled.“

Verwundert guckte Magnus von einem zum anderen und schließlich wieder zu Frau Ruppke.

„Die Dschungs mutt doch wo bleiben. Wi hebt nix mehr frei. Die armen Kerls ham ’ne bannig lange Reise hinner sich!“

„Seien Sie beruhigt, das wird in Ochsenwerder kein Problem sein. Herzlich willkommen bei uns am Deich!“

Deich. Das klang gut - wie ein warmer Luftzug.

Ich danke ...

… Andreas für Deine großartige Unterstützung, Moritz für die Einrichtung und Betreuung meiner Homepage, Philine und Emily für Eure Geduld, Anja Schäfer für kunstvolles Kürzen und Ergänzen, Miriam Beyer für Deine grafische Kreativität, Volker Hochmuth für das stimmungsvolle Coverfoto, Stefanie Baars für das freundliche Porträt, Katja Karau für landschaftsgärtnerische Auskünfte sowie meine erste offizielle Lesung in Deiner entzückenden Deichblume, Ulrich Britting für das Jonglieren mit den nackten Zahlen, Peter-Michael Kolbe für die Verwendung seines erfolgreichen Namens, Viki Bergui für die italienischen Momente im Leben, Peter Bodes vom Kampfmittelräumdienst der Hamburger Feuerwehr für eine Einweisung in die Wirkungsweise von Blindgängern, Dr. Achim Gadatsch für das anschauliche Erklären der ABC-Regeln der medizinischen Erstversorgung, der Bürgerinitiative FrackingFreies Hamburg für beängstigende Informationen zum Thema Fracking, Michael Rusch für sachdienliche Hinweise zur Spurensicherung, den Teilnehmern des Gesprächskreises der Asylunterkunft Bergedorf-West für das Teilen Eurer Erinnerungen, dem Allgemeinen Alster Ruder Club für die Gelegenheit als Volunteer bei den Hamburger Ruderjuniorenweltmeisterschaften 2014 mithelfen zu dürfen, allen Vertriebspartnern, die mir schon beim ersten Deichkrimi so viel Vertrauen entgegen gebracht haben!

Vor allem danke ich allen meinen Lesern sowie den Besuchern und Organisatoren meiner Lesungen!!

Zuletzt danke ich meinen Eltern, die mich jederzeit unterstützen. Vielen Dank für Euren positiven Blick nach vorn!!!

*Italiano per tutti * Italienisch für alle*

ESSERE

io sono.................................ich bin
tu sei....................................du bist
lei/lui è................................er/sie ist
noi siamo.............................wir sind
voi siete...............................ihr seid
loro sono.............................sie sind

AVERE

io ho.....................................ich habe
tu hai....................................du hast
lei/lui ha...............................er/sie hat
noi abbiamo.........................wir haben
voi avete...............................ihr habt
loro hanno............................sie haben

ANDARE

io vado.................................ich gehe
tu vai....................................du gehst
lei/lui va...............................er/sie geht
noi andiamo.........................wir gehen
voi andate............................ihr geht
loro vanno...........................sie gehen

Italienisch – Deutsch

allora	also
amico	Freund
amore	Liebe, Liebling
andare	gehen, laufen
avere	haben
basta!	Schluss!
bello	schön, hübsch
benvenuti!	Herzlich Willkommen!
buongiorno	Guten Tag
buonasera	Guten Abend
buon divertimento	Viel Vergnügen
cara	lieb/teuer
carabiniere	Militärpolizist
carne	Fleisch
casa	Haus
che schifo!	wie ekelhaft!
chiamare	rufen
cominciamo	wir fangen an
coppia	Paar/Doppel
dottore	Arzt
e	und

essere	sein
fame	Hunger
fegato	Leber
finalmente	endlich
fratello	Bruder
Germania	Deutschland
grande	groß
grazie	danke
incredibile	unglaublich
la mia	meine
non	nicht
nove	neun
otto	acht
perfetto	perfekt
più o meno	mehr oder weniger
polizia	Polizei
possibile	möglich
preferito	bevorzugt
ragazzi	Jungs
scusa	entschuldige
scusi	entschuldigen Sie
sete	Durst
sorella	Schwester

timoniera	Steuerfrau
tutti	alle
un po’	ein bisschen
va bene	okay
venite	ihr kommt
vuoi	du willst

Spanisch – Deutsch

benvenidos!	Herzlich Willkommen!
claro que sì hombre!	klar, Mann!
gracias	danke
muy bien	sehr gut
vamos	wir gehen
yo soy	ich bin

Karlo ermittelt auch hier …

Deich Mortale

ISBN 978-3-00-044860-7

In seinem ersten Fall wird Junghotelier Karl Kolberg zum Aufklärer wider Willen. Was hat sein italienischer Gast Flavio Mantova auf dem Hamburger Lande gesucht? Warum liegt seine Leiche im Schilf der Dove-Elbe? Karlo gerät in einen gefährlichen Strudel aus Verdächtigungen und illegalen Machenschaften. Am Ende stößt er auf ein dunkles Familiengeheimnis.

Deich Alaikum

ISBN 978-3-00-055961-7

Eine Explosion im Morgengrauen. Brennende Pfeile in der Nacht. Verschwundene Syrer und gestohlene Bilder - in Neuengamme überstürzen sich die Ereignisse. Bereits zum dritten Mal gibt Hotelier Karlo den Hobbyermittler.

Besuchen Sie mich gern auf meiner Homepage:

www.silkeschopmeyer.de